B컷

최혁곤 장편 스릴러

B컷
B-cut

황금가지

차례

B컷   7

작품해설 —상처받은 자들, 그 불길한 희망 백휴(추리문학평론가)   274

이 책에 쓰인 본문 종이 E-light는 국내 기술로 개발된 최신 종이로, 기존에 쓰이던 모조지나 서적지보다 더욱 가볍고 안전하며 눈의 피로를 덜게끔 한 단계 품질을 높인 고급지입니다. .

새까만 애완견 한 마리가 광장을 가로질러 달렸다.
　사람은 보이지 않았다. 지난 가을, 신도시의 지하철 역사 앞에 위치한 그곳에는 평일에도 많은 소년들이 뛰어놀았다. 인라인스케이트를 신고는 앞사람 허리를 붙잡고 바닥에 길게 늘어놓은 플라스틱 컵을 빠져나가는 묘기를 뽐냈다. 하지만 찬바람이 불기 시작하면서 소년들은 자취를 감췄다. 검은 비닐봉지 하나만 바람에 휩쓸려 허공에 떠올랐다 천천히 내려앉는다.
　나는 롯데리아 2층 창가에 앉아 두 시간째 광장을 내려다보고 있다. 한쪽 모서리에 걸려 있는 텔레비전 화면에서는 노랑머리 여가수의 뮤직비디오가 세 번째 흘러나왔다. 미니스커트를 입고 가는 허리를 비틀며 춤을 춘다.

반년 전 한국에 돌아왔을 때, 가요순위 프로그램에서 그녀를 처음 보았다. 댄스음악은 내 취향이 아니다. 하지만 들을 수밖에 없었다. 라디오를 틀어도, 거리를 걸어도, 심지어 헬스클럽 샤워장 안까지 그녀의 목소리가 파고들었다.

"익숙함은 사람의 취향마저 변화시키지. 그래서 반복학습이 무서운 거야."

뉴욕에 있을 때 명은 입버릇처럼 되뇌었다. 명의 얘기는 사실이다. 나도 어느새 그녀 노래를 흥얼거리고 있었으니. 인기가 얼마나 더 지탱될지 모르겠지만 하여튼 지금 대한민국은 그녀 세상이다.

식어버린 커피를 입에 가져가려는 순간, 드디어 기다리던 사내가 모습을 드러냈다. 동공이 커지고 심장이 쿵쿵 뛰기 시작한다.

광장 건너편에는 편의점과 부동산중개소, 개척교회와 약국, 성인 게임방 따위가 빼곡히 들어찬 상가건물 세 동이 나란히 서 있다. 사내는 가운데 빌딩의 1층 서점에서 나와 광장 한복판까지 성큼성큼 걸어왔다. 내가 간직한 사진 속의 모습과 똑같았다. 땅딸막한 체구에 팔자걸음, 앞머리가 반쯤 벗겨졌고 유행이 지난 굵고 검은 뿔테 안경을 꼈다.

나는 손등으로 햇빛을 가린 채 그의 움직임을 주시했다. 걸음이 의외로 빨랐다. 이쪽으로 걸어오는가 싶더니 어느새 롯데리아 안으로 쑥 들어왔다.

5분쯤 지났을까. 광장을 되걸어가는 뿔테 안경의 뒷모습이 보였다. 오른손에 갈색 봉투를 들고 급한 걸음으로 영화관이 입주해 있는 왼쪽 빌딩 안으로 사라졌다.

나는 안주머니를 다시 확인한 뒤 서둘러 광장으로 나왔다. 걸으면서 크게 두 번 호흡했다. 지난 두 달 간 사내를 주시해 왔다. 오늘 이후, 그를 다시 만나는 일은 없어야 한다.

빌딩 4층과 5층에 들어선 극장은 좀 어중간한 형태였다. 시설은 깨끗했으나 최신 멀티플렉스도, 그렇다고 철지난 에로물을 틀어주는 동시상영관도 아니다. 세월의 흐름에 떠밀려 명을 다할 수밖에 없는 운명. 예를 들자면 삐삐나 공중전화, 혹은 버스 토큰 같은…….

매표소 앞에서 상영시간표를 살폈다. 극장은 네 개의 개봉관을 갖추고 있었지만, 사내가 어디로 사라졌는지를 알아내는 건 어렵지 않았다. 2시 25분. 장동건 주연의 영화가 막 시작했다.

아파트로 낯선 사람이 찾아왔다.

저녁뉴스를 보며 컵라면을 먹고 있을 때였다. 문 앞에 키 작은 남자가 서 있었다. 앞머리에 희끗희끗 새치가 보였고 얼굴에는 핏기가 하나도 없었다. 그러나 은테 안경과 검은 벨벳 재킷과 자주색 넥타이가 약간의 위압감을 주었다. 나이는 내 또래, 마흔이 넘지 않았을 것이다.

"황재복 선생님을 찾아왔습니다만."

약간 쉰 목소리로 남자가 말했다. 정확한 발음에 은근히 지성미가 배어나는 말투였다.

나는 현관문 손잡이를 잡고 어정쩡한 자세로 서 있다가 사내가

9

건네는 명함을 받아 들었다. 〈주〉휴보텍 대표이사 민영수라고 적혀 있었다.
"무슨 일이시오?"
그의 명함과 얼굴을 번갈아 보며 내가 물었다.
"긴히 부탁드릴 일이 있습니다. 시간 좀 내주실 수 있습니까?"
나는 고개를 돌려 집 안을 훑어봤다. 아내와 별거하면서 이사 온 열세 평짜리 달동네 임대아파트라 손님이 들이닥치면 곤혹스럽다. 군내가 밴 이불이 방바닥에 깔려 있고 포마이카 상 위에는 빈 컵라면 용기와 담배꽁초가 수북이 들어찬 소주병이 보였다. 개수대에는 물때를 뒤집어쓴 그릇이 며칠째 방치돼 있었다. 낯선 사람을 이 집구석으로 끌어들이긴 싫었다.
맨발에 운동화를 꿰신고 아파트 단지 앞 커피숍으로 갔다. 창가 쪽 소파에 앉자마자 용건부터 물었다.
"대체 뭔 일이쇼?"
스스로 생각해 봐도 퉁명스럽다. 하지만 적당한 감정의 노출은 분위기를 제압하는 무기. 나는 형사였다. 그래서 잘 알고 있다.
"의뢰인이라고 생각하시면 됩니다. 예고 없이 찾아와 폐가 됐다면 부디 용서하십시오."
민 사장이란 작자는 부루퉁한 내 표정에 긴장했는지 두 손을 무릎에 얹고 조심스럽게 말을 이었다. 교양도 지나치면 부담스러운 법. 왠지 모를 거부감이 치밀었다.
"피치 못할 사정으로 일찍 은퇴하셨다고 들었습니다. 제 고등학교 선배이신 조태구 경감님이 추천해 주셔서 왔습니다."
순간, 설거지물을 삼킨 것처럼 구역질이 올라왔다. 조 경감은 자기 보신에 철저한 개새끼다. 상사든 부하든 출세의 도구로 이용하는 악질 쓰레기. 그런 조 경감이 보냈다면 어떤 꿍꿍이속이 있는지 알 수 없다. 긴장한 채 낯선 의뢰인의 외모를 다시 훑었다.

"연쇄살인사건입니다. 몇 달 전에 시작된……."

민 사장은 모호한 말을 내뱉고는 창밖을 내다봤다. 사위는 이미 어둠이 내려앉았다. 퇴근길 사람들이 아파트 단지로 이어지는 언덕을 부지런히 오르고 있었다. 잠시 침묵이 흐른 다음 민 사장이 다시 고개를 틀었다.

"혹시 어제 낮에 총 맞아 죽은 사내 이야기 들으셨습니까?"
"조금 전 뉴스에서 봤소만. 아직 목격자도 없다더군요."
"제 의뢰는 바로 그 사건입니다."

민 사장은 그렇게 말하고 입술을 깨물었다. 근심 어린 표정이 꽤 심각해 보였다. 괜스레 눈빛 마주치기가 거북해 이번에는 내가 창밖을 내다봤다.

빨간 추리닝의 뚱보여자가 흰 털북숭이 개를 안고 지나갔다. 같은 층 908호에 혼자 사는 이혼녀. 투포환 선수의 외모를 지닌 그녀는 석 달 전 이사 왔다. 밤낮으로 짖어대는 개를 키우는데 주민들 항의가 빗발쳐도 꿈적 안 했다.

"다른 집도 개 키우면 될 것 아냐. 왜 나한테만 지랄이야, 지랄이!"

이웃의 불만을 전하는 늙수그레한 경비원에게 그녀는 남자처럼 걸걸한 목소리로 쌍욕을 해댔다. 그 소란 이후 아무도 그녀의 개 사육에 토를 달지 못했다.

커피숍에 다른 손님은 없었다. 구석 스피커에서는 잡음 섞인 올드팝이 흘러나오고 카운터의 여자는 연신 하품을 해대며 주말연속극 재방송을 보고 있었다. 이야기가 길어질 것 같아 나는 새 담배를 빼 물고 소파에 몸을 묻었다.

영화는 이미 시작됐다.

어둠이 눈에 익기를 기다리다 문득 궁금증이 일었다. 목요일 낮, 극장에 들어앉은 인간은 대체 어떤 족속들일까. 관객은 기껏 다섯. 뿔테 안경은 측면 구석 자리에 처박혀 있다. 나는 그 뒷좌석에 앉았다. 분명 인기척을 느꼈을 텐데, 사내는 시선을 정면에 고정한 채 햄버거만 우적우적 씹어댔다. 달짝지근한 소스 냄새가 코끝에 전해져 왔다.

스크린을 올려다봤다. 미국 국기를 단 화물선이 타이완 해역을 항해 중이다. 잠시 후, 무장 해적 한 무리가 갈고리 로프를 이용해 갑판에 침투한다.

나는 코트 안주머니에서 22구경 피스톨을 꺼냈다. 소음기를 꽂기 위해 손목을 비틀자 혈관이 두둑 일어섰다. 손바닥을 적시는 금속성의 감촉. 긴장이 머리끝까지 뻗쳤다.

해적들이 조타실에 들이닥쳤다. 두두두둥 커지는 음향효과. 거기에 맞춰 일제히 기관총을 난사한다. 피가 튀고, 선창이 박살 나고, 생사의 비명이 스피커를 타고 와 바로 곁의 일인 양 귓전을 때렸다.

나는 소음기 끝을 앞자리 사내 뒤통수에 겨눴다.

기관총 소리가 다시 터져 나왔다. 타르르릉! 선실에 몰려 포커를 치던 선원들이 대적 한번 못 해보고 쓰러진다.

나는 주저 없이 방아쇠를 당겼다. 총구를 빠져나온 납덩이가 뿔테 안경의 뇌 속에 박혔다. 큭! 외마디 비명이 흘러나왔다. 햄버거가 바닥에 떨어져 흐트러졌다. 덩치 큰 몸뚱이는 몇 번 버둥대더니 그대로 의자 위에 굳어버렸다.

대체 이 대범함은 누구한테서 물려받은 걸까. 떨림도 없고 담담했다. 어둠 속에서 손바닥을 내려다봤다. 킬러의 손. 믿기지 않는다. 이것도 명의 말처럼 반복학습의 효과일까. 아마 맞을 것이다. 늘 정확한 사람이니까.

객석은 여전히 캄캄하고, 음향은 시끄럽고, 관객들은 영화관람 외의 일에는 무관심하다. 나는 다시 스크린을 올려다봤다. 갑판에 쌓인 시체가 하나씩 바다에 버려진다. 핵 위성유도장치를 탈취한 두목은 소형 보트로 갈아타고 유유히 사라진다. 앞좌석의 사내는 미동도 없다. 고개를 오른쪽으로 살짝 튼 채 영원한 잠에 빠졌다.

시간이 좀 더 흐른 뒤, 나는 뒤쪽 출입구로 나왔다. 검표원은 자리를 뜨고 없었다. 매점 안의 여자가 눈길을 한 번 주더니 다시 손거울을 바라봤다. 그녀는 곧 눈썹 다듬는 일에 열중했다.

남자 화장실에 들어가 손을 씻었다. 거울 앞에서 허리를 쭉 펴고 아이보리색 바바리를 살폈다. 피는 한 방울도 튀지 않았다. 물을 잠그고 화장지로 물기를 닦아냈다. 축축한 건 뭐든 질색이다. 비상계단이 있지만 로비에서 엘리베이터 버튼을 힘껏 눌렀다. 뉴욕의 명은 말했다.

"조급증이 늘 실수를 낳지. 일의 성패는 태연함이야."

다시 광장을 가로질러 롯데리아로 돌아왔다. 새 커피를 들고 2층에 올라가 30분 전 그 자리에 앉았다. 식은땀이 맺힌 이마를 냅킨으로 꾹꾹 눌렀다. 익숙한 음악이 또 귀를 후벼 파고 검은 액체가 목젖을 타고 흘러내린다. 한 컷 한 컷 되짚어봐도 실수한 기억은 없다. 쿵. 쿵. 쿵. 쿵. 규칙적으로 심장을 때리는 박동. 그 리듬에 맞춰 텔레비전에서 흘러나오는 노래를 따라 흥얼거렸다. 긴장이 풀어지면서 기분이 좋아졌다.

영화는 한 시간이 더 지나야 끝난다. 초조함과 공존하는 지겨움은 질색이다. 가방에서 디지털카메라를 꺼냈다. 줌을 최대한 당겨 광장에 떠다니는 검은 비닐봉지를 찍었다. 역광. 피사체가 흐릿하다. 플래시 기능을 없애고 셔터를 눌러보았다. 비닐봉지와 광장은 본래의 검고 흰색을 깨끗하게 드러낸다. 이것도 반복학습의 효과일까.

커피가 차게 식었을 무렵 손목시계를 봤다. 지금쯤은 분명 누군가 시체를 발견했을 터. 청소하는 여자가 가장 확률이 높지 않을까. 빗자루를 떨어뜨리며 어둠 속에서 비명을 질러댈 그녀에게 잠시 미안한 맘이 일었다.

"이걸 좀 봐주세요. 형님 유품에서 나온 겁니다."
민 사장은 양복 안주머니에서 사진 한 장을 꺼내 테이블 위에 올려놓았다. 사진에는 네 명의 남자가 나란히 서서 웃고 있었다. 한 사람 한 사람 표정을 확인할 수 있을 만큼 화질이 선명했다.

"살인사건과 연관이 있나 보군요?"

나는 사진을 들어 천장의 불빛에 비춰보았다. 인물들은 한결같이 표정이 묘했다. 사우나에서 막 나와 긴장감이 풀린 것 같기도 했고, 긴 여행을 떠나기 직전에 설레어하는 것 같기도 했다.

"올 초, 뉴욕 JFK공항에서 찍은 겁니다. 제일 왼쪽에 있는 사람이 제 형님이죠. 올 여름 설악산에 갔다가 호텔방에서 죽은 채 발견됐습니다. 의심스러운 건 사인이 심장마비였다는 겁니다. 평소 건강했거든요. 부검을 했지만 특이 사항은 없었습니다. 경찰은 단순 사고사로 처리했고, 충분히 있을 수 있는 일이라 저도 그렇게 믿었습니다. 사진 속 두 번째 사람이 죽기 전까지 말입니다. 그리고 어제 극장에서 총 맞아 죽은 사내가 세 번째 남잡니다."

"다 아는 사람들인가요?"

"아뇨, 형님 외엔 낯선 얼굴들입니다. 그러니 의혹이 더 커질 수밖에요."

"극장 피해자가 세 번째 남자라는 건 어떻게 아셨소?"

"예의 주시하고 있었으니까요. 신문과 방송에도 크게 나왔잖습니까."

나는 다시 사진 속 얼굴들과 민 사장을 번갈아 보았다.

"왜 경찰에 알리지 않았습니까?"

민 사장은 으음 하고 짧게 신음을 내뱉었다.

"솔직히 말씀드리자면 사건을 키우고 싶지 않아서입니다. 오해는 마십시오. 경찰을 못 믿겠다는 의미가 아니라 제 선에서 처리하고 싶단 뜻입니다. 그래서 황 선생님을 찾아온 거고요."

"그 말뜻은……."

"신고를 하면 경찰에 많은 얘기를 해야 되겠죠. 그런데 회사에는 약간의 도덕적 문제와 새 나가면 곤란한 기밀들이 많습니다. 이해하실지 모르겠지만 우리 나라에서 사업을 한다는 건 남 모를 비밀을 많이 품고 있단 뜻입니다. 회사는 코스닥 등록심사 통과를 눈앞에 두고 있습니다. 낯선 형사들 앞에서 그런 시시콜콜한 이야기를 까발리고 싶지 않아요."

민 사장은 팔짱을 낀 채 또 모호하게 얼버무렸다.

돈깨나 있는 새끼들은 늘 저딴 식이다. 선해 보이던 얼굴이 불현듯 이기적으로 느껴졌다.

"근데 말이오, 이런 큰 살인사건을 나 같은 퇴물 형사가 건드릴 수 있다고 생각하십니까?"

내가 약간 비딱하게 쏘아붙이자 민 사장 콧등이 꿈틀했다. 그것은 못 봤다고 해도 좋을 정도의 짧은 순간. 이내 얼굴을 환하게 펴고 더 또렷한 어조로 말했다.

"황 선생님께 살인범 잡아달라고 안 했습니다. 제가 알고 싶은 건 사건의 진실입니다. 형님과 그들과의 관계, 그리고 살인동기. 제 추측이 맞다면 사진 속 네 번째 남자도 어디서 곧 시체로 발견되겠죠. 행여 그런 일들이 나중에라도 큰 화로 돌아올까 두렵습니다."

"사건의 진실을 알고 나면……."

"다시 말씀드리지만 그 다음은 제가 알아서 처리하겠습니다."

민 사장은 첫인상과는 달리 도전적으로 나왔다. 나는 할 말이 없어졌다. 돈 한 푼이 절실한 데다 거절하기에는 너무 많은 걸 물어봤다. 그렇다고 즉석에서 확답을 줄 사안은 아니다. 성급한 결정은 후회를 낳는 법. 게다가 조 경감까지 얽혀 있다. 나는 배짱 퉁기듯 말했다.

"생각할 시간을 좀 주십쇼."

민 사장은 숨을 길게 내쉬며 이해한다는 듯 고개를 끄덕였다. 그의 이마는 땀으로 번들거렸다.

운전기사가 딸린 회색 벤츠는 미끄러지듯 어둠 속으로 사라졌다. 차 넘버가 머릿속에 자동으로 저장된다. 희한하게도 그런 작업들은 의지와 상관없이 이뤄진다. 반년을 넘게 쉬어도 속일 수 없는 직업 근성. 니미럴.

언덕길을 오르며 생각했다. 민 사장의 얘기는 진실일까. 말 못 할 사연은 뭘까. 여자? 탈세? 사기? 게다가 약간의 도덕적 문제라……. 참 묘한 뉘앙스를 품고 있다. 한 가지 확실한 건 범죄 냄새가 풍겼다. 난 사건 냄새를 잘 맡는 형사였다.

주머니에서 사진을 꺼내 얼굴들을 찬찬히 뜯어봤다. 첫 번째 사내, 두 번째 사내, 어제 극장에서 총에 맞아 죽은 세 번째 사내. 그리고 앞으로 뒈질지도 모를 네 번째 사내도.

경광등을 번쩍이며 순찰차 한 대가 급정거했다.

예상시간은 어김없었다. 제복경찰 둘이 차에서 스프링처럼 튀어나와 극장 안으로 뛰어들었다. 나는 통유리창 너머로 그 광경을 확인했다.

　남은 커피를 마저 마시고 롯데리아를 나와 천천히 광장을 걸었다. 한줄기 바람이 온몸을 훑고 지나갔다. 허공을 떠돌던 검은 비닐봉지가 달려와 발등에 달라붙었다.

　12월 초순치고는 의외로 공기가 따뜻하다. 내 나이 열여덟 때, 그 해 12월의 바람은 몹시도 찼다. 엄마의 유골이 든 항아리를 들고 화장터를 나오는데 어찌나 춥던지 얼굴이 뻣뻣하게 얼었다. 볼을 타고 흘러내리는 눈물은 온수처럼 뜨뜻했다.

　장의차를 타고 구비진 시골길을 내려오다 기와지붕 너머로 감나무 한 그루를 보았다. 떨어지지 않은 홍시가 몇 개 남아 있었는데, 그 빛깔이 너무 선명해 눈을 뗄 수 없었다.

　"까치를 위해서 일부러 남겨두는 거야."

　지금은 기억나지 않는 누군가가 옆자리에서 말했다. 나는 고개를 끄덕이면서도 시선은 감나무에 고정했다. 까치밥, 얼어붙은 볼, 유골함을 싼 흰색 보자기. 그런 것들은 레이저로도 지울 수 없는 문신처럼 12월의 기억으로 남아 있다. 잊고 싶어도 꼭 이맘때면 뇌와 몸이 알아서 반응한다.

　지하철역으로 내려가는 계단 앞. 뒤돌아서서 다시 광장을 봤다. 이제 여기에 올 일은 없겠지. 계절이 가을에서 겨울로 변하는 동안 참 많이도 왔었다. 그래서 나는 몇 가지 사실은 동네 주민보다 더 잘 안다. 롯데리아 커피는 컵 보증금을 포함해 1100원이고, 지난달에 아이스크림 체인점 하나가 문을 닫았다. 부동산중개소 노총각 사장은 틈만 나면 행복약국의 관리약사에게 집적댔다. 그리고 서점의 뿔테 안경은 한 주도 거르지 않고 목요일, 혹은 금요일 영화관을 찾는다.

　사이렌 소리가 점점 커지더니 앰뷸런스가 극장 앞에 멈춰 섰다. 시간이 한순간 멈춘 듯, 길 가던 사람들이 모두 그쪽으로 시선을 돌렸다. 조금 전 내가 처리한 일이 얼마나 큰일이었나 그제야 실감한다.

　지하철 역사는 더러웠다. 콘크리트 바닥 위에 눌러 붙은 껌과 휴지통을 빗겨나 뒹구는 쓰레기들. 냉난방 공사를 위해 뜯어놓은 천장은 은색 배관이 복잡하게 엮여 있었다. SF영화에서 본 미래의 폐허도시를 닮았다.

　플랫폼 나무의자에 부녀가 나란히 앉아 지하철을 기다리고 있다. 그들을 부녀라고 확신하는 이유는 둘 다 족제비눈을 가졌기 때문이다. 부모의 결점을 자식이 물려받는 건 슬픈 일. 닮은 얼굴처럼 자식의 운명도 부모를 닮아 흘러가면 어떡하나.

　엄마가 다시 떠올랐다. 이제는 윤곽조차 희미해진 얼굴. 엉겁결에 엄마를 빼닮았다는 콧등과 볼을 만져보았다. 나는 무엇을 물려받았나. 알 수 없었다. 우리는 17년을 같이 살았지만 그것을 깨치기엔 시간이 짧았다.

　벨소리가 들리고 한쪽 어둠 속에서 거대한 전동차가 빠져나왔다. 사람들이 우르르 승강장 앞으로 모여들었다. 종로까지 한 시간. 낡은 지하철의 갑갑함과 어수선함이 고역스럽지만 오늘은 참을 수 있다. 아주 특별한 날이니까.

　사진 속 세 번째 남자를 해치웠다. 이제 하나 남았다.

민 사장과 헤어지고 아파트로 돌아왔다.

어느새 밤 9시가 넘었다. 습관처럼 전화기의 메시지 재생 버튼을 눌렀다. 그새 두 건의 메시지가 와 있었다.

임마! 휴대폰 다시 살려라. 아님 집구석에 틀어박혀 꼬박꼬박 전화를 받든지.

하나는 바람난 중년부부 뒷조사를 전문으로 하는 흥신소 박 실장이었다. 일거리가 생겼으니 모레쯤 사무실로 들르란다. 그는 가끔 잔일을 맡아달라고 요청했다. 관리비라도 제때 내려면 이 일 저 일 가릴 형편이 아니긴 했다. 그러나 몸도, 맘도 쉬이 동하지 않는다. 언제 술 한잔 하자는 이야기가 덧붙어 흘러나왔다.

박 실장은 형사 시절 파트너였다. 대학을 다니지 못했으나 박식했고, 용의자를 물고 늘어지는 근성을 지녔다. 눈빛과 말투는 약아 보이지만 배운 척 재는 놈들의 교활함과는 달랐다. 실력과 근성을 갖춘 강력계 형사. 그의 캐릭터는 충분히 매력적이었고 초짜 형사들은 그를 우상으로 받들었다.

그러나 조직은 한순간의 실수를 용서하지 않았다. 올 봄, 피의자 신문과정에서 금전 거래가 있었고 석간 사회면에 대문짝만 하게 기사가 났다. 다음 날 아침뉴스에서 다시 조졌다. 서장은 분노했고 조직은 희생양을 필요로 했다. 박 형사 하나로 사건을 덮기에는 불길이 너무 커져 있었다. 표적은 나였다. 파트너로서 그의 비리를 방조했다는 게 이유였다. 기가 찰 노릇이었다.

뜻밖에도 박 형사는 모든 혐의를 인정했다. 그리고 권총을 반납하고 조용히 사라졌다. 하지만 나는 받아들일 수 없었다. 설사 고발 내용이 사실이라 해도 감봉이나 정직 정도면 충분할 사안이었다. 그러나 총대를 메는 상관은 아무도 없었다.

"운이 나쁜 게지. 운이 나쁜 게야."

똥 묻은 돈 나눠 처먹은 김 반장은 곁에서 혀만 끌끌 차댔다. 행여 불똥이 튈까 오줌 지린 개처럼 안절부절못하면서.

얼마 뒤, 형사계장 조 경감이 고향 후배인 출입기자에게 찔렀다는 소문이 나돌았다. 그는 바른말 잘하고 사사건건 대드는 박 형사를 불편해 했더랬다. 하지만 풍문일 뿐. 경찰은 증거로 말해야 한다. 증거 없는 수사는 수사가 아니다. 귀가 따갑도록 들었다. 증거! 니기미 씨팔, 증거!

박 형사는 두 달 뒤 조회시간에 다시 나타났다. 옛 동료 책상을 일일이 돌며 명함을 돌렸다. 반장 앞에서 머리를 조아리며 흥신소를 차렸노라 했다.

경찰이 손을 못 대는 사건은 의외로 많다. 남편이 바람피우는 것 같아요, 가출한 딸년 찾아주세요, 집 앞에 스토커가 진치고 있어요. 소소하지만 시간을 요하는 작업들.

미안함 때문일까. 살아남은 공범들은 부지런히 일감을 던져주었다. 박 실장은 비굴하게도 먹이를 날름날름 받아먹었다. 기름만 넣어주면 돌아가는 기계처럼 일했다. 역시 남다른 수완가답게 사업은 금방 번창했다.

사라진 두 달 동안 대체 무슨 생각을 했을까. 깊은 산사에 들어가 뇌를 짜개고 감정선을 제거해 버렸는지 모를 일이다. 그래서 그의 변신이 타이머 없는 시한폭탄처럼 불안하고 무서웠다.

여름이 시작될 무렵, 경찰서 후문 앞에서 우연히 박 형사와 마주쳤다.

"형님은 배알도 없수?"

나는 목구멍에서 누런 가래를 긁어 올리며 노골적으로 빈정댔다.

"배알이 밥 안 먹여준다."

그는 무덤덤하게 받아쳤다.

아! 나는 분노를 삭일 수 없는데, 윗대가리들을 용서할 수 없는데, 동료들의 냉랭한 시선을 견딜 수 없는데, 어째서 그는 저토록 관대한가.

인사위원회에서 징계가 결정 나던 날, 나는 만취한 채 형사과를 찾아갔다. 밤에 그곳은 취객과 잡범들의 소란으로 공사판보다 험악하다. 몇몇 당직 동료들은 눈 맞추기를 거부했다.

"이 새끼들, 아가리를 다 찢어버릴 거야!"

나는 목이 터져라 발악했다. 출구 앞 플라스틱 쓰레기통을 걷어찼다. 반장 책상 위로 날아올라 전화기를 짓밟고 서류더미를 허공에 날렸다. 컴퓨터 모니터를 들어 바닥에 내리찍었다. 뒤에서 여럿이 달려들어 내 팔을 꺾었다. 우두둑. 뼈 부스러지는 소리가 들렸다. 이마가 우툴두툴한 바닥에 긁히며 길게 찢어졌다. 피를 흘리며 컴컴한 복도로 끌려 나왔다. 4개월 전의 일이다. 불과 4개월 전. 그때까지 나는 형사였다.

다른 메시지는 아내의 건조한 목소리. 나도 모르게 이마에 주름이 잡혔다. 나미 학원비 입금이 안 됐군요. 빨리 처리해 주세요. 달랑 두 마디 후 녹음이 끊어졌다. 나의 실직에는 아랑곳없이 양

육비가 하루라도 늦으면 전화질이다. 그것도 꼭 어린 딸자식 핑계를 댄다. 가끔은 여덟 해를 같이 살았다는 사실이 믿기지 않는다. 이혼 대신 별거는 현명한 선택. 하지만 딸아이를 딸려 보낸 것은 실수였다. 나미는 초등학교 1학년이다. 지난번에 만났을 때, 우울증 증세를 보여 병원에 다녀왔다는데 진찰 결과를 몰라 찜찜했다.

파카를 벗어 방구석에 던지고 탈진한 사람처럼 드러누웠다. 한숨도 푸념도 지쳤다. 등이 뜨뜻해지며 노곤한데 잠은 오지 않았다. 불면증.

냉장고를 뒤졌지만 남은 술이 없었다. 어디서 개가 심하게 짖어댔다. 그 소리가 환청처럼 울려 퍼졌다. 908호 이혼녀 얼굴이 겹쳐졌다. 발작하듯 상체를 일으켰다.

"씨팔년!"

서울로 가는 도중 끔찍한 사고가 터졌다.

지상에 위치한 낯선 이름의 역에 급정차한 전동차가 몇 분째 꼼짝하지 않았다. 사람들의 웅성거림이 커질 쯤에야 안내방송이 흘러나왔다. 선로에 사람이 실족해 지금 처리 중입니다.

기관사 목소리는 긴장한 기색이 역력했다. 실족이라는 말을 썼지만 죽었는지 살았는지에 대한 언급은 없었다. 처리에 20분 정도 걸리니 급한 승객은 버스나 택시를 이용하십시오, 불편을 드려 죄송합니다라는 말을 덧붙였다.

"사람 목숨 참 허망하군."

등산복 차림의 영감 하나가 가래 끓는 목소리로 말했다.

"그러게 말이야."

옆자리의 다른 영감이 혀를 끌끌 찼다. 가까운 산에 다녀오는지 둘은 같은 마크가 박힌 붉은 조끼를 입었다. 객차 안은 금세 어수선해졌다.

예전 뉴욕에서 똑같은 사고를 경험했다. 개통한 지 80년이 넘은 지하철은 정말 지옥이다. 새끼 고양이만 한 쥐가 태연히 돌아다니고, 시설 관리가 허술해 사고가 없는 날이 없었다. 그때도 발음조차 힘든 긴 이름을 가진 역에서 사람이 선로에 몸을 던졌고 옆좌석의 나이 든 흑인이 탄식하듯 말했다.

"Life is cheap." (사람 목숨 참 허망하군.)

하릴없이 전동차 문에 기대 창밖을 내다봤다. 불쑥 뉴욕의 초겨울 풍경이 떠올랐다. 한국인이 몰려 사는 플러싱의 세탁소, 미용실, 만두집과 목욕탕. 그리고 낙엽이 수북이 쌓인 맨해튼의 센트럴파크. 작년 가을, 명과 나는 공원 벤치에 앉아 빌딩숲을 검붉게 물들이는 노을을 구경했다. 붉은 벽돌집이 많은 첼시의 굽은 골목을 손잡고 거닐었다. 달콤하고 씁쓸한 조각난 기억들…….

기관사의 안내방송이 다시 흘러나왔다. 사고 처리가 지연되고 있습니다. 조금만 더 기다려주십시오.

갈등! 지금 결정을 해야만 한다. 내려서 택시를 탈까, 전철 안에서 기다릴까. 하나를 고르는 일은 늘 어렵다. 다급한 일이 없어 그냥 기다리기로 했다. 그러나 이내 후회할 선택임을 깨달았다.

어디선가 담배 냄새가 났다. 기다림에 짜증난 누군가가 참지 못

하고 꺼내 피운 모양이다. 한번 통제력을 잃은 공간은 순식간에 난장판. 영감 둘은 팩소주를 꺼내 종이컵을 주고받았다. 여기저기 휴대전화를 꺼내 지껄이는 사람이 많아졌다. 족제비 아빠는 졸고 있고 족제비 딸은 꺅꺅 괴성을 지르며 통로를 뛰어다녔다. 발밑에서 올라오는 스팀이 너무 과해 찜통처럼 후끈거렸다. 한쪽 머리가 혈관이 막힌 듯 띵했다.

그때였다. 객차 연결 문이 덜커덩 열리더니 티나 터너처럼 머리를 튀긴 중년여자가 들어섰다. 가슴에 대각으로 붉은 띠를 두르고 오른손을 높이 쳐들었다.

"예수를 믿으시오! 교회로 나오시오!"

맙소사, 이 상황에서 예수라니. 아까 지체 없이 내렸어야 했다. 내 판단은 왜 늘 이 모양일까.

갇힌 공기가 너무 탁했다. 찬바람이 쐬고 싶었다. 갑갑증을 참지 못하고 객차 문을 쾅쾅 때렸다. 사람들의 시선이 쏟아졌다. 순간 거짓말처럼 꿈쩍도 않을 것 같던 자동문이 스르르 열렸다.

"늦었다고 포기하면 모든 걸 잃지. 아마 목숨도 그럴 거야."

명의 가르침은 늘 정확하다.

한밤중에 두통이 잠을 깨웠다.

언제부턴가 불면의 밤이 늘었다. 스트레스 탓입니다. 회사일 대충하세요. 한 달 전에 찾아간 동네 정신과 애송이 닥터는 그딴 걸

처방이라 내놓고 무조건 쉬란다. 가소로운 새끼. 그의 주둥이를 향해 반년째 놀고 있다고 쏘아붙였다.

엎친 데 덮친 격으로 며칠 전 말라붙은 가래떡을 씹다 앞니 뒤 끝이 살짝 깨졌다. 혀가 닿을 때마다 사포 표면처럼 까끌까끌한 감촉이 신경을 더 날카롭게 했다.

어둠 속에서 야광시계를 봤다. 새벽 3시 47분. 찬물을 한 잔 들이켜고 다시 잠을 청하려 했으나 의식은 더 또렷해졌다. 개 짖는 소리가 간헐적으로 울렸다.

스탠드를 켜고 서랍을 뒤져 타이레놀을 두 알 삼켰다. 케이블 채널에서 백인과 흑인이 맞붙은 K-1경기를 보다가 지난 신문을 뒤적였다. 구로구에 사는 한 중학생이 엄마 시신과 반년 간 동거했다는 기사를 읽었다. 녀석은 진짜로 엄마가 불사신처럼 환생하리라 믿었던 걸까 아니면 겁에 질려 현실감을 상실했던 걸까.

두통은 가라앉지 않고 대신 한쪽 뇌로 쏠렸다. 할 수 없이 거실 등 스위치를 올리고 집 안을 혼령처럼 어슬렁거리다 화장실에서 빨래가 수북한 플라스틱 통을 발견했다. 옷을 세탁기에 쏟아 붓고 전원 스위치를 눌렀다. 탈수통이 따로 달린 구형 세탁기는 한밤중엔 소음을 두 배로 끌어올렸다. 배수관을 빠져나가는 물소리가 폭포수처럼 격렬했다.

지금 뭐 하는 거지? 분명 무엇에 홀렸어. 타인이 내 의식을 조종하고 있어. 그렇지 않고서야……

내복 소매를 걷은 다음 세제를 풀어 개수대에 쌓아둔 그릇을 문질렀다. 탈수가 끝난 옷을 건조대에 널고 나니 시계바늘이 5시 30분을 가리켰다.

창밖은 아직도 어둠. 작정하고 이번에는 방을 치웠다. 문갑 안에서 종이상자를 발견했다. 형사수첩, 동료들과 찍은 사진, 서장의 표창장, 《월간수사》 2권, 경장 계급장, 38구경 권총 케이스……. 그 물건들을 빤히 쳐다봐도 아무런 감흥이 없었다. 다 부질없는 흔적들. 무덤덤하게 그것들을 찢고 구겨 쓰레기봉투를 채워 나갔다.

싱크대에서 손을 헹구는데 눈길이 선반 위 제라늄 화분에 머물렀다. 여태껏 주의 깊게 보지 않았는데 잎이 새파랬다. 이 개소굴 같은 집에서 유일하게 숨쉬는 생물이었다. 밥사발에 수돗물을 받아 조금씩 부어주었다. 얼마나 더 생명을 지탱할지 모르겠지만.

창밖으로 푸르스름한 여명이 돋았다. 좁아터진 화장실에 들어가 거울을 보니 제멋대로 자란 수염이 텁수룩하다. 뜨뜻한 물로 몸을 적시고 비누로 몸 구석구석을 박박 닦았다. 거품을 만들어 입가에 바른 후 면도기를 문질렀다. 날이 녹슬어 서걱거렸다. 내 살아온 인생처럼 부드럽지가 않았다.

마침내 주위가 환해졌다. 아침 8시가 지났고 두통은 사라졌다. 좀 이른 감이 있었지만 심호흡을 하고 수화기를 들었다. 민 사장 목소리는 아침이라 더 가라앉아 있었다.

"이번 일 맡겠습니다. 대신 수고비는 넉넉하게 쳐주십쇼."

어제와 달리 공손한 말투. 내 귀에도 지독히 낯설고 간사해 한순간 쪽팔렸다.

팬티 바람으로 베란다에 나가 창문을 열어젖혔다. 들숨을 쉬자 알싸한 바람이 폐를 돌아 나왔다. 고통인지 쾌감인지 모를 통증이 바늘로 콕콕 쑤시듯 가슴을 찔러댔다. 내면에 잠복했던 무기력증이 드디어 몸의 각질을 뚫고 빠져나가려 했다. 몇 달을 품었던 분노는 폭발 직전에 멈추었다. 다행이다. 참 다행이다. 밤새 깨달았다. 삶은 포기할 수 없는 것.

다시 심호흡을 하고 문제의 사진 속 배경인 뉴욕을 떠올렸다. 가본 적 없는, 앞으로도 갈 기회가 없을 것 같은 거대도시, 뉴욕.

뉴욕의 여름은 서울보다 더 끈적거린다.

두 도시의 사계절은 닮았지만 미묘한 차이가 있다. 예를 들면 서울의 눈이 함박눈이라면 뉴욕의 눈은 천둥번개를 동반하고 비처럼 쏟아진다.

남편이 귀가하지 않는 밤이면 엄마는 내 방 한구석에 쪼그려 앉아 슬픈 눈으로 말하곤 했다.

"동생 집에 가보고 싶어. 이담에 우리 현수가 크면 같이 갈까?"

엄마가 그토록 그리던 뉴욕을 너무 쉽게, 그리고 혼자서 올 줄은 몰랐다.

엄마의 장례식이 끝나고 난생 처음 비행기를 탔다. 큰 걸음으로 김포공항 로비를 앞서 걷는 외삼촌은 낯선 사람이었다. 어릴 적 딱 한 번 외할아버지 장례식 때 봤을 뿐이다. 국제선 출구를 빠져나가면서 수없이 뒤돌아봤지만 환송객 속에 그 사람은 없었다. 그때 왜 그가 그리웠는지 아직도 모르겠다. 어쩌면 영원히 못 볼 수도 있다는 두려움 때문이 아니었을까.

아버지란 이름을 가진 남자. 그는 가업을 물려받아 비단 도매업을 했다. 잘생겼고 성실하고 착한 사람이었다. 술 먹고 아내를 때리지도, 주식이나 도박으로 돈을 날리지도 않았다. 단지 엄마에게 관심이 없었고 첫사랑 여자를 다시 사랑했다. 장담하건데 엄마의 자살은 충동적이었다. 자살을 안 했더라도 분명 다른 형태의 분노가 나타났으리라. 남편을 죽이던지, 남편의 정부를 죽이던지. 그러나 엄마는 자신이 희생하는 방법을 택했다.

나는 아무런 저항 없이 뉴욕행을 받아들였다. 열여덟 살이었다. 외삼촌의 일방적 결정에 내 주관이 끼어들 여지는 없었다.

뉴욕 퀸스 플러싱 32번가. 흔히 코리아타운이라 불리는 곳에서 정확히 3년을 보냈다. 첫해 겨울은 집유령처럼 틀어박혀 살았다. 텅 빈 집의 2층 창가에서 눈물만 찔끔댔다. 말도 안 통하거니와 엄마의 죽음이 지구 반대편에 와서야 실감 났기 때문이다.

"외삼촌, 한국으로 돌아갈래요. 아빠가 보고 싶어."

어느 날 저녁, 내가 식탁 앞에서 울먹이자 외삼촌이 숟가락을 놓으며 버럭 소리를 질렀다. 밥알이 내 얼굴로 날아들었다.

"그딴 놈은 잊어! 딴 여자한테 미쳐 가족도 버린 놈이야. 네 엄마가 불쌍하지도 않니? 응, 으응?"

외삼촌의 두툼한 손이 내 어깨를 잡고 흔들었다. 그렇게 화난 모습은 처음 보았다.

봄이 왔다. 따뜻한 바람이 불었고 처음 집 밖으로 나왔다. 느릿느릿 코리아타운 초입의 청동 조각상까지 걸어가 보았다. 다행히도 한국인이 몰려 사는 거리는 문화적 충격을 줄여주었다. 한글 메뉴판이 걸린 식당에서 돼지고기를 넣은 김치찌개를 먹고 부산

사투리가 심한 여사장의 목욕탕에서 때를 밀었다. 한인교회에도 가보았다.

슈퍼마켓을 운영하는 외삼촌 부부는 일 중독자처럼 살았다. 새벽 일찍 가게를 열고 밤늦게 마쳤다. 난 당연히 방치된 식구가 됐는데 차라리 그게 마음 편했다.

제니라는, 두 살 어린 이종사촌이 있었다. 학교에서 자주 사고를 쳤는데 어떤 날은 화장 짙은 얼굴로 새벽에 들어왔다. 옷 깊숙이 밴 술과 담배 냄새. 허벅지까지 올라간 청 미니스커트. 귓불에는 이어링 구멍을 다섯 개나 뚫었다. 그러나 그 정도 일탈로는 미국이란 땅에서 성장하는 동양계 소녀의 불안을 커버할 수 없었다. 그녀는 더 과감한 일탈을 꿈꿨다.

"나 혓바닥에 피어싱할 거야. 그럼 아빠가 열 받아서라도 봐주겠지?"

나는 마지못해 고개를 끄덕여주었다. 하지만 외삼촌은 돈 버느라 자식 돌볼 겨를이 없었다.

오전에 랭귀지스쿨을 다녔다. 백인은 거의 없고 일본인과 중국인이 득실대는 학교였다. 그들도 영어를 못했다. 게다가 동일한 피부색이 주는 심적인 편안함. 수업은 만족스러웠다.

같은 클래스 애들과 이따금 맥도널드에 몰려갔는데 그들도 나에게서 위안받는다는 사실을 알게 됐다. 이름이 유키에라는, 동갑내기 일본 여자애랑 영화를 본 적도 있다.

여름이 시작될 무렵에는 지하철을 타고 더 멀리 나갈 수 있게 되었다. 번화가에서 아이스크림을 사 먹고 유행하는 소품을 골랐다. 피부가 너무 하얘서 백반증 환자 같은 아일랜드인을 만났다.

차도르로 온몸을 감싼 이슬람 여자도 만났다. 단골서점 여주인은 자신이 아프리카 보츠와나 출신이라고 했다. 처음 들어보는 나라였다. 흑인들은 피부색이 황인종에 가까운 애들도 있고 진짜 연탄처럼 새까만 애들도 있었다. 아무도 날 이방인 대하듯 흘겨보지 않았다.

어쩌면 새로운 기회인지도 몰라. 차라리 잘됐어, 잘됐어, 잘됐어.

고층빌딩 사잇길을 걸으며 스스로를 다독였다. 직접 그걸 깨닫자 새 에너지가 가슴 깊숙한 곳에서 솟구쳐 올랐다. 뉴욕의 공기가 처음으로 푸근하게 느껴졌다. 짧게나마 행복했다.

이듬해 여름, 끔찍한 사고가 터지기 전까지.

몇 가지 준비물이 필요하다.

오후에 아파트를 나섰다. 근 한 달 만의 외출. 큰길가 우리은행을 찾아 잔고부터 확인했다. 민 사장은 의외로 통이 컸다. 통장에는 생각보다 많은 돈이 꽂혀 있었다. 우선 300을 마누라 계좌로 이체했다. 청원경찰 책상 옆 공중전화에 동전을 쑤셔 넣고 전화를 걸었다. 신호음만 계속 울렸다. 다시 걸어도 마찬가지. 할 수 없이 음성 메시지를 남겼다.

"나미 학원비 몇 달치 한꺼번에 넣었소. 확인해."

은행 회전문을 밀고 나오다 눈썹을 찡그렸다. 초겨울의 눈부신

햇살 때문이 아니었다. 손바닥으로도 못 가릴 강력한 생명력의 파장이 퍼져왔다. 빨간 풍선 하나가 수분이 빠져버린 가로수 가지에 매달려 요동쳤다. 신호등이 초록색으로 바뀌자 도로 저편 사람들이 우르르 몰려왔다. 풍경이 도무지 낯설었다. 무엇을 해야 할지, 어디로 가야 할지 헷갈렸다. 잠시 어지럼증을 느꼈다.

SK텔레콤 대리점에 들러 정지시켜 놓았던 휴대폰부터 살렸다. 아직 세상과 소통할 준비는 안 됐지만 일을 위해서는 어쩔 수 없었다. 시내버스 맨 뒷좌석에 앉아 무작정 도심으로 향했다. 세운상가에서 작고 날이 번들거리는 나이프를 하나 골랐다. 이젠 예측 못 할 위험과 맞닥뜨려도 38구경 리볼버를 허리에 찰 수 없다. 형사가 아니면 그건 불법이니까.

리어카에서 중국산 운동화를 한 켤레 사 들고 청계천을 따라 그냥 걸었다. 한참 걷다 보니 덕수궁. 시간은 기껏 40분 흘렀다.

석조전이 보이는 분수대 앞 벤치에 앉아 눈을 감았다. 콧구멍으로 흙냄새가 실린 바람이 빨려 들어왔다. 아내는 여길 좋아했다. 결혼 전, 인근 증권사에 근무하던 그녀를 비번인 날 점심시간에 만나곤 했다. 왜 이쪽으로 발길이 닿았는지 이제야 알겠다. 다시 전화를 넣었다. 신호음만 오래 울렸다.

대한문을 나와 광화문 지하보도를 건너 다시 종로로 향했다. 퇴근시간이라 거리에는 말쑥한 양복 차림의 샐러리맨들이 금방 불어났다. 그들은 짝을 지어 술집이 밀집한 골목 이쪽저쪽으로 사라졌다.

"부럽다, 씨팔."

나는 비아냥거리듯 내뱉었다. 누군가와 생맥주 한잔이 간절했지만 딱히 불러낼 사람이 없었다. 입 안이 씁쓸했다.

그때였다. 어디서 쿵 하는 소리가 들렸다. 이어지는 날카로운 비명. 1톤 트럭 한 대가 중앙선을 밟고 섰다. 횡단보도 위에 붉은 치마를 입은 여자가 잠자듯 누워 있었다. 즉사였다.

시체라면 지긋지긋할 만큼 봐서일까, 아무런 느낌이 안 들었다. 교통사고든 살인사건이든, 미스코리아든 칠순 할망구든, 시체는 다 똑같다. 시간이 지나면 시반이 생기고 부패하고 구더기가 나온다.

횡단보도를 건너는 사람들의 웅성거림이 커져갔다. 호기심이란 참 묘하다. 얼굴은 뻣뻣하게 쳐들고 눈동자만 굴려 바닥을 훔쳐보는 시선들. 긴 생머리 여자 하나가 가방에서 카메라를 꺼내 현장을 찍었다.

어리석은 년. 무슨 생각으로 타인의 사고에 개입하려는 걸까. 세상일, 특히 교통사고 따위에 얽히면 피곤해진다는 걸 모르나. 어설픈 정의감 따윈 집어쳐. 그녀가 가까이 있다면 충고해 주련만. 쯧쯧.

버스 정류장에서 재발신 버튼을 눌렀다. 여전히 신호음만 지겹게 울려댔다. 참으려, 참으려 했는데 짜증이 치밀어 올랐다.

다시 시내버스 뒷좌석에 앉아 졸다가 우리은행 앞에서 내렸다. 그새 날은 완전히 저물었다. 나뭇가지에 걸린 빨간 풍선은 아직도 생명력을 유지한 채 요동쳤다. 나는 고개를 들어 잠시 감탄했다. 마을버스로 갈아타고 아파트 앞 언덕을 걷는데 휴대폰 벨소리가 울렸다.

"저예요. 고객 때문에 지방 갔었어요. 돈은 확인했어요."

아내였다. 지독히 사무적인 목소리. 그녀는 지금 외국계 보험사 영업을 한다. 얼마나 돈벌이가 되는지는 알 수 없지만 지방에 가는 일이 잦아졌다. 그렇지만 그게 전화 통화랑 무슨 관련이 있겠나.

"휴대폰 다시 살렸소."

"알고 있어요."

"나미는 좀 어때?"

"걱정할 정도는 아니래요. 막 잠들었어요. 그럼……."

다음 말을 잇기도 전에 전화는 툭 끊어졌다. 아직 8시도 안 됐다. 잠들었다는 말은 분명 거짓말. 아내는 날 두려워하는 걸까, 무시하는 걸까, 아님 무관심한 걸까. 아픈 딸 목소리 한번 들려주는 게 선심을 써야 할 만큼 힘든 일인가.

요즘 낌새가 영 수상쩍다. 형사의 눈은 못 속인다. 그녀가 어딜 가서 뭘 하던 그건 자유. 그러나 딸아이와 나를 의도적으로 떼놓으려 한다면 용서할 수 없다. 나도 모르게 어금니에 힘이 들어갔다.

9층. 엘리베이터에서 내려 복도에 들어서는데 어둠 속에서 시커먼 물체가 움직였다. 현관문 옆에 내놓은 쓰레기봉투를 물어뜯고 있었다. 도둑고양이인가 싶어 바짝 긴장해서 살피니 개였다. 그 순간 흰 털북숭이도 제풀에 놀라 컹컹 짖어댔다.

908호 현관문 틈으로 불빛이 새어 나왔다. 빨간 추리닝 여자는 얼마나 급한 일이기에 문도 열어둔 채 사라진 걸까.

"나쁜 년들."

후끈거리는 기운이 머리끝까지 올라왔다. 지금 심정 같으면 마누라와 908호 머리채를 낚아채 바닥에 내동댕이쳐 버리고 싶다. 하지만 참아야 한다, 참아야 한다. 애써 그렇게 되뇌었다. 내일부터 중요한 일이 기다리고 있다. 큰 돈벌이는 자주 있는 게 아니다.

그건 갱영화 속의 한 장면 같았다.

눈을 제대로 뜰 수 없을 만큼 강한 햇볕이 내리쬐는 여름날이었다. 나는 인근 한국인 노부부 집에 부식을 전해주고 오는 길이었다. 슈퍼마켓 앞에서 사람들이 웅성거렸다. 감색 재복경찰들이 무전기를 들고 어슬렁댔고, 가게 출입구에는 'POLICE LINE' 이라고 적힌 노란 테이프가 길게 걸려 있었다. 길가에 주차된 순찰차 두 대와 앰뷸런스도 보였다.

외삼촌은 벽에 등을 기댄 채 주저앉아 천장을 바라보고 있었다. 이마에 시커먼 구멍이 뚫렸고, 그 구멍에서 흘러내린 피가 볼을 타고 내려와 흰 셔츠를 검붉게 물들였다. 가끔씩 만지작거리던 호신용 권총을 오른손에 꽉 쥐고 있었다.

시체는 마치 역사박물관의 밀랍인형처럼 보였다. 피는 걸쭉한 토마토케첩 같았다. 징그럽지도, 그렇다고 우스꽝스럽지도 않은, 그냥 음산한 풍경화를 보는 느낌이었다.

계산대 뒤편 나무진열장에 탄환 자국이 여럿 패였고 주둥이가 박살 난 보드카 병에선 아직도 술이 똑똑 떨어져 내렸다. 가게 바닥은 유리 파편과 수백 개도 넘을 듯한 동전, 마르지 않은 피와 밑창무늬가 선명한 발자국 따위로 뒤덮여 있었다.

과학수사대 요원이 거미처럼 엎드려 손전등처럼 생긴 도구로 바닥을 훑었다. 카메라 셔터 소리와 함께 플래시가 연이어 터졌다. 그제야 내 입에서 아, 하는 짧은 탄성이 새 나왔다. 어지럼증이 몰려와 한순간 휘청거렸다.

주위가 갑자기 멀게 느껴졌다. 둔중한 구둣발 소리와 히스패닉계 갱 셋이 탄 트럭을 쫓고 있다는 무전 소리도. 이런 이마 가운데를 완전히 뚫었잖아. 우리 내기할까. 아마 콜트 계열의 45구경일 거야. 팔짱 낀 제복경찰들 입에서 흘러나오는 이야기 소리까지.

외숙모는 가게 밖 한쪽 구석에 넋 나간 사람처럼 서 있었다. 눈동자는 초점을 잃었고 턱을 심하게 떨었다. 처음 본 사람처럼 표정이 낯설었다. 나는 차마 그녀 얼굴을 똑바로 볼 수 없었다.

중년의 백인사내가 우리에게 다가왔다. 반쯤 벗겨진 금발에 구레나룻이 지저분하고 아랫배가 물풍선처럼 튀어나왔다. 플러싱을 관할하는 109경찰서 형사였다.

"고속도로에서 갱들을 잡았습니다. 총격전이 있었죠. 둘은 즉사했습니다. 경찰도 하나 다쳤고요."

그 말은 위로라기보다 다그치는 것처럼 들렸다. 감시카메라는 왜 안 돌렸으며 계산대 앞 보호창은 어디로 갔는지, 그리고 무장한 갱들에게 왜 그렇게 무모한 대항을 했느냐는. 또 뻐기듯이 들렸다. 보셨나요. 뉴욕 경찰이 얼마나 신속하고 용감한지를.

상점과 유흥업소가 밀집한 탓인지 최근 이곳에 강력사건이 잇따랐다. 지난달에는 유니온스트리트의 한 창고 안에서 40대 한국인 남자의 토막 변사체가 발견됐다. 2주 전에는 세력다툼을 벌이던 중국 폭력조직 간의 총격전으로 도로 위에서 셋이 숨지기도 했다. 줄리아니 전 뉴욕 시장의 범죄억제정책(zero tolerance policy)

시행 이후 강력범죄율이 계속 줄었는데 플러싱만은 예외였다. 그러니 뉴욕 시경이 코리아타운을 보는 시선이 고울 리 만무했다.

길 건너편 세탁소의 세라 킴 아줌마가 뒤늦게 소식을 듣고 맨발로 달려왔다. 놀랍게도 외숙모는 그녀의 품에 안기자마자 참았던 울음을 터뜨렸다. 어린애가 생떼 쓰듯 울음소리는 점점 커져갔다. 그녀들은 고향이 같다. 세라 아줌마는 외숙모의 여고 선배다. 학연과 지연의 오묘한 관계. 이국땅에서 더욱 끈끈한 힘을 발휘한다. 나는 경황없는 상황에서 희한하게 그런 생각을 했다.

내 얼굴에서 닳고 닳은 형사를 본 걸까.

극장 매점의 단발 아가씨는 약간 겁먹은 얼굴로 답을 기억해 내려 애썼다. 그녀의 눈썹은 매끈한 초승달처럼 정갈했다.

"자그마한 남자였어요. 체크무늬 캡을 푹 눌러썼고요. 왜 있잖아요. 겨울에 쓰는 납작한 모자. 베이지색 코트를 입었고, 그리고 으음…… 얼굴이 고왔어요. 꽃미남처럼. 그래서 기억하걸랑요."

"확실해?"

나는 눈을 부라리며 다그쳤다. 단발은 껌을 찍찍 씹으며 고개를 끄덕였다. 그녀는 용의자 얼굴을 본 유일한 목격자였다.

"그 밖에 달리 기억나는 건? 걸음걸이라든가, 이상한 낌새라든가."

"글쎄……. 근데 왜 다시 물어보세요? 그저께 다른 형사 아저씨한테 다 말했는데. 그새 담당이 바뀐 건가?"

나는 대답하지 않고 뒤돌아섰다.

시체를 처음 발견한 사람은 용역회사의 청소부 할머니였다. 내가 찾아갔을 때 그녀는 남자 화장실 바닥을 밀대로 문지르고 있었다.

"영화가 끝나 쓰레기 치우러 들어갔지. 다른 사람들은 다 나갔는데 한 양반이 그냥 앉아 있더라고. 영화 보다가 잠든 줄 알았어. 깨우려고 다가갔더니 아, 글쎄……."

"바로 경찰에 신고하셨습니까?"

"전화는 사장양반이 했어. 내가 본 건 그게 다야."

살아온 세월이 있어서일까, 노파는 목 짧은 고무장갑을 벗으며 여유 있는 표정으로 그날을 회상했다. 그러나 뻔한 대답만 들려줘 건질 만한 건 없었다.

발길을 돌려 현장에 가보았다. 사람이 죽어 나간 2관은 폐쇄됐고, G열과 H열 좌석 주위로 현장 보존용 띠가 둘러쳐져 있었다. 띠를 넘어 들어가 G열 2번 자리에 앉아보았다. 손가락 총을 만들어 앞자리를 향해 겨눴다. 입천장에서 혀를 떼며 발음한다. 탕!

아주 대범한 놈이다. 아무리 범죄 유형이 서구화됐다 해도 한국에서 총질은 아직 드문 케이스. 게다가 범행현장이 극장이라니, 진짜 영화에서나 나올 법한 얘기다.

극장 주인을 찾아 사소한 몇 가지를 더 물어보았다.

"이런 데 감시카메라 같은 게 있겠소? 인수할 사람이 없어 마지못해 끌고 가는데. 1층 정문 출입구에는 있다고 들었소. 그나저나 굿이라도 한판 벌여야지, 원……."

돋보기를 낀 늙은이는 푸념만 늘어놓았다.
"죽은 양반 여기 자주 들렀습니까?"
"아마 한 주에 한 번은 올 거요. 그 사람 겉모습과는 달리 영화광이라오."
노인은 그렇게 말하면서도 믿기지 않는다는 표정을 지었다.
엘리베이터를 기다리다 매점 옆으로 난 비상계단을 발견했다. 철문은 틈을 빠끔히 벌리고 있었다. 살인을 해놓고 태연하게 엘리베이터를 기다릴 수 있는 인간이 얼마나 될까. 내 경험에 의하면 분명히 없다.
철문을 밀자 끼이익, 소리가 음산했다. 조도 낮은 전등이 어스름 비쳤다. 계단을 밟고 내려설 때마다 둔중한 구둣발 소리가 텅텅 울리며 천장으로 솟았다. 나흘 전, 살인범이 이 계단을 타고 내려갔다는 결론에 이르자 묘한 기분에 휩싸였다. 행여 작은 흔적이라도 찾을까 하여 한 계단 한 계단 찬찬히 훑어 나갔다. 마치 현장에 복귀한 기분. 피비린내가 진동하고, 목이 동강 난 시체와 사시미칼이 널브러진 장소는 아니지만 말이다.
칼국수로 점심을 때우고 옆 건물 1층 서점을 찾았다. 박하서적은 죽은 최 사장이 운영하던 곳. 동네 서점치고는 규모가 꽤 컸다. 주인이 죽고 없는데도 문을 열었다.
여점원 둘이 계산대에 앉아 수다를 떨고 있었다. 상중이라 살해당한 최 사장의 아내는 만날 수 없었다.
"최근에 특별한 일 없었소? 괴전화가 걸려왔거나 낯선 사람이 방문했거나…… 뭐, 그런."
나는 베스트셀러 매대 앞에 서서 『설득의 심리학』이란 책표지를 만지작거리며 물었다.

"전혀요. 평소보다 더 활동적이셨어요."

덧니가 씩씩한 목소리로 대답했다. 특별한 기대를 한 건 아니지만 막막함에 입맛을 다실 수밖에 없었다. 문을 밀고 나오는데 긴 생머리가 등에 대고 말했다.

"이런 얘기 뭣하지만, 솔직히 사장님 별난 분이셨어요. 매주 목요일이나 금요일에 영화를 보세요. 거래처 결재는 수요일 오전에 해주시고 그날 오후에는 사우나에 가세요. 한 번도 거른 적이 없죠. 그런 걸 강박성 인격장애라고 하나? 뭐라 부르는 용어가 있던데. 암튼 사이코 같기도 하고 좀 그랬어요."

덧니가 눈을 흘기며 생머리를 툭 쳤다. 생머리는 퉁명스레 대꾸했다.

"뭐 어때. 또라이 자식 죽었는데."

서점 앞은 광장이다. 왼쪽은 대규모 아파트 단지, 오른쪽은 지하철역. 점심때라 행인이 제법 오갔다. 담배를 한 대 빼 물고 하늘을 올려다봤다. 얄궂은 날씨였다. 태양은 떠 있으나 부연 대기 때문에 원의 테두리를 확인할 수 없었다. 그 탓인가. 찬바람이 불어와도 안온하게 느껴졌다. 담배 연기가 몽글몽글 허공으로 피어올랐다.

광장 중앙을 향해 걸으며 매점 단발의 증언을 떠올렸다. 바바리코트를 입은, 예쁘장하게 생긴, 자그마한 사내라……

막막한 느낌이었다. 이런 식의 탐문수사로는 용의자는커녕 살인의 목적조차 감이 안 잡혔다. 그건 민 사장 이야기의 진위 여부를 판단할 수 없음을 의미했다. 담배 끝부분을 손가락으로 퉁겨

불을 끄며 일이 길어지리라 예감한다.

아참, 햄버거 먹다가 당했다고 했던가?

그 생각에 좌우를 둘러보았다. 붉은색과 흰색으로 조합된 영어 간판이 광장 건너편 정면에 보였다. 유리문을 밀고 들어서자 말괄량이 삐삐처럼 머리를 땋은 소녀가 소프라노 목소리로 외쳤다.

"어서 오십시오. 롯데리아입니다!"

욕실 거울 앞에 서서 체크무늬 캡을 벗는다.

그 밑으로 짧은 머리카락이 드러났다. 이마 위로 손가락을 밀어 넣어 가발을 들어냈다. 고정용 실핀을 뽑자 긴 생머리가 어깨 위로 축 늘어졌다. 처음 입어본 남자용 바바리는 무겁고 팔놀림이 불편했다. 회색 폴라티를 벗고 브래지어 후크를 풀었다. 마지막으로 자수가 놓인 크림색 팬티를 발목까지 끌어내렸다.

거울에 비친 여자를 보았다. 170센티미터의 키에 벌어진 어깨는 수영선수처럼 찰진 탄력이 느껴졌다. 귀염성 있는 얼굴과 따로 노는 느낌이다. 배꼽 왼쪽에 10센티미터 정도 되는 칼자국이 보였다. 흉터는 기다란 지렁이 같았다. 거울로 보면 타인의 몸처럼 꿰맨 자국이 더 흉측하다. 손바닥으로 문질러보지만 불그레한 흔적만 남았다. 오른쪽 엉덩이에서 동전만 한 피멍을 발견했다. 언제 생겼을까. 어디 부딪친 기억은 없는데. 시간이 지나면 사라지겠지.

샤워기의 뜨거운 물이 몸을 덮치자 비로소 오늘 일이 정리된 기분. 몽글몽글 피어오르는 수증기 속에 파묻히니 지하철 안에서의 악몽이 이내 잊혀졌다.
 커피메이커의 스위치를 올리고 텔레비전을 켜놓고 컴퓨터 앞에 앉아 메일을 썼다.

 명, 보고 싶어. 서울은 여전히 내게 힘든 땅이야. 뉴욕에는 첫눈이 왔나요? 곤잘레스와 디오도 잘 지내겠지. 예전처럼 같이 맥주를 마시며 떠들썩하게 이야기하고 싶어. 봄에는 분명 돌아갈 수 있을 거야. 그리고…….

다음 문장을 생각하다 손가락을 멈췄다. 뭔가 딱딱한 것이 명치 끝을 눌러왔다. 쓴 글을 날려버리고 다시 키보드를 두드렸다.

 세 번째 일도 잘 처리했습니다. 이번에도 마이클이 많이 도와주었습니다. 곧 뉴욕에서 만날 수 있겠군요.

 '보내기'를 클릭하는 순간, 달칵거리며 커피메이커의 스위치가 올라갔다. 연한 커피를 마시며 가방 지퍼를 열었다. 다이어리에는 지난 두 달 간 정리한 세 번째 남자의 정보가 깨알같이 적혀 있었다. 이제는 쓸모가 없어진 것들. 읊조리듯 마지막으로 읽어보았다.

 최동구. 42세. 신도시에서 서점 운영. 주소는 청구빌라 204호. 첫 번째 결혼에 실패하고 지금 부인과 3년 전 재혼했으나 별거 중. 아이 없음. 고혈압과 고지혈, 복부비만 등 대사증후군 앓음. 그러나 운동 싫어하고 패스트푸드와 술 즐김. 취미는 음악과 영화감상. 검은색 렉스턴 소유. 성격은 다혈질에 무뚝뚝한 편. 사교성 부족으로 상가 사람들과 왕래 없음. 병적일 정도로 시간관념 철저. 성격장애 의심. 이혼 전 의처증으로 정신과 치료 전력.

나는 그 부분을 뜯어내 여러 갈래로 찢었다. 그리고 카메라를 꺼내 모니터를 확인했다. 저장된 사진은 쉰여 장. 한 장 한 장 확인하며 쓸모없는 것들을 지워 나갔다. 설악산의 호텔 로비를 서성이는 첫 번째 남자의 찡그린 얼굴, 소주잔을 거푸 들이켜는 두 번째 남자의 긴장 풀린 얼굴, 서점을 들락날락거리는 세 번째 남자의 무뚝뚝한 얼굴이 지나갔다. 맨 마지막은 오늘 오후 롯데리아에서 찍은 광장 풍경이다. 회색 바다 위를 검은 비닐봉지가 떠돌았다.

뉴욕에 돌아가면 이 사진들을 몌에게 보여주며 무용담을 뽐내고 싶다. 차근차근 근사한 설명도 곁들여서.

다시 다이어리를 살폈다. 표지 안쪽에 풀로 붙여둔 사진에는 네 명의 사내가 웃고 있었다. 빨간 색연필로 세 번째 뿔테 안경 위에 엑스자를 그었다. 이제 한 명 남았다.

웅얼거리는 소리에 끌려 텔레비전으로 눈길을 가져갔다. 머리칼에 무스를 발라 넘긴 귀공자풍의 아나운서가 저녁뉴스를 진행했다.

일산 신도시의 한 극장 안에서 40대 남자가 총에 맞아 숨진 채 발견돼 경찰이 수사에 나섰습니다. 경찰에 따르면 피해자는 마흔두 살 최 모 씨이며 머리에…….

커피를 한 모금 삼켰다.

다음 소식입니다. 오늘 오후 5시경 지하철 3호선 대곡역에서 신병을 비관한 50대 교사가 전동차에 뛰어들어 그 자리에서 숨졌습니다. 이 사고로 전철 운행이 20여 분 간 중단돼 승객들이 큰 불편을 겪었습니다.

커피를 다시 한 모금 삼켰다. 긴 하루였다. 긴장이 풀리면서 온몸이 나른해졌다. 다이빙하듯 침대 위에 쓰러지는데 휴대폰이 울렸다. 발신자 번호를 확인했다.

마이클!

극장 살인사건이 일어나고 1주일이 흘렀다.

바람은 하루하루 차가워졌다. 경찰은 아직 해결의 실마리를 찾지 못했다. 언론보도가 뜸해지면서 사건은 사람들 기억 속에서 잊혀갔다.

예상했던 바지만 극장과 서점 탐문수사는 별 도움이 안 됐다. 같이 영화를 본 다섯 명의 관객 중 어렵게 한 명과 통화에 성공했다.

"영화에 몰두해 있어서 아무것도 못 봤습니다. 총소리도 못 들었고요. 극장에서 사람 죽었다는 얘긴 들었는데 그게 우리 상영관일 줄이야. 경찰이 찾아오고 나서야 알았습니다. 졸라 무서워요."

발뺌하기 급급한 20대 남자의 대답은 허무했다.

나는 절망감 속에서 네 번째 남자를 찾아 움직이기 시작했다. 아무런 정보 없이 달랑 사진 한 장으로 사람을 찾아내기란 쉽지 않은 일이다. 우선 작년 12월 뉴욕으로 출국한 사람들을 대상으로 범위를 좁혀 나갔다. 좋든 싫든 안면 있는 사람들 도움이 절대적으로 필요했다. 자존심을 꾹 누르고 옛 동료들에게 부탁해 공항 출입국관리사무소에서 명단을 뽑아냈다.

"참 웃기는 놈일세. 형사가 뭐 해병대야. 한번 경찰은 영원한 경찰, 뭐 그런 거야?"

예전 정보원으로 데리고 있던 놈을 만나 잔일을 부탁하려 했더니 노골적으로 비아냥거렸다. 벌어진 앞니 사이로 침을 찍찍 내뱉으며 꼴리는 대로 지껄였다. 나는 당황해 얼굴을 붉혔다. 놈의 아가리에 주먹을 먹여주고 싶었지만 참아야 했다. 뒤돌아서며 실직의 비애를 곱씹었다. 이새끼, 내 손에 걸려 뒈지는 날이 있을 거다!

별거 중인 최 사장 부인과 두 번 통화를 했는데 사진 이야기를 해주어도 못 알아들었다. 부검까지 끝난 일이라며 남편을 두 번 죽이지 말라고 독설을 퍼부었다. 싸가지 없는 년. 어디서 주워들은 건 있어가지고. 까놓고 말해 횡재했지. 서점 팔고 사망보험금 받아 배불리 잘살 것이다.

나는 죽은 자와 산 자의 흔적을 쫓아 지방으로 달려갔다. 폐차 직전의 청색 엘란트라를 타고 설악산을 거쳐 남도 지방의 한 저수지를 향해 밟았다. 적막한 밤의 고속도로는 외롭고 무서웠다. 드문드문 꺼진 가로등, 끝이 안 보이는 터널, 스쳐가는 트레일러의 굉음. 졸음이 몰려와 핸들을 스르 놓아버리지는 않을까 두려운 질주였다. 형사 시절이 외롭지 않았던 건 '마누라'라고 불리는 파트너가 늘 곁에 있었기 때문이다. 날 거쳐간 얼굴들을 하나하나 떠올려보았다. 4년 전, 조폭새끼 회칼에 찔려 죽은 양 선배를 생각하니 가슴이 미어졌다. 딸은 벌써 중학생이 됐을 텐데. 자주 찾아뵙겠다고 형수에게 한 약속은 빈말이 돼버렸다. 그게 형사들의 삶인걸. 흘, 흐흘……

중앙고속도로 동명휴게소에서 텔레비전으로 뉴스를 봤다. 복제된 인간배아에서 줄기세포 추출에 성공한 한국인 과학자의 업적을 둘러싸고 진실공방이 한창이다. 나는 덜 익은 우동가락을 씹다가 화면에서 시선을 떼지 못했다. 물방울처럼 똥글똥글한 세포를 미세한 침으로 찌르는 화면을 보며 인간복제도 멀지 않았구나, 감탄했다. 그리고 내가 하는 일이 얼마나 초라하고 유치한 일인가를 생각했다.

닷새 만에 서울의 아파트로 돌아왔다. 시간이 후딱 흘러 12월도 열흘이 더 지났다. 그 사이 의뢰인 민 사장과는 딱 한 번 연락을 취했다. 구라를 좀 때려 일은 아주, 아주 순조롭다고 말해 주었다.

캔맥주와 컵라면을 사려고 슈퍼마켓 앞에 차를 세우다 담벼락에 붙은 신문 크기만 한 벽보를 발견했다.

개를 찾습니다. 이름 흰둥이. 네 살 된 말티즈. 102동 908호로 연락 주시면 사례하겠음. 016-526-3047.

안방 카펫 위에서 뒹구는 애완견 사진을 함께 붙여놓았다.

집 안은 냉기가 가득했다. 난방밸브를 올리는데 크큭, 웃음이 삐져나왔다. 같은 층 이웃들은 그 벽보를 들여다보고 얼마나 통쾌해 했을까. 그날 밤, 908호 똥보년은 현관문을 열어젖히고 어디로 사라진 걸까. 변명의 여지가 없다. 책임은 전적으로 그녀 몫이다.

캔맥주를 따 들고 포마이카 상 앞에 앉았다. 가방에서 수첩을 꺼냈다. 김정호. 31세. 미용사. 작년 12월 뉴욕을 다녀왔고 현재 주민등록지는 대구였다.

네 번째 사내가 그렇게 모습을 드러냈다. 물론 그의 목숨 따윈 관심 없다. 나는 형사도 아니고 사건에 깊이 엮이기도 싫었다. 의뢰인 요구를 충족시켜 주고 돈만 챙기면 그만이다.

정보를 정리한 뒤 피시방으로 달려가 민 사장에게 이메일을 날렸다. 사진 속 얼굴만 가지고 열흘 만에 찾아냈으니 내가 생각해도 뿌듯하다. 민 사장은 분명 내 능력에 감탄하리라. 추가로 돈을 넣어줄지도 모르겠다. 좀 두둑이 풀면 좋으련만.

돌아오는 길에 사진관에 들렀다.

"참 형님도. 요즘 누가 필름카메라 씁니까? 작품 사진도 아니고."

안면 트고 지내는 노총각 허 사장이 쌈빡한 은색 디지털카메라를 진열대 위에 올려놓았다.

"캐논 최신형입니다. 조심해서 다루셔야 합니다."

허 사장은 조작법을 가르쳐주며 누차 주의를 주었다. 나는 한 귀로 흘려들으면서 줌렌즈를 진열장 위 선인장에 갖다 댔다. 셔터를 누르자 번쩍 하고 플래시가 터졌다. 모니터에 본래의 초록색보다 더 선명한 선인장이 찍혔다.

캔맥주를 하나 더 까고 잠자리에 들었다. 개 짖는 소리가 없는 밤, 너무 평온했다. 모처럼 맛보는 숙면.

모처럼 화장을 했다.

무릎까지 내려오는 갈색 주름스커트를 입고 숄을 둘렀다. 검은 앵글부츠를 신고 다시 거울 앞에 섰다. 마지막으로 향수병을 들고 서 주저했다. 명은 향수 냄새를 싫어했다. 범행현장에 어떤 흔적을 남긴다고 믿었다. 미국 과학수사대에는 공기 중의 냄새를 채취하는 기계가 있다던가. 그리고 향수보다는 땀 냄새가 더 자극적이지 않니? 그렇게 내 귀에 속삭였다. 나는 명의 얼굴을 빤히 바라보며 동의할 수 없다는 표정으로 고개를 저었다. 아마도 그때, 주위에 사람이 없었다면 명은 부드러운 입술로 내 볼에 키스했으리라.

그러면서도 뉴저지의 '우드베리 아웃렛'에 갔을 때 샤넬 No. 5를 사주었다. 명은 그런 사람이다. 무심한 듯 자상한, 냉정한 듯 따뜻한. 나는 헤죽 웃으며 향수병을 제자리에 내려놓았다.

회색 벤츠는 시동을 켠 채 원룸 앞에 대기해 있었다. 선팅 짙은 조수석 창문이 스르르 열리더니 굵직한 목소리가 날 불렀다. 운전대는 마이클이 직접 잡았다. 전에도 느꼈지만 콧수염 때문에 그의 나이를 가늠할 수 없었다. 오늘은 검은색 바탕에 흰 로고가 박음질 된 뉴욕 양키스 모자를 눌러써 더 판단을 어렵게 한다.

마이클은 미국인이고 2년 전 한국에 왔다. 그는 명이 몸담고 있는 국제조직의 서울 주재원 정도쯤 된다. 그게 내가 아는 전부. 서울로 오게 됐을 때 명에게 넌지시 물었다.

"마이클이란 사람 알아요?"

"일은 네가 하는 거야."

명은 스타벅스에서 사온 커피를 홀짝이며 그렇게만 말했다. 긍정인지 부정인지 모를 표정을 지으면서.

마이클이 기어를 D에 놓으며 물었다.

"그나저나 점심은 뭘 먹지?"

"스시."

나는 바로 대답했다. 차갑고 쫄깃한 생선살을 씹고 싶었다. 벤츠는 원룸이 몰려 있는 동네를 빠져나와 올림픽대로를 올라탔다. 곱슬곱슬한 털로 뒤덮인 손이 카오디오 버튼을 눌렀다. 감정이 풍부하면서도 군더더기 없는 여성 보컬의 재즈가 흘러나왔다. 마이클은 핸들을 툭툭 두드려가며 박자를 맞췄다. 가끔 어깨도 들썩였다. 기분이 썩 좋아 보였다.

노래하는 가수가 참을 수 없이 궁금했다. 왠지 뚱뚱한 흑인일 것 같았다. 입술이 두툼하고 머리에는 금색 터번 같은 걸 두른.

"이름이 뭐예요, 이 여자?"

내 질문에 마이클이 고개를 히뜩 돌리며 눈을 치켜떴다.

"설마 몰라서 묻는 건 아니겠지? 다이애나 크롤을."

"……몰라요. 흑인?"

"오 마이 갓!"

마이클이 탄식과 함께 핸들을 두 손으로 꾹 잡고 흔들었다.

"백인 싱어야. 금발의 아름다운 여자지. 작년 여름 서울 힐튼호텔에서 내한공연도 했어. 중저음으로 깔리는 목소리 정말 죽여주더군. 그날 디자이너 앙드레 김도 왔었는데. 후후."

마이클은 입을 벌리며 엄지손가락을 치켜세웠다.

"난 왜 몰랐을까. 미국에 오래 살면서도……"

"오우, 너도 분명히 들었을 거야. 단지 기억을 못 할 뿐이지. 브리트니 스피어스에 가려서 말이지. 후후. 대통령 이름도 모르는 인간이 수두룩한 곳이 아메리카야. 신경 쓰지 마."

마이클의 목소리가 한순간 과장됐다. 나는 잠자코 음악을 들었다. 멜로디는 달콤하고 리듬은 경쾌하다. 난해하지도 않았다. 왜 그녀를 흑인이라 생각했을까. 선입견 때문인가. 시선을 차창 밖으로 가져갔다. 벤츠는 빠른 속도로 여의도 63빌딩을 스쳐가고 있었다.

한강이 내려다보이는 일식집 다다미방에서 식사를 하는 동안 마이클은 아무 말도 하지 않았다. 후식으로 나온 수제 양갱을 입에 가져가려는데 그제야 두툼한 갈색 봉투를 테이블 위에 올려놓았다.

"네 번째 남자에 관한 정보야. 이번에는 만만한 상대가 아냐. 조심해."

"당신 능력은 정말 놀랍군요."

"그게 내 일인걸. 예전 일에 비하면 소꿉장난이지 뭐. 이 나라에선 웬만한 정보 수집은 돈이면 다 되잖아. A급 애들은 남의 마누라 생리일까지 알아내더라고. 후후. 대신 짜릿함이 없어서 몸이 근질거려."

마이클은 서울에 오기 전 내전 중인 아프리카 어느 나라 반군에게 무기 파는 일을 했다. 젠틀하고 낙천적인 그가 거친 사막의 모래바람을 품고 선 모습이 상상 안 됐다.

"뭐 하나 물어봐도 될까요?"

"대답할 수 있는 걸로 해줘. 후후."

"그들을 왜 죽여야 하나요?"

마이클의 얼굴이 한순간 경직됐다. 양갱을 씹던 입술이 멈췄다. 잠시 생각에 잠기는 척하더니 단정적으로 말했다.

"난 몰라. 궁금하면 네 힘으로 알아봐."

어정쩡한 침묵이 흘렀다. 그 침묵이 불편한지 마이클이 큰 소리로 웃었다.

"많이 알수록 더 힘들어져. 잡념도 늘어날 테고. 단순하게 생각하고 단순하게 행동하는 게 좋지 않겠니?"

나는 대꾸 않고 차를 마셨다. 마음속은 이미 그의 말에 공감하고 있었다.

"집에 데려다 줄게."

"아뇨, 바람 쐬고 싶어요."

마이클은 초밥을 절반 이상 남겼다. 서양인 입에 날 생선은 아직 무리인 모양이다. 미안해진다. 명은 초밥이라면 환장하는데. 특히 이스트빌리지 '샤라쿠'의 디너 세트.

침침한 조명, 유행이 한참 지난 인테리어…….

카페 해바라기는 늘 그렇듯 텅 비어 있었다. 여사장의 미모가 없었다면 진작 문 닫았을 가게였다.

흥신소 박 실장은 아직 오지 않았다. 바 구석에 자리를 잡자 강 마담이 눈인사를 건넨다. 나트륨 조명의 불빛이 뽀얀 얼굴과 붉은 입술의 경계를 더욱 명확히 해주었다. 몇 달 만에 봐도 그녀는 여전히 아름다웠다.

"황 형사님, 정말 오랜만이시네. 다른 서로 가신 건가요?"

물장사하는 여자가 모를 리 있겠는가. 게다가 여기는 경찰서 사람들이 단골로 드나드는 술집. 나는 입을 다문 채 웃어넘겼다.

그녀는 맥주병을 공손히 받쳐 들고 글라스에 따랐다. 담배를 빼 물자 익숙하게 라이터 불을 붙여주었다.

"오늘도 썰렁하군. 가끔은 신기해, 강 마담은 뭘 먹고사나."

"황 형사님마저 안 오시니 더 힘들잖아요."

그녀가 입술을 새초롬 내밀며 눈웃음쳤다. 희고 고른 치아는 윤기가 흘렀다. 목 부분이 패인 검은 드레스를 입었는데 상체를 숙일 때마다 볼록한 가슴선이 드러났다. 서른 중반의 나이지만 고무 같은 탄력이 느껴진다.

모두들 강 마담이라고 부르지만 사실, 그녀 이름은 조소영. 나이는 정확히 서른여섯이고 수년 전 이혼했다. 집은 일산. 아들 하나를 혼자 키우고 있다.

예전에 강력3반 사람들과 술 마시다 마담 나이를 놓고 돈내기를 한 적 있다. 호기심 왕성한 양 형사가 다음 날 재깍 신상명세를 토해냈다. 얌마! 범인 잡는 일을 그렇게 해. 반장이 핀잔을 주자 모두 깔깔 웃었던 기억이 난다.

땅콩을 씹으며 잡다한 옛일을 떠올리는데 파카 안주머니에서 휴대폰이 울었다.

"야! 여기 양평인데 지금 의뢰인 남편새끼랑 젊은 년이랑 모텔에 들어가 떡치고 있다."

박 실장은 약속시간에 올 수 없다고 말했다. 목소리는 다급했지만 활기찼다.

"아무래도 뻗치기 들어가야 할 것 같아. 나오는 순간 사진만 한 장 박아주면 몇 백 굴러들어 오는 일 아니냐. 크크."

나는 휴대폰 폴더를 접고 맥주 한 잔을 단숨에 들이켰다. 보얀 거품이 글라스 끝에 묻어났다. 민 사장이 의뢰한 건을 상의하려 했는데 어쩔 수 없이 미뤄야겠다.

"약속 펑크 났어요? 박 형사님 심부름센터 차렸다더니 잘되는 모양이네."

다시 느끼지만 눈치 하나는 끝내주는 여자다. 우리의 눈빛이 마주치는 순간, 강 마담이 붉은 입술을 갖다 대고 속삭였다.

"그럼, 오늘 밤은 제가 놀아드릴까?"

내가 눈을 치켜뜨며 물었다.

"오늘 밤?"

"이런 기회 아니면 언제 황 형사님이랑 데이트해 보겠어요."

거절할 말이 딱히 생각 안 났다. 그녀는 선심 쓰듯 외출 채비를 했다. 롱코트와 숄을 걸치고 노랑머리 여종업원에게 열쇠를 맡기며 몇 가지 주의를 주었다.

우리는 바로 모텔에 뛰어들었다. 씻지도 않고 침대 위에서 뒹굴었다. 그녀 몸에서 끈적한 땀 냄새와 새콤한 향수 냄새가 뒤섞여 풍겨왔다. 어디서 맡아본 향기. 그런데 기억이 날 듯 날 듯 안 났다.

가녀린 손이 축 늘어진 성기를 주무르자 금세 발기했다. 내 손은 긴 치마 속을 거칠게 더듬었다. 스타킹과 팬티를 한꺼번에 끌어내리자 심장박동이 최고조에 달했다. 살찐 젖통을 한 움큼 잡고 유두를 빨았다. 찌릿하고 행복했다. 모든 번민이 휘발성 강한 알코올처럼 날아갔다. 돈도, 아내도, 나미 문제도.

시간아 멈춰라, 제발!

나는 주문을 외듯 반복해 지껄이며 허리를 요란하게 흔들었다. 강 마담은 무릎을 꿇고 엎드린 채 엉덩이를 내밀었다. 새빨간 입술 사이로 교성이 흘러나왔다.

갑자기 조 경감의 얼굴, 김 반장의 얼굴, 박 실장의 얼굴, 죽은 자, 산 자, 나와 엮인 수백 명의 영상이 머리를 어지럽혔다. 그들 얼굴이 하나하나 풍선처럼 부풀어 올랐다. 귓속이 윙윙거렸다. 성기 끝을 향해 야금야금 뻗쳐오는 쾌감을 최대한 참았다가 물총처럼 하얀 액체를 발사했다. 펑! 수백 개의 풍선이 동시에 터졌다.

눈앞이 캄캄했다. 희열로 온몸이 부르르 떨렸다. 예쁜 년과 매일 섹스하듯, 매사 이런 식이라면 즐거운 인생일 텐데. 나는 짐승 울음 같은 신음을 토하며 침대 위로 나가떨어졌다.

문이 닫히는 소리에 눈을 떴다. 침대 머리맡의 전자시계를 보니 새벽 3시. 나는 여전히 발가벗은 채였고 강 마담은 흔적도 남기지 않고 사라졌다.

지갑에서 수표 세 장이 사라진 것은 새벽에 알았다. 기분이 나빠야 했으나 희한하게도 그런 감정은 일지 않았다. 정당한 대가를 치른 것 같아 되레 홀가분했다. 콧대 높은 여자의 영업비밀을 알아냈으니 가슴이 두근거릴 수밖에. 누구나 비밀은 있고 나는 그 비밀을 지켜줄 용의가 있다. 기분이 놀랄 만큼 상쾌해졌다.

휴대폰이 울린 건 모텔을 막 빠져나올 때였다. 바람맞힌 박 실장인 줄 알았더니 뜻밖에 민 사장. 평소와 달리 목소리가 다급했다.

"황 선생님! 지금 서울에 올라와 계시죠? 아침에 사무실에 좀 들러주십시오."

서울의 새벽하늘에 솜 송이가 둥둥 떠다녔다. 12월 12일. 올 겨울 첫눈이다. 그때 갑자기 뒤통수를 때리듯 기억이 떠올랐다. 익숙한 향수 냄새, 그건 아내가 애용하는 상표였다.

'크리스 42' 라벨이 붙은 붉은색 병.

마이클은 정동길 입구에 차를 세웠다.

회색 벤츠는 날 내려놓고 시청 쪽으로 빠르게 달아났다. 스타식스에는 새로 개봉한 영화 포스터가 줄줄이 내걸려 있다. 「킹콩」과 「해리포터」, 「프라임 러브」……. 나는 장동건이 나오는 영화가 다시 보고 싶어졌다.

"손님 죄송합니다. 2회는 이미 시작했습니다."

회색 조끼를 입은 매표원이 작은 구멍이 여럿 뚫린 유리창 너머에서 말했다.

"입장만 가능하다면 상관없어요."

흐트러진 자세로 의자에 파묻혀 영화의 나머지 부분을 즐겼다. 주인공은 탈북자 출신의 국제해적. 자신을 버린 남한을 향해 복수의 칼날을 간다. 검게 탄 피부와 깊이를 알 수 없는 눈빛은 시종 분노를 분출한다. 방콕과 블라디보스토크의 이국적 풍경과 살아 펄떡이는 액션신. 그러나 동족을 향한 핏빛 복수극은 현실성이 없었다. 가족애니 민족애니 하는 것들, 그리고 버려진 자의 슬픔을 저 정도 음울한 화면만으로 공감시킬 수 있을까. 감정 과잉에 되레 마음만 불편하다.

세상일이 소설이나 영화보다 더 괴이하다 말하는 사람들이 있지만 모르고 하는 소리. 명은 말했다.

"킬러는 두려움을 모른다고? 그건 떠벌리기 좋아하는 사람들이 지어낸 말이야. 그냥 두려움에 익숙할 뿐이야."

극장을 나와 음반매장에 들러 다이애나 크롤 시디를 두 장 사고 광화문 쪽으로 걸었다.

"서울이라는 도시는 말야, 정말 재밌어. 늘 피가 끓는 느낌이랄까. 상식적으로 이해 안 가는 일이 막 터지거든. 밤거리는 또 얼마나 다이내믹해. 술 취해 새벽까지 맘껏 돌아다닐 수 있는 나라는 흔치 않아. 북유럽 애들은 해만 떨어지면 집구석에 처박힌다고."

마이클이 초밥집에서 한 말을 떠올려보았다. 그에게 말해 줄 걸 그랬다. 당신은 단편적인 모습만 봤어. 서울은 말이지, 그렇게 다이내믹하지도, 그렇게 낭만적이지도 않아. 먹고 살기 빠듯한 현실이 그렇게 내보일 뿐이라고.

의료보조기를 파는 가게 쇼윈도에 비친 내 얼굴이 낯설었다. 때가 묻지 않는다는 실리콘 의족과 의수가 진열돼 있었다. 인조 손발은 시체에서 뚝 잘라내 피를 뺀 모습 같았다. 그 모습이 지독히 생경해 한 장 한 장 카메라에 담았다. 그러다 불현듯 떠오르는 사념. 나는 왜 이 시간, 이 거리를 떠도는가. 다시 쇼윈도를 봤다. 거기 내가 있었다. 영혼이 달아난 백지장 같은 얼굴. 나는 고개를 홱 돌렸다.

우체국 앞 횡단보도에서 신호를 기다리는데 급브레이크 소리가 적막을 찢었다. 쿵 소리와 함께 들려오는 비명. 차선을 벗어난 야채트럭이 보이고 여자 하나가 아스팔트 바닥에 쓰러져 있다. 흰색 반코트에 붉은색 치마를 입은 여자는 긴 머리카락을 흩뜨린 채 움직임이 없다.

사람 목숨 참 허망하군. 전철에서 들은 영감 목소리가 다시 귓가에 아른거렸다. 사흘 동안 셋이 죽어 나가는 걸 보았다. 극장에서, 전철역에서, 또 횡단보도에서. 타살, 자살, 그리고 사고사.

신호등이 파란불로 바뀌었다. 사고현장 곁을 지나다 어떤 충동에 사로잡혀 또 카메라 렌즈를 갖다 댔다. 목격자 조사 따위에 응할 생각은 추호도 없다. 그냥 일방적인 호기심. 어둑한 방 안에서 죽은 자의 표정을 찬찬히 들여다보고 싶었다.

여자의 모습은 정물화처럼 평온했다. 피는 한 방울도 튀지 않았다. 붉은 스커트 자락이 허벅지까지 말려 올라갔다. 승복을 입은 까까머리가 하얀 속옷을 훔쳐보며 지나갔다. 사내들은 시체를 보고도 성욕을 느낄까.

신호등이 몇 번 깜박이더니 빨간불로 변했다. 밀려 있던 차들이 일시에 경적을 울려댔다. 고막을 찢는 듯한 소리가 이어졌다. 교통순경 하나가 급하게 뛰어왔지만 사거리는 금세 난장판으로 변했다.

종각 쪽으로 더 걸으니 퇴근하는 샐러리맨들이 쏟아져 나왔다. 검은 양복에 흰색 셔츠, 원색 넥타이, 짧은 머리와 어깨에 멘 가죽가방. 한국 샐러리맨은 공장에서 찍어낸 로봇처럼 똑같은 복장을 하고 다닌다. 그들은 짝을 이뤄 골목 이쪽저쪽으로 사라졌다.

도시의 밤이 깊어지면 저들은 불콰한 얼굴로 골목에서 튀어나와 대로변에 토악질하고, 휴대폰에다 괴성을 질러댄다. 삼겹살 기름과 술집여자의 화장품 냄새를 묻힌 채 지하철 막차 의자에 주저앉는다.

순간 살아 꿈틀대는 모든 남자들이 불결하게 느껴졌다. 어쩌면 엄마도 남편이란 사내가 풍기는 퇴폐의 냄새에 질식했는지 모르겠다. 개떼정신으로 무장한 한국 남자들. 그들의 행렬을 지켜보자니 얄밉고, 역겹고, 가증스럽다. 목을 동강 내버리고 싶다.

갑자기 눈물이 핑그르르 돌았다. 서둘러 뉴욕행 비행기를 타고 싶었다. 보고 싶은 이의 이름을 나직이 불러보았다. 명……. 조건 없이 몰두할 수 있는 사람, 명…….

어둠이 내려앉는 종로는 분무기로 물을 뿜은 듯 희뿌옇고 눅눅했다. 두꺼운 회색 구름이 몰려들었다. 습한 밤이 오고 있었다. 사진 속 두 번째 사내를 만나러 가던 날, 그날도 날씨가 이러했는데.

형사 파트너 시절 박 실장은 가르치듯 말했다.

"눈으로 보기 전에는 판단하지 마. 지레짐작은 판단을 마비시키지."

그의 말대로였다. 중소기업이라기에 철제 책상 서너 개 갖다 놓은 창고 같은 사무실을 떠올렸는데, 예상은 보기 좋게 빗나갔다. 의료용 바이오칩을 양산하는 생명공학회사 휴보텍은 테헤란로의 인텔리전트빌딩 18층에 입주해 있었다. 인테리어에 공을 들인 흔적이 역력했다. 잔잔한 클래식이 흐르는 복도는 체리색 원목으로 통일시켜 산뜻했다.

경제신문 사이트에서 기사를 검색해 봤더니 휴보텍은 기술력 탄탄한 회사로 눈치 빠른 투자자들에게 꽤 알짜로 알려져 있었다. 장외시장에서 주당 5만 원 안팎에 주식이 거래됐다. 생산공장은 반월에, 그리고 중국에 생약연구소가 있었다. 내년 봄 코스닥 등록 예정인데 한 애널리스트 투자보고서는 복제 관련 주는 향후 유망 테마라며 공모참여를 권했다.

안내 데스크에서 붉은 유니폼을 입은 여비서가 고개를 숙이며 나를 맞았다. 이름을 대자 그녀는 미리 지시를 받은 듯 바로 사장실로 안내했다. 나무문을 밀고 들어섰을 때, 민 사장은 팔짱을 낀 채 창가에 서 있었다. 차도를 내려다보며 무슨 생각에 골몰했다.

오늘 새벽, 서울에 첫눈이 왔다. 한파로 거대도시가 꽁꽁 얼어붙었다. 수도관이 터져 달동네 곳곳이 난리를 쳤지만 이곳 천장 배기구에선 따뜻한 공기가 흘러내려 몸을 감쌌다. 푹신한 회색 양탄자는 구둣발 소리를 완전히 죽여버렸다.

왼쪽 벽면을 다 차지할 만큼 큰 사진액자가 눈길을 잡아끌었다. 위성방송 '내셔널지오그래픽'에서 본 적이 있다. 기억이 맞으면 미국 땅에서 가장 기운이 세다는 세도나의 붉은 바위산. 저딴 걸 걸어놓는다고 이 사무실에 기가 뻗칠까. 돈 있는 새끼들의 취향은 가끔 알다가도 모르겠다.

헛기침을 두 번 하자 민 사장이 뒤돌아봤다. 천천히 걸어와서 가죽소파에 비스듬히 앉았다.

"갑자기 불러 미안합니다. 황 선생님이 보낸 메일은 잘 봤습니다. 사람을 용케도 찾아내셨더군요."

그는 흘러내린 앞머리를 쓸어 올리며 힘없이 웃었다.

"대체 무슨 일이십니까?"

한껏 으스대고 싶었지만 나는 공손하게 대꾸했다. 내 귀에도 지독히 위선적으로 들렸다. 그러나 이 정도 위선쯤은 참을 용의가 있다. 의뢰인 입맛을 맞추기 위해서라면 더 비굴해질 수도.

"무슨 일인지 한번 맞춰보시겠어요?"

"돈 문제는 아닐 테고, 혹시 협박이라도."

"정확하시군요."

민 사장은 감탄한 듯 눈을 치켜뜨고 나를 봤다.

안내 데스크 여비서가 차를 내왔다. 다시 보니 눈도 크고 키도 크고 가슴도 크고 엉덩이도 컸다. 치마는 엉덩이에 착 달라붙었다. 흙빛 사기잔을 내려놓고 물러나는 순간, 우리는 눈이 마주쳤다. 나는 입 꼬리를 올리며 씨익 웃어주었다. 저런 여자와 한 사무실에서 지내는 인간들은 얼마나 행복할까. 불온한 상상이 머릿속을 어지럽힌다.

민 사장은 책상 서랍에서 흰 편지봉투를 꺼내와 탁자 위에 던지듯 올려놓았다.

"뭐죠?"

나는 봉투 속의 종이를 꺼내 거칠게 펼쳤다. 한글워드로 작성됐고 내용은 짧았다. 눈이 빠르게 글귀를 쫓았다.

쥐가 고양이를 무는 심정이오. 시한폭탄은 잘 간직하고 있소.

서둘러 준비하시오. 콩 터뜨리기 전에.

협박 같기는 한데 글귀만 봐서는 무슨 뜻인지 모르겠다. 구체적인 요구 사항도 없었다. 유치찬란한 비유적 문구는 애들 낙서 같기도 하고, 되씹자니 엄숙한 경고 같기도 했다. 겉봉에는 수신인만 적혀 있고 발신인은 없었다.
"내가 뭐랬소. 우려했던 일이 결국 터진 겁니다. 형님의 죽음엔 분명 음모가 있어요. 서둘러주세요."
민 사장은 깊은 숨을 내쉬고 몸을 뒤로 젖혔다. 밤잠을 설쳤는지 눈이 벌겋게 충혈됐다.
"안 그래도 내일 아침 떠날 겁니다. 자주 연락드리죠. 그건 그렇고 만약 실패할 경우 계약문제는……"
나는 약간 버티듯 말했다. 항상 차선책은 필요한 법이고 미묘한 부분은 다짐을 받아둘 필요가 있었다.
"전에도 말씀드렸잖소. 범인을 잡으라는 게 아니라 사건의 전모를 알아보라는 얘기."
민 사장은 시선을 틀며 어금니를 깨물었다. 강인한 턱 선이 살아 꿈틀댔다. 저 인간, 보기보다 만만치 않아. 본능적으로 그런 판단이 스쳐갔다.
이제 내게 선택의 여지는 없었다. 식어버린 녹차를 단숨에 들이켰다. 재스민 향이 강하게 났다. 뒤돌아 성큼성큼 걸어 나오는데 민 사장이 불러 세웠다.
"황 선생님을 믿습니다. 일을 그르쳐도 돈을 반납할 필요는 없습니다. 그렇지만 깔끔하게 처리해 주시면 추가로 사례를 하겠습니다."

추가 사례. 그 한마디가 기분을 붕 띄웠다. 방을 나서는 발걸음이 빨라졌다. 일어서서 배웅하는 여비서에게 능글능글한 눈웃음을 날렸다.

두 번째 남자를 해치우는 일은 생각보다 힘들었다.

늦은 여름이었다. 그는 남도 지방의 한 저수지에 머무르고 있었다. 마이클의 말에 따르면 운영하던 회사를 부도내고 도피 중이었다.

렌트한 코란도를 몰고 낯선 국도를 달렸다. 습기 많은 음산한 밤이었다. 목적지에 가까워질수록 안개가 도로를 휘감았다. 두 줄기 헤드라이트는 먹먹한 공기에 막혀 멀리 뻗지 못했다.

저수지까지 1킬로미터 남았다는 이정표 앞에서 길섶에 차를 세웠다. 눅진 공기를 헤치며 빠른 걸음으로 걸었다. 인적은 끊어지고 벌레 소리, 바람 소리가 들려왔다. 이따금 지나가는 자동차의 소음도 함께.

관리사무소가 있는 컨테이너 건물 뒷길을 이용해 제방 위에 올라섰다. 심호흡을 하며 저수지를 내려다보았다. 그러나 어둠에 가려 그 크기를 보여주지 않았다. 대신 썩은 수초의 비릿한 냄새가 풍겨왔다. 그제야 깨달았다. 보이지 않기 때문에 더 강하게 느껴지는 공포.

희미한 랜턴 불빛 수를 헤아리며 대충의 둘레를 가늠했다. 휴가철도 피크가 지났고 평일이라 낚시터의 밤을 즐기는 태공들은 많지 않았다. 대략 열 팀 정도. 두 번째 남자는 저 속 어딘가에서 낚싯대를 드리우고 있으리라.

검은색 무쏘 3593. 제방을 돌며 일일이 차 번호판을 확인했다. 인내를 요하는 작업이었다. 그래도 명이 지금 내 모습을 본다면 분명 이렇게 격려하리라. 밤은 길다. 천천히, 여유를 가져.

30분쯤 돌았을까. 어둠 탓에 차 색깔은 정확히 확인할 수 없었으나 분명 무쏘였고 차 넘버가 일치했다. 제방 아래를 살폈다. 물가에 사내 하나가 낚싯대를 드리우고 병든 고양이처럼 웅크린 채 앉아 있었다. 수면을 오르내리는 야광찌가 알록달록한 빛을 발했다.

나는 경사진 둑을 조심스럽게 내려섰다. 랜턴 불빛 위에 내 그림자가 일렁였다. 사내가 인기척에 놀라 고개를 돌렸다. 넙적한 얼굴과 짤막한 목, 두툼한 입술. 사진에서 본 두 번째 남자가 분명하다.

"아가씨, 난 그짓 할 힘 없소. 다른 데 가서 알아보슈."

사내의 말투는 소생 가능성을 포기한 말기암 환자처럼 침통했다. 가까이 다가가 보니 두 눈에 그렁그렁 괸 눈물이 불빛을 받아 반짝였다. 술 냄새가 확 풍겼다. 홀로 소주잔을 홀짝이며 긴 밤을 지새우고 있었던 모양이다.

산마루에서 한줄기 바람이 불어와 몸을 훑고 달아났다. 크르릉 울리는 천둥소리. 동시에 번쩍하고 검은 하늘이 두 쪽으로 갈라졌다. 팔뚝 위에 동그란 물방울이 돋았다. 후득, 후드득 비가 떨어지기 시작했다. 바람 소리와 벌레 소리, 풀잎 사각거리는 소리는 이

내 숨을 죽였다. 대신 흙냄새가 강하게 올라왔다.

그때였다. 갑작스런 폭우가 이성을 잃게 한 걸까. 사내의 눈 흰자위가 히뜩 빛났다.

"야, 기다려! 갑자기 하고 싶어졌어."

사내는 휘청거리며 일어서더니 허리춤을 풀고 바지를 끌어내리고는 쪼그라든 성기를 꺼내 손으로 주물럭거렸다. 용을 써대도 성기는 단단해지지 않았다.

"얼른 와서 빨아. 돈 준다니깐, 쌍년아."

암컷을 모멸하는 수컷의 눈빛과 말투. 그 치료 불가능한 폭력성이 내 동정심을 한순간에 허물어버렸다. 목구멍 끝까지 구역질이 올라왔다. 역겹다. 더럽고 싫다.

사내가 랜턴을 꺼버렸다. 이제 사방은 완전한 어둠에 갇혔다. 눈으로 확인할 수 있는 것은 흔들리는 야광찌뿐. 그새 다가온 사내가 지렁이를 꿰던 손으로 내 얼굴을 더듬으려 했다.

"야, 이름이 뭐니?"

나는 대답 대신 주머니에서 권총을 뽑았다. 총구를 사내 이마에 겨눈 다음 안전장치를 풀었다. 사내가 겁먹을 틈도 없이 검지를 가슴 쪽으로 당겼다. 총구에 섬광이 나타났다 사라졌다.

컥! 절박한 비명이 빗소리를 잘랐다. 검은 몸체가 발아래로 고꾸라졌다. 나는 머리통에 납덩이를 한 방 더 갈겨 넣었다. 그 상태로 서서 빗소리를 들었다. 비는 일정한 속도로 쏴아쏴아 내렸다. 금방 그칠 비가 아니었다. 피 냄새가 발치에서 올라왔다. 어찌 맡으면 비릿하고, 어찌 맡으면 달콤하다.

살의의 두려움은 잠시, 차까지 되돌아가는 일이 더 막막했다.

명의 말대로 밤은 길다. 서두르지 말자. 침착하자.
 현장을 뜨려는데 야광찌 두 개가 동시에 흔들거렸다. 왼쪽 낚싯대가 물 위로 휘리릭 끌려 나간다. 엄청난 놈이 걸린 모양이다.
 국도는 차량 통행이 완전히 끊어졌다. 온몸은 푹 젖었고 이마에서 흘러내리는 빗물이 시야를 가렸다. 팔짱을 낀 채 부들부들 떨며 걸음을 재촉했다. 양 길섶에 늘어선 버드나무가 휘이잉 소리를 내며 산발한 여인의 머리칼처럼 휘날렸다. 저 멀리 코란도가 보이자 사막의 오아시스처럼, 심야버스 막차처럼 반가웠다.
 폭우는 다음 날 오전까지 계속됐고 저수지 물이 불었다. 시체는 몸속에 가스가 차면서 사흘 뒤 수면 위에 떠올랐다. 바지가 내려지고 머리통에 총구멍이 두 개 뚫린 채로.
 그 지역 일간신문에 따르면 경찰은 읍내 티켓다방 여종업원을 상대로 수사를 벌인다고 했다. 권총을 찬 티켓걸?
 인터넷에서 그 기사를 보고 그냥 웃었다.

 두 손바닥으로 마른세수를 했다.
 새벽 1시가 훌쩍 지났다. 팔짱을 낀 채 벽에 기대앉아 흩어진 생각들을 모아보려 애써도 쉽지가 않다.
 지난 1주일은 숨이 찰 정도로 바빴다. 닷새 간 지방을 다녀왔고 어제 밤새 강 마담을, 오늘 오전에는 민 사장을 만났다. 오후에 사우나에서 짧게나마 여유를 찾았다.

사건현장에서 주워들은 얘기들과 민 사장이 받은 협박장, 인터넷에서 긁은 정보들과 옛 동료가 흘려준 수사기록. 그것들을 상위에 펼쳐놓고 몇 시간째 살펴봐도 아귀가 안 맞는 퍼즐 같았다. 죽은 세 남자의 결정적 공통점을 찾을 수 없었다.

30대 둘에 40대 하나. 둘은 뚱뚱하고 하나는 보통 체격. 둘은 대학을 나왔고 하나는 고졸. 둘은 지방에 살고 하나는 서울에 산다. 하나는 미혼, 하나는 별거, 또 하나는 이혼. 둘은 부유하고 하나는 부유했지만 지금은 가난했다.

공통점? 모두 남자고 건강이 시원찮았다. 그리고 사업을 했다. 아, 한 가지 더. 어쨌든 그들은 혼자 살고 있었다. 그걸 공통점이라고 할 수 있을까. 민 사장 말대로 살아 있는 한 남자가 사건의 열쇠를 쥐고 있는 걸까.

문제의 사진을 다시 집어 들었다. 이제 그들을 차례대로 A, B, C, D로 부르기로 한다. 눈두덩에 힘을 주고 한 명씩 째려보았다. 역시 알 수 없었다. 무엇이 그들을 웃게 만들었는지.

범죄에는 삼위일체라는 게 있다. 피해자, 용의자, 그리고 범행현장. 이 세 가지가 합쳐져 범죄가 완성된다. 그 조건에 맞춰 정리를 해보면, 피해자는 작년 겨울 뉴욕을 동시에 다녀간 세 명의 남자. 현장은 설악산의 호텔과 남도 지방의 저수지와 경기도 신도시의 한 극장. 용의자는 한 명으로 추정되며 납작모자를 눌러쓴 예쁘장하게 생긴 키 작은 사내. 그러나 한 사람의 진술에 의한 것이라 신뢰도는 떨어지는 편이다.

나는 10년을 강력계 형사로 일했다. 경험에 비춰보건데, 한 명의 목격자에 의존하는 사건은 미궁에 빠지는 경우가 많다. 또 확실해 보이는 사건일수록 속아 넘어가기 쉽다. 그것이 범죄의 속성이다. 강남 실버타운 방화, 여의도 호스티스 변사체, 아랍항공사 스튜어디스 실종 건도 그랬다. 용의자를 한 명까지 줄여놓고도 해결 못 한 사건이 부지기수다. 간단해 보여도 앉아서 코 푸는 사건은 없고 너무 쉽게 풀리면 또 찝찝함이 고개를 쳐든다. 다시 말하지만 그게 범죄다. 지금 사건이 딱 그 짝이다.

민 사장의 말이 진실일까? 아니면 나에게 진실한 부분만 말한 것일까? 혹시 모두 거짓말은 아닐까? 민 사장 말이 진실이라면 생면부지의 그들은 왜 뉴욕이라는 낯선 땅에 모였을까?

의문이 꼬리에 꼬리를 물었다. 꼭 미로를 헤매는 생쥐 꼴이다. 한 번 잘못 든 길은 돌이킬 수 없는 법. 첫 단추, 첫 단추가 중요하다.

그러다 이내 허탈감에 빠져들었다. 공들여 알아낸 정보들. 생각해 보니 다 부질없었다. 나는 범인을 쫓는 게 아니라 민 사장을 위해서 일한다. 잠시 현실을 착각했다. 더 이상 형사가 아닌 것을, 돈 앞에 나약한 존재인 것을. 결론은 간단하다. 그냥 돈을 따라 움직이면 된다.

기분이 착잡해 즐거운 상상을 하기로 했다. 강 마담 젖통 빨 때의 쾌감을 기억하며 히죽이는데 전화벨이 울렸다. 본능적으로 벽시계를 봤다. 이 시간에 전화를 걸어올 사람은 한 사람뿐. 한 손으로 뻐근한 목덜미를 주무르며 다른 손으로 전화기를 움켜쥐었다. 아내였다.

결혼 초, 그녀는 늦은 밤 긴급 호출전화에 과민반응을 보였다. 시도 때도 없이 울리는 신호음이 마귀의 울음 같다고 투덜거렸다. 그 투덜거림은 곧 무관심으로 바뀌었지만.

"나미 문제로 좀 만났으면 하네요."

차가운 목소리가 술기운에 젖어 있다. 대체 어디서, 누구랑 퍼마신 걸까.

"나 내일부터 한 달 정도 지방에 가 있을 거요. 뭔 큰일이라도 생겼소?"

"아뇨, 급한 일은 아니에요."

"병원에선 뭐래?"

"괜찮대요. 정서불안에 의한 일시적 현상이라고. 나머진 다음에 얘기하죠. 그래요, 다음에……."

탕약 뒤끝처럼 입 안이 씁쓸하다. 나는 아내가 더 꼼꼼히 물어주길 바랐나 보다. 무슨 일이 있나요, 지방에는 무슨 일로 가나요, 밥은 챙겨 먹나요, 그딴 것들. 그러나 전화는 무심하게 툭 끊어졌다. 가슴이 괴롭게 들썩였다. 쌍! 신경질 부리듯 수화기를 떨어뜨렸다.

한 번 뒤틀린 상황을 원상태로 되돌리기 위해서는 몇 배의 희생이 필요하다. 아내와 나와의 관계가 그렇고, 흥신소 박 실장과 조 경감의 관계가 그러할 것이다. 네 살 된 개새끼를 잃어버린 908호 뚱보년도 마찬가지고.

그나저나 개를 찾았을까. 뚱보년도 알고 있겠지. 시간에 비례해 가능성이 줄어든다는 것을. 제 발로 기어들지 않는 한 힘들 것이다. 복도에서 마주치면 말해 주고 싶다. 그만 포기하십쇼. 나는 그런 사건을 부지기수로 봐왔다.

아침이 오면 나는 네 번째 사내 D를 밀착감시하기 위해 서울을 떠난다. 얼마가 걸릴 지 알 수 없는 여행. 서울이 그리워질 것이다. 나미의 얼굴, 아내의 얼굴, 건조한 생활이 이어져 외로움에 사무치면 908호 뚱보녀까지 생각날지 모르겠다. 이딴 식의 삶, 정말 피곤하고 지긋지긋하다. 그러나 돈이 걸려 있다.
　나는 잘 먹고 잘살고 싶다.

　KTX 창가에 앉았다.
　12월 17일 늦은 아침이었다. 경부선 열차를 타본 게 언제였던가. 8년 전쯤, 엄마와 함께 부산 사는 친척오빠 결혼식에 다녀온 것이 마지막이다.
　기차는 천안과 대전 사이를 시속 300킬로미터로 질주한다. 철로변에 쌓인 눈이 햇빛을 받은 은박지처럼 반짝였다.
　"엄마, 저기 느림보 기차!"
　뒤편 어린애가 소리쳤다. 사람들 시선이 창가를 향했다. 200여 미터쯤 떨어진 구선로에서 시커먼 화물 열차가 굼벵이처럼 전진한다.
　급하게 선반 위에 올려둔 가방에서 디카를 꺼냈다. 기념으로 찍어둘 요량이었다. 그러나 그새 창밖은 다른 풍경. 무시무시한 속도감은 가끔 나를 경각시킨다.
　대전을 지났다. 이따금 느껴지는 진동, 차분한 실내 조명. 좁은 통로를 여승무원이 일정한 보폭으로 오갔다. 아기 울음소리만이 간헐적으로 정적을 깼다.

옆좌석의 찢어진 청바지를 입은 청년은 이어폰을 꽂은 채 잠에 빠졌다. 대중탕에 비치되는 싸구려 스킨 냄새가 났다. 그가 풍기던 냄새였다. 물파스를 섞은 듯 코를 자극하는 바로 그 냄새. 엄마는 그 남자의 뭐가 그리 좋아 결혼했던 걸까?

정신이 집중되지 않아 스포츠신문을 뒤적이며 기사를 수동적으로 빨아들였다. 노랑머리 섹시 여가수가 연말 방송 삼 사의 가수왕에 도전한다고 했다. 사인조 댄스그룹의 꽃미남 A와 재벌과 이혼한 여자 탤런트 B가 러브호텔에서 나오는 걸 본 목격자가 있단다. 그러나 머릿속에는 어떤 얼굴도 안 떠올랐다. 오늘의 운세를 훑어봤다.

83년생. 돼지띠. 마감에 늦지 않게 일을 빨리 정리하라. 다른 사람의 결점에 싫증을 느낄 수 있지만 불평하기 전에 자신을 되돌아보라. 행운의 키워드: 오후 3시, 보라색, 커피, 영화관, 숫자 6, 육교 위. 재물운↑ 건강운↓

피식 웃으며 다른 띠의 운세까지 읽어도 시간은 더디 흘렀다. 신문을 뒷장부터 다시 훑고 생수를 한 잔 더 마시고 나자 예정보다 4분 늦게 도착한다는 안내방송이 흘러나왔다. 열차가 시가지에 진입했다. 골진 회색 방음벽 너머로 낮고 허름한 상가들이 스쳐갔다. 저 멀리 산 아래, 대도시의 끝자락에는 고층아파트 단지가 병풍처럼 늘어섰다. 순간 아찔한 현기증을 느꼈다. 엄마는 23층 베란다에서 허공을 향해 발을 내딛는 순간, 절망을 봤을까 희망을 봤을까.

시내 중심가를 관통한 열차는 철교 위를 서행했다.
 네 번째 남자가 여기 산다는 마이클의 보고서를 봤을 때 난 약간 흥분했다. 일을 빨리 끝내면 인근 경주에 가볼 수 있다는 설렘 때문이었다. 뉴욕에 있을 때, 나는 체육관 창가에 앉아 신문을 뒤적이는 명에게 말했다.
 "한국에 1000년도 더 된 도시가 있어요. 수학여행도 가고 신혼여행도 가고 황혼여행도 가는 아름다운 곳이죠. 언덕만 한 왕릉이 시내 곳곳에 솟아 있어요. 그렇지만 나도 아직 가보질 못했어요."
 명은 읽고 있던 《뉴요커》를 반으로 접으며 내 얼굴을 빤히 올려다봤다.
 "우리 아버지 고향하고 비슷하네."
 "아버지 고향?"
 "중국 항주. 옛날 월나라 미녀 서시가 살던 동네야. 서호라는 엄청나게 큰 호수가 있어. 호수 주위에는 사시사철 꽃들이 피어 있대. 노을이 지면 모두 하던 일을 멈추고 그 붉음에 빠져든대."
 "가봤나요?"
 "아니. 인근 상해까지는 가봤는데, 짬을 낼 수가 없었어. 공안에 쫓기고 있었거든. 이유는 묻지 말아줘. 하하."
 "만약에요, 우리가 함께 한국 갈 일 있으면 경주에 가볼래요. 1000년 전 왕의 무덤을 꼭 보고 싶어요."
 "네 말을 들으니 정말 가보고 싶은걸. 분명히 멋질 거야."
 명은 흰 치아를 드러내며 대답했다.
 명의 눈동자에 비친 내 얼굴은 진심으로 기뻐하고 있었다.
 열차가 곧 도착하니 소지한 물건 잘 챙기라는 안내방송이 반복해 흘러나왔다. 사람들이 출구로 몰려 나갔다. 선로가 여러 가닥으로 늘어나고 기차가 속도를 줄이는가 싶더니 어느 순간 딱 멈췄다. 플랫폼에 내려섰다. 드디어 왔다. 네 번째 사내가 사는 곳. 여기는 동대구역.

대도시의 겨울 풍경은 어디나 똑같다.
고가도로 위에 위치한 동대구 역사를 나서자 얼음처럼 차가운 바람이 훅훅 불어 닥쳤다. 미세한 먼지 알갱이가 섞인 공기는 탁하고 매섭고 황량했다.
역 광장에 서서 두 시간이나 참았던 담배를 급하게 빨며 주위를 살폈다. 대학생들이 방학에 들어갔기 때문인지 평일인데도 제법 북적거렸다. 동남아 근로자로 보이는 사내 다섯이 팔짱을 낀 채 바퀴가 달린 가방 위에 걸터앉아 누군가를 기다리고 있었다. 흰 마스크를 쓴 남자가 쿨럭쿨럭 기침을 해댔다. 가무잡잡한 얼굴 속의 안구가 더 돌출돼 보였다. 그들에게 이 추위는 고향의 가난만큼 견디기 힘들 것이다. 이 계절에 여기까지 일하러 왔다면 분명 불행한 사람들. 서글프게 나도 그들 중 하나였다.
대구에 대한 인상은 예나 지금이나 그리 매력적이지 않다. 그건 거리가 깨끗하니 지저분하니 같은 시각적인 문제나 여름의 찜통더위 같은 날씨 문제가 아니다. 역대 대통령이 몇 명 나왔니 따위의 정치적 문제는 더더욱 아니다. 그건 전적으로 선입견 탓이다.

나는 이 도시에 관한 안 좋은 추억을 둘 지녔다. 신혼여행 와서 차를 놓쳤고 한때 파트너였던 양 형사를 여기서 잃었다.

신혼여행.

아내는 발리가 힘들면 괌이라도 다녀와야 한다고 우겼다. 너도 나도 해외에 나가던 때였다. 그러나 머리통과 두 팔목이 잘려 나간 마포 여인숙 토막살인은 사체의 신원조차 밝혀내지 못하고 있었다. 윗선의 닦달이 심해져 결혼식조차 눈치를 봐야 했다. 예식을 1주일 앞두고 겨우 여행지를 결정했다. 촌스럽게도 부산과 경주를 둘러보는 3박 4일 일정이었다.

아내는 해운대에서도, 석굴암에서도, 보문 단지 콩코드호텔 침대 위에서도 침묵했다. 결국 마지막 날, 동대구역에 와서 침묵이 폭발하고 말았다.

예정대로라면 경주에서 고속버스를 타고 와 대구공항에서 저녁 7시 20분발 서울행 비행기를 타기로 돼 있었지만 폭우로 결항이었다. 부랴부랴 기차역으로 달려오니 입석표뿐. 무거운 가방을 끌고 고속버스 터미널로 향하는데 역 대합실에서 그녀가 발작하듯 소리쳤다.

"가까이 오지 마! 짜증나!"

목소리 톤이 너무 높아 알아들을 수 없는 외국어처럼 들렸다. 마침 어떤 맹인이 안내견을 끌고 곁을 지나쳤는데 그 개가 무서워서 그러는 걸로 착각할 정도였다. 아내는 그 자리에 서서 흐느꼈다. 역 밖에서는 폭우가 계속 쏟아졌다. 호기심 어린 사람들이 몰려들었지만 나는 곁에 선 채 아무것도 할 수 없었다. 차라리 살인범이라면 좋았을걸. 질질 짜지 말라고 아가리에 주먹을 먹여줄 텐데. 수갑을 채워서라도 끌고 나갈 텐데.

동남아 근로자들은 아직도 벌벌 떨며 서성댔다. 그중 하나가 휴대폰을 들고 낯선 언어를 지껄였다. 얼굴 표정은 뭔가 꼬여도 엄청 꼬인다는 표정. 마중 나오기로 한 브로커가 돈만 떼먹고 펑크를 낸 걸까. 경찰 시절 숱하게 접한 사기극이다.

탁한 하늘을 올려다보았다. 아는 이 없는 낯선 도시, 무엇부터 해야 하나. 저들이나 나나 막막하긴 마찬가질 터. 택시를 잡아타고 무작정 중심가로 향했다.

양규완 형사는 4년 전 대구백화점 건너편 레코드 가게 앞에서 죽었다. 우리는 내연의 여자를 암매장한 조폭 출신 용의자 갈치를 추적 중이었다. 정보원 제보를 받고 내려와 이틀째 탐문에 들어갔고, 결국 큰길에서 갈치와 맞닥뜨렸다. 대구역 앞 대우빌딩에서부터 동성로를 따라 추격전이 벌어졌다.

갈치는 리어카 노점 사이를 헤집으며 미꾸라지처럼 튀었지만 양 형사는 소문난 달리기꾼이었다. 차량이 질주하는 6차선 대로를 주저 없이 가로질렀다. 근 500미터를 쫓아 뒤에서 덮치려는 순간, 갈치가 휙 돌아서 잭나이프를 양 형사 가슴에 박아 넣었다.

아직도 기억이 생생하다. 가슴에서 피가 철철 솟구치는데 길가에 내다 놓은 스피커에선 코요태의 댄스음악이 흘러나왔다. 양 형사는 그 리듬에 맞춰 눈을 몇 번 껌벅이더니 숨을 거뒀다.

두고 봐, 카페 강 마담을 언젠가는 침대에 자빠뜨릴 테니. 헤헤.
강 마담을 너무 좋아해 늘 기둥서방처럼 치근덕대던 양 형사는 그렇게 자신이 먼저 나자빠졌다.

택시에서 내려 그때 달렸던 길을 걸었다. 고개를 45도 들고 눈을 감고 기억을 되살렸다. 망막 안에서 무수한 입자의 빛이 규칙성 없이 춤을 췄다. 이런 기분을 뭐라고 해야 하나. 슬픈 일을 떠올려도 하나도 안 슬프니 말이다.

연말의 거리 분위기를 음미하며 제일서적까지 갔다가 되돌아왔다. 도시는 여전히 낯설고 차가웠다. 정을 붙이는 일, 큰 상처가 있다면 그건 노력만으로는 어렵다.

점퍼 안주머니에서 수첩을 꺼내 가게 위치를 다시 확인했다. 정기세일 중인 금강제화 숍에서 오른쪽으로 틀자 골목이 나왔다. 차양막이 쳐진 액세서리 가게가 양측으로 늘어서 있었다. 건물 외벽에 더덕더덕 들러붙은 수많은 간판들. 그 속에서 준미헤어를 찾았다. 미용실은 골목 중간에 위치한 5층짜리 건물 2층에 자리했다. 걸음을 멈추고 사방을 다시 살폈다. 미용실과 비스듬히 마주 선 건물 3층에 커피숍이 보였다.

지명받은 남자 미용사가 날 창가 자리로 안내했다.
"숏커트해 주세요."
숏커트? 말이 너무 쉽게 나와버렸다. 뉴욕에 간 후로 긴 생머리를 짧게 자른 적이 없다. 하지만 내뱉은 말을 주워 담고 싶진 않았다.
"짧게? 겨울에는 잘 안 하는데. 하긴 멋쟁이들은 계절을 반대로 타니까. 머리칼 안 상하려면 롤스트레이트 같이 하세요, 호호."

미용사의 희고 긴 손가락이 두피를 어루만진다. 참 특이한 캐릭터였다. 몸은 호리호리 말랐고 말총머리를 했고 갈색 톤이 들어간 무테 안경을 꼈다. 말투는 여자 같고 살쾡이의 눈웃음을 가졌다. 마이클의 정보를 보태면 다혈질이란다.

2층 전체를 터서 만든 미용실은 겉보기와 달리 고급스럽게 꾸며놓았다. 디지털파마기와 샴푸도기 같은 집기는 모두 외제였다. 세 면이 통유리라 거리가 훤히 내려다보였다. 골목 안쪽에 위치했어도 어쨌든 대구 지역 최고 중심가. 그런 이유 때문인지 손님 발길이 안 끊기고 이어졌다. 뒤쪽에서 파마캡을 쓴 주부 여럿이 차를 마시며 남편과 시부모를 흉봤다.

"우리 가게 처음이시죠?"

미용사가 자신의 가위질처럼 빠른 말투로 물어왔다.

"예, 외국에 있다 온 지 얼마 안 돼서."

"……어디?"

갑자기 그를 떠보고 싶어졌다.

"뉴욕."

"뉴욕?"

역시, 사내 눈빛이 반짝이는 걸 거울을 통해 보았다.

"저도 얼마 전 뉴욕에 다녀왔어요. 관광이 아니라 일 때문이었지만."

미용사가 떠들기 시작했다. 노리타에 가서 무엇을 샀니, 리틀 이태리에서 무엇을 먹었니 등을 잡다하게 늘어놓았다. 나는 적당히 맞장구를 쳐주었다. 회색 커트보에 머리카락이 소복이 쌓여갔다.

한겨울의 평일 오후, 낯선 도시의 중심가, 처음 와본 미용실, 곧 죽여버릴 인간한테서 머리 손질을 받는다? 이 상황을 어떻게 설명해야 할까. 미쳤어, 나 미쳤어. 기괴한 웃음이 새어 나왔다.
"참, 소호에도 자주 가보셨겠네요? 이 리바이스 거기서 산 건데. 150달러 주고. 호호."
미용사는 들고 있던 가위로 앞치마 속 물 빠진 청바지를 가리켰다. 나는 그 뒷동네에 가면 싸고 질 좋은 옷과 액세서리를 파는 숍이 널렸다, 쇼핑 후엔 노천카페에서 커피와 팬케이크를 먹으면 분위기 끝내준다, 라고 말했다. 나도 인기드라마에 등장하는 앨리스 언더그라운드 같은 옷 가게나 바리 같은 카페에 가본 적이 없다. 그냥 명에게서 들었을 뿐이다. 그렇군요, 하면서 미용사는 살쾡이 눈을 치켜떴다.
잠시 후, 낯선 얼굴의 여자가 거울 안에 모습을 드러냈다. 의외로 사내는 솜씨가 상당했다. 짧게 친 검은 머리는 단정하고 그 속에 숨은 얼굴은 일본 목각인형처럼 둥글고 희다. 귀를 덮는 부분만 살짝 파 올려 포인트를 줬다. 평범한 숏커트의 촌스러움은 없었다. 숨겨졌던 나의 다른 모습을 찾아낸 듯하여 순간 기뻤다.
"숏커트 전용 무스를 사용하세요. 부드러우면서도 고정력이 뛰어납니다. 가끔은 젤을 발라 새기 스타일로 바꿔도 예쁠 겁니다. 삐침머리 말예요."
나는 만족해 하며 고개를 끄덕였다.
시다가 머리를 말리는 동안 미용사는 구석 테이블에 다리를 꼬고 앉아 건성으로 잡지를 넘겼다. 정서불안 환자처럼 지탱하는 다리를 떨었다. 그때 카운터의 여자가 달려와 다급하게 말했다.
"정호 선배! 어떤 남자한테 전화가 왔는데, 막무가내로 바꿔달래. 사람 목숨이 달린 중요한 일이라고."

"어떤 인간이 장난질이야!"

미용사는 대뜸 짜증을 냈다. 역시 다혈질. 마이클의 정보는 정확하다. 카운터 여자는 알 수 없다는 듯 두 어깨를 들어 올렸다.

나는 조용히 계산을 치르고 문을 밀고 나섰다. 미용사가 얼마 후 세상에서 증발한들 뜨내기 손님과 연결고리를 찾기는 힘들 것이다. 그런데 방금 전화를 걸어온 사람은 누굴까? 목숨이 위태롭다고? 경찰일까? 아니다. 이 나라 경찰이 이렇게 빨리 수사망을 좁혀올 리 없다. 극장 살인사건도 아직 헤매고 있지 않은가. 나와는 상관없는 일이야. 그렇게 생각하는 편이 심적으로도 편하다. 마지막 사냥감이 눈앞에 있다. 조금만 기다려라. 바닥에 눕혀줄 테니.

밖에는 겨울비가 내리고 있었다. 맞기에는 부담스런 양이지만 주저 없이 거리로 뛰어들었다. 명의 가르침대로 빠르고 과감하게 현실적으로 판단했다. 금방 그칠 비는 아니고 우산을 파는 가게는 안 보였다. 이 도시에 날 마중 나올 이는 없다. 뉴욕이라면 분명 명에게 전화를 걸었을 거다. 그러면 큰 검정 우산을 하나만 들고 싱긋 웃는 얼굴로 지하철역에 마중 나왔을 텐데.

명을 처음 만나던 날을 떠올리니 꿈결처럼 아득하다.

3층 커피숍은 장시간 감시하기에 최적의 장소였다.

창가에서는 건너편의 미용실 내부가 훤히 내려다보였다. 두 눈알이 바쁘게 움직이며 한 사람 한 사람의 인상착의를 확인한다. 금방 찾았다. 지금 젊은 여자의 머리를 매만지는 호리호리한 말총머리 사내. 사진을 꺼내 확인했다. 빙고! D가 분명했다. 이름 김정호, 직업은 미용사, 미혼의 서른한 살 사내.

그에게 어떻게 접근할까 생각해 보았다. 방법은 두 가지. 무작정 찾아가 면전에서 자초지종을 설명하느냐 아니면 주위에서 시간을 두고 지켜보느냐.

첫 번째 방법은 간단하고 확실하다. 하지만 나의 존재를 노출시켜야 한다. 적이 눈치를 챘다면 살인은 막을 수 있을지 몰라도 사건의 내막은 묻혀버릴 공산이 크다. 그건 의뢰인이 원하는 방법이 아니다.

두 번째 방법은 안전하지만 확신이 안 선다. 열흘이 걸릴지, 한 달이 걸릴지 장담 못 한다. 질질 끌면서 민 사장 돈을 야금야금 우려먹는 일도 나쁘지는 않다. 하지만 또 다른 음모가 내 뒤통수를 칠 수도 있다.

나는 절충형을 선택했다. 미용실 간판에 적혀 있는 전화번호를 수첩에 옮겨 적은 뒤, 카운터에서 동전을 바꿔 공중전화를 걸었다. 신호가 두 번 울리자 감사합니다, 준미헤어입니다. 젊은 여자의 코맹맹이 목소리가 들려왔다.

김정호 씨를 바꿔달라고 하자 지금은 일하는 중이라 힘들다고 했다. 그리고 누군지, 무슨 일인지 캐물었다. 나는 목소리 톤을 높이고 신경질적으로 받아쳤다.

"이봐, 아가씨! 바꾸라면 바꿔. 그 사람 신상에 뭔 일 생기면 당신이 책임질래!"

때론 친절한 열 마디보다 쌍욕 한 마디가 더 위력을 발휘한다. 나는 형사일을 시작하면서 그것을 바로 터득했다.

바로 약발이 받았다. 그러나 정작 김정호는 날 미친놈 취급했다. 내 얘기를 다 듣지도 않고 바쁜데 장난전화질 말라고 짜증부터 냈다. 호리호리한 외모와 영 딴판이었다. 열을 받아 나도 목청을 돋웠다.

"여보슈! 키 작고 예쁘장하게 생긴 사내가 주위에서 얼쩡대면 조심하쇼. 뒈지기 싫거든."

그렇게 타이르고 수화기를 내려놓았다. 자리로 돌아와 앉는데 그새 유리창 위에 물방울이 돋았다. 겨울비가 거리를 적시기 시작했다. 젊은 여자 하나가 미용실 건물에서 나왔다. 짧은 머리가 청순하고 단정했다. 그녀는 입구에서 하늘을 올려다보며 갈등했다.

나는 스스로에게 내기를 걸었다. 저 여자는 분명 비가 멈추기를 기다릴 것이다. 방금 머리를 손질했고 고급 모직 코트를 입었다. 시간에 쫓기지 않는다면 누군가에게 전화를 걸어 우산을 들고 나오라고…… 이런 니미럴! 여자는 내 추리가 끝나기도 전에 빗줄기 속으로 뛰어들었다.

잠시 후, 미용실 카운터를 보는 여자가 붉은 스카프를 들고 급하게 뛰어 내려왔다. 그녀는 거리 이쪽저쪽을 한참 살피다 건물 안으로 힘없이 사라졌다.

주위가 어둑어둑해지더니 이내 밤이 왔다. 나는 줄곧 미용실과 거리 풍경을 반복적으로 내려다보았다. 알록달록한 우산의 행렬을, 얼기설기 엮인 전깃줄을, 바닥을 쓰는 여자 시다의 빗자루질을……. 한 움큼씩 머리카락을 마는 미용사의 손놀림을 보면서 이발소 일처럼 간단치 않음을 깨달았다.

D는 밤 9시가 지나서야 퇴근했다. 나는 커피숍을 나와 저린 엉덩이를 문지르며 뒤를 밟았다. 비가 그친 거리는 얼어붙었다. 행여 자빠질까 봐 발목에 바짝 힘을 주었다. D는 몸을 웅크린 채 인파를 헤집고 중앙로역에 들어갔다. 정신병자의 방화로 300명이나 죽었다는 바로 그 역.

D는 전철을 타고 세 정거장을 지나 신천역에서 내렸다. 2번 출구로 나와 패밀리마트를 끼고 돌았다. 가로등 빛이 어스레한 지하도와 초등학교 정문을 지나 굴곡 심한 언덕을 오르자 허름한 저층 아파트 단지가 나타났다. 아주 오래된 동네였다. 재개발이 시작된 언덕 꼭대기 쪽은 골격만 세워진 고층아파트가 검은 산맥처럼 늘어섰다. 단지 반대편으로는 경부선 철도가 관통했다. 기차 소리가 어렴풋이 들려왔다.

D가 105동 계단을 올라갔다. 나는 놀이터 구름사다리에 걸터앉아 담배를 빼 물었다. 잠시 후 3층 38호 거실에 형광등이 켜졌다. 이어 화장실 창에서 백열등 불빛이 새 나왔다. 담배 필터를 힘껏 빤 다음 민 사장에게 전화를 넣었다.

"여기 김정호가 사는 아파트 마당입니다. 방금 퇴근해 집에 들어갔습니다. 내일부터 밀착감시에 들어가겠습니다."

민 사장 목소리는 취기에 젖어 있었다. 빠른 음악과 여자 웃음소리가 뒤섞여 들려왔다. 가슴 큰 여비서와 고급 바에서 달콤한 유희를 즐기고 있는 걸까. 그런 상상을 하자 밸이 꼴렸고 술 생각이 강렬하게 달려들었다.

구두로 담뱃불을 눌러 끄고 휘적휘적 걸었다. 단지 입구의 실내 포장마차에서 소주 한 병을 급하게 비웠다. 저녁을 거른 탓인지 술이 들어가자 위가 찌르르했다. 계산을 치르며 나이 든 곰보 여주인에게 물었다.

"근처에 혹시 여관 없소이까?"

곰보 여주인은 앞치마에서 꺼낸 1000원짜리를 세느라 쳐다보지도 않고 말했다.

"길 따라 쭉 올라가 보이소. 허름하지만 하나 있어예."

언덕 중턱에 4층짜리 여관이 보였다. 회색 콘크리트 외벽에 때가 잔뜩 낀 국보장 간판이 걸려 있다. 일이 술술 풀리려는 걸까. 길가 쪽 방에서는 105동 아파트가 정면으로 내려다보였다.

접수대에서 스포츠신문을 뒤적이던 배추머리가 황소 같은 눈으로 날 훑어 내렸다.

"도로변 쪽으로 높은 층을 주시오."

내 요구에 배추머리가 수상쩍다는 눈길로 다시 훑었다. 최소한 1주일은 묵을 예정이라 덧붙이자 그는 잠시 생각하다 심한 경상도 사투리로 말했다.

"좁고 좀 시끄러워도 괜찮을까예? 대신 방값 팍 깎아드리지예."

"그러쇼."

나는 퉁명스럽게 대꾸했다.

외삼촌의 장례식은 뉴욕 한인교회 묘지에서 치러졌다.

조문객들은 한결같이 차분한 얼굴이었다. 슬피 우는 사람은 없었다. 갱들에게 똑같은 총질을 당하지나 않을까, 저마다의 머릿속에는 그런 걱정이 가득 차 보였다. 외숙모도 눈물을 보이지 않았다.

내 눈에는 옆자리의 제니가 지독히 낯설었다. 검은 머리와 검은 옷차림들 속의 노랑머리. 마치 흑백영화에서 제니의 머리칼만 컬러를 입혀놓은 것 같았다.

식이 끝나자마자 사람들은 서둘러 일터로 돌아갔다. 마지막까지 남아 있던 우리는 집을 향해 걸었다. 차가 있었으나 외숙모가 홀연히 걷기 시작해 그렇게 돼버렸다. 바람 한 점 없이 무더운 날이었다. 외숙모는 타인과 눈동자 마주치기를 거부하고 바닥만 보고 성큼성큼 걸음을 내디뎠다. 두어 발짝쯤 떨어져 뒤따르며 나는 생각했다. 죽음, 너무나 비현실적인. 그러나 그것은 의외로 가까이 있고 쉽게 일어났다.

현관문을 걸어놓고 우리는 각자의 방에 갇혀 지냈다. 서로서로 말을 걸지 않았다. 배고프면 밥 먹고, 목이 타면 물 마시고, 더우면 샤워하며 마치 약속한 듯 알아서 살았다.

나는 침대에 누워 외삼촌이란 남자에 대해 다시 생각했다. 2년하고 6개월을 같이 살았는데 그의 죽음이 슬프지 않아 미안했다. 정글의 도시, 이 뉴욕에서 날 보호해 줄 유일한 기둥을 잃었는데도 말이다.

직업군인이었던 외삼촌은 모든 일을 저돌적으로 처리했다. 슈퍼마켓은 입지가 좋아 번창했지만 외상거래를 안 했다. 주고객층인 흑인과 히스패닉계를 특히 혐오했다. 게으른 자식들, 다 뒈져 버려! 입버릇처럼 내뱉었다. 그는 강한 척, 부지런한 척, 애국심 있는 척 살았다. 돈독 오른 코리안, 융통성 없는 놈 소리를 들었지만 주위의 수군거림을 무시했다. 안타깝게도 공존하는 사회의 중요성을 깨닫지 못했다.

지난 봄 어느 날, 충격적인 광경을 목격했다. 마트 뒤편에 지하 창고가 있었다. 화장실을 가는데 다투는 소리가 들려 쇠창살 사이로 창고 안을 내려다보았다. 사건인즉, 유통기한이 지나 반품해야 할 물건이 있었는데 외숙모가 시기를 놓친 것이다. 나는 보았다. 외삼촌이 불같이 화를 내며 외숙모 뺨을 갈겼다. 너무 놀라 숨이 턱 막혔다. 화장실 변기에 앉아 한참을 떨었다.

저녁을 먹다가 보니 외숙모의 뺨이 심하게 부어 있었다. 내가 물었다.

"얼굴이 왜 그래요?"

"……으응, 알레르기 같은데."

외숙모가 얼버무렸다. 제니가 숟가락을 탁 놓고 식탁에서 일어섰다. 외삼촌은 고개를 숙인 채 후루룩 소리를 내며 국을 떠먹었다.

장례를 치르고 칩거 나흘째 되던 날, 드디어 외숙모가 방문을 열고 나왔다. 질식사 직전에 살아난 사람처럼 얼굴이 부옇게 변했다. 원래 말이 없고 순종적인 사람이지만 나를 불러놓고는 미리 준비한 듯 또박또박 이야기했다.

"제니와 나는 가게가 팔리는 대로 떠날 거야. 더 이상 여기서 살 이유가 없어. 네 앞날까지 봐줄 힘은 없구나. 미안하다. 한국으로 돌아가기 싫으면 세라 아줌마 세탁소에서 일해. 그 정도는 내가 이야기해 주마."

그녀의 목소리와 입술 모양이 따로 놀아 마치 더빙한 것처럼 들렸다. 나는 아무런 대답도 안 했다. 어쩌면 나는 심정적으로 그녀 편인지도 모르겠다.

외삼촌은 마소처럼 일하다 돈만 남겨놓고 떠났다. 인생이 그토록 허무하다는 걸 왜 진작 몰랐을까. 가게를 팔면 제니 교육비 정도는 문제없으리라. 외숙모는 속으로 희열을 느꼈을 수도 있겠다. 어쩌면 세라 아줌마 품에 안겨 서럽게 운 건 남편의 죽음 때문이 아니라 앞날에 대한 불안함 때문이리라.

그녀가 다시 한 번 미안하다고 말했다. 나는 웃으며 괜찮다고 했다. 내 나이 스물하나. 무엇이든지 받아들이는 데 익숙한 나이다.

구형 텔레비전 너머 벽에서 신음소리가 새 들어왔다.

새벽 1시쯤 됐을까. 여관의 벽은 너무 얇아 여과 기능이 없었다. 침대 삐걱거리는 소리에 섞여 옆방 남녀의 거친 호흡이 들려왔다.

편의점에 가기 위해 1층으로 내려서자 배추머리는 다 알고 있지 않느냐는 듯 히죽거렸다. 내가 눈썹을 꿈틀대며 겁을 주자 이

내 미안한 표정으로 바뀌었다.

"요즘 언덕 위에 아파트 짓느라 인부들이 많아예. 근처에 술집도 많이 생겼고……. 4층엔 장기투숙자들만 삽니다. 이해하이소."

무뚝뚝한 경상도 말투에는 그 방값이 싼 이유와 당신도 필요하면 언제든 여자를 불러주겠다는 의미가 담겨 있었다. 원래 큰 방 하나를 두 개로 쪼갰다고도 덧붙였다.

패밀리마트에서 담배와 캔맥주를 사 들고 올라오는데 신음은 그새 싸움 소리로 바뀌어 있었다. 억양이 독특한 남자 목소리는 적게 잡아도 마흔이 넘었다. 서울 말씨의 여자는 앳됐다. 스물이나 됐을까. 귀를 세워 들으니 화대 문제로 다투는 것 같았다. 여자는 나이에 어울리지 않게 앙칼졌다.

"이새끼야! 두 번 쌌으면 돈을 더 내야 할 것 아냐. 돈 없음 혼자 딸딸이나 치던지. 나잇살이나 처먹은 게."

남자의 대꾸가 안 들리는 걸로 보아 침대에 드러누워 배 째라는 식 같았다.

"돈 더 내라니깐! 안 그럼 너 불법체류자로 불어버린다. 중국으로 쫓겨나고 싶니, 으응?"

아, 남자는 조선족이었구나.

여자의 악다구니에 지쳤는지 결국 남자가 쌍욕을 내뱉었다.

"대가리 피도 안 마른 년이 어디다 찍찍 반말이야. 그래 말 잘했다. 경찰 불러라 이년아! 몸 팔아 먹고사는 주제에. 이거라도 줄 때 먹고 꺼져!"

결국 주먹이 올라간 모양. 여자가 악, 비명을 지르더니 급기야 울기 시작했다.

나는 색 바랜 붉은 카펫을 밟고 방으로 돌아왔다. 삶이 측은하고 허망했다. 낯선 도시에 흘러들어 몸 파는 계집이나 욕구 해소를 위해 일당을 날려야 하는 사내나 서로에게 출혈이 너무 컸다.

잠시 후, 여자가 방을 나서는 소리가 들렸다. 나는 캔맥주를 입에 물고 창밖을 내다봤다. 여관을 빠져나온 여자가 희미한 외등이 켜진 언덕길을 허우적대며 내려갔다. 커다란 붉은색 파카가 엉덩이를 덮고 있어 치마 아래로 드러난 다리가 더 앙상해 보였다. 맥주캔이 손 안에서 찌그러졌다. 남은 액체가 손등을 타고 흘러내렸다. 염병할! 사람 사는 데는 다 똑같아. 혓바닥으로 깨진 앞니를 신경질적으로 문질렀다. 여전히 꺼끌꺼끌했다.

밤이 깊어지면서 비었던 방들이 꽉 찼다. 취객의 고함소리로, 볼륨을 높인 텔레비전 소리로 4층 복도는 싸구려 기숙사처럼 소란스러워졌다. 잠들 수 없는 괴로운 밤이 여기서도 이어졌다. 불쑥 908호 뚱보가 떠올랐다. 왜 하필 지금 생각이 날까. 소음 때문일까. 그녀는 아직도 잃어버린 개를 찾고 있을까.

그런 스타일의 여자는 세상이 무너질 듯 호들갑을 떨다가도 이내 체념한다. 피의자 조서를 꾸미다 여러 번 경험했다. 아마도 충무로 애견센터에서 새로 개새끼를 분양받지 않았을까. 흰둥이와 비슷하게 생긴 놈으로. 아님 우락부락한 불독을 끌고 와서 흰둥이라는 이름을 붙였을지도. 생긴 건 상관없으니 제발 안 짖는 놈이었으면 좋겠다, 제발.

새벽, 방문을 활짝 열었다.
　가벼운 마음으로 7부 카고 팬츠와 분홍색 민소매 티를 입었다. 잡동사니로 가득 채운 보스턴백을 양손에 들고 나무계단을 밟으며 1층 거실로 내려섰다. 소파에는 제니가 불안해 보이는 자세로 잠들어 있었다. 켜놓은 텔레비전에서는 희귀병으로 죽어가는 다섯 살 소녀의 다큐멘터리가 방영 중이다. 외숙모 방은 격리병동의 철문처럼 굳게 잠겨 있다. 그녀는 인기척을 듣고도 모른 척하는 게 아닐까.
　막상 떠나려니 젖은 솜옷을 두른 듯 고역스러웠다. 안부를 적은 메모지를 탁자 위에 올려놓는데 두툼한 흰 봉투가 보였다. 현수에게. 겉봉에는 그렇게만 적혀 있었다. 봉투를 만지작거리다 가방 겉주머니에 깊숙이 쑤셔 넣었다. 감상적으로 대응할 필요는 없다고 느꼈다. 돈은 요긴하게 쓰일 것이다.
　현관문을 밀고 나오다 돌아서서 다시 거실을 봤다. 제니는 여전히 불안한 자세로 자고 있었고 텔레비전에서는 병든 소녀의 엄마가 인터뷰하는 소리가 흘러나왔다. 유전자복제를 해서라도 딸을 살리고 싶어요. 손수건으로 눈물을 훔치며 그렇게 말했다.
　여름인데도 새벽 공기는 찼다. 버스가 다녔지만 동네를 벗어날 때까지 앞만 보고 걸었다. 낯익은 상점들을 뒤로 한 채 어둠 속을 묵묵히, 마치 성지순례자처럼.
　동이 트려면 멀었다. 어디로 가야 하나. 밤새 고민했지만 여전히 결정을 못 내렸다.

지하철역 앞 델리에 앉아 우유와 샌드위치를 시켜놓고 흰 봉투를 뜯어보았다. 외숙모는 빳빳한 100달러 지폐를 200장 넣었다. 적은 돈은 아니다. 방값 저렴한 브롱크스에서 룸메이트를 구해 생활하면 1년은 끄떡없다. 한식당 아르바이트를 뛰면 패션이나 미용 쪽 단과스쿨도 다닐 수 있겠다. 여기까지 온 이상 빈손으로 한국에 돌아가긴 싫었다. 날 두렵게 하는 건 미래에 대한 불확실성. 그 문제만 해결되면 심신의 고통 따위 두렵지 않았다.

어디선가 굉음이 들려왔다. 소리의 실체를 깨달았을 땐 이미 스무 대 정도의 오토바이 폭주족이 눈앞을 스쳐 사라진 후였다. 소멸하는 헤드라이트 불빛을 쳐다보며 세상이, 세월이 저처럼 빠른 속도로 움직였으면 좋겠다고 생각했다.

옆자리에서 중국인으로 보이는 사내 둘이 아까부터 날 힐끔대며 쳐다봤다. 바 중앙에 걸린 텔레비전에서는 아직도 희귀병 소녀의 이야기가 흘러나왔다. 그애 엄마의 인터뷰가 다시 화면에 잡혔다. 딸애가 완치되면 엠파이어스테이트에 데려가고 싶어요. 꼭대기에 올라가서 이렇게 넓고 좋은 세상이 있다고 보여주고 싶어요. 그녀는 여전히 흐느꼈다.

희뿌연 빛이 하늘 끝에서 밀려왔다. 그 창밖 풍경을 보다가 나는 결정했다. 그래, 엠파이어스테이트에 가자. 뉴욕 생활 3년째, 수십 번 맨해튼을 오갔어도 골목골목 둘러볼 기회는 없었다. 불치병 소녀 엄마의 말처럼 마천루 전망대에서 드넓은 세상을 보자. 불확실한 미래의 해답을 보여줄지도 모른다.

퀸스플라자에서 하루 동안 사용할 수 있는 패스를 끊고 7번 라인을 탔다. 전동차는 얼마 안 달려 지상으로 올라섰다. 넓은 공장지대가 나타나고 담장마다 원색의 그림이 눈을 현혹했다. 스프레이 페인트로 그린 그래피티 벽화. 검은 바탕 위에 금발의 마릴린 먼로와 붉은 영어 알파벳과 초록색 거미가 뒤섞인 괴괴한 그림. 저런 것들이 예술로 인정받는 곳. 참으로 뉴욕답다 싶었다.

42번가 그랜드센트럴 터미널에 내렸다. 궁전처럼 생긴 건물이 기차역이라고 믿어지지 않았다. 메인광장을 걸으며 천장을 올려다봤다. 화려한 샹들리에가 걸려 있고, 수천 개의 별자리가 금박으로 수놓아져 있었다. 핑크빛 대리석 바닥을 밟고 걷자니 내 행색이 초라하게 느껴질 정도였다.

보관함에 가방을 쑤셔 넣고 거리로 나섰다. 서쪽 타임스퀘어 방면으로 걸었다. 출근길 인파로 도로는 활기차다. 노란 택시들의 클랙슨 소리, 행인들의 고함소리, 꽃집 앞에 내다 놓은 화분들의 행렬. 레코드 가게에서는 경쾌한 힙합이 흘러나왔다. 대기는 흩날리는 먼지가 보일 만큼 투명했다. 움직이는 생명들의 역동성, 쭉 뻗어 올라간 빌딩의 수직성, 화려한 도시의 색깔과 풍부한 음영의 질감. 맨해튼의 아침은 생각했던 것보다 평화롭고 경이로웠다.

도시가 숨을 쉬고 있어. 쪼그라들었던 가슴이 부풀어 올랐다. 어서 엠파이어스테이트에, 센트럴파크에, 그리고 메트로폴리탄미술관에 가보고 싶었다.

끝없이 단조로운 일상의 되풀이.

미용실 건너편의 커피숍에 죽치고 앉은 지 사흘째, 벌써 어둑어둑한 저녁이다. 종일 지켜봐도 D의 주위에서 특별한 행동을 하는 사람은 없었다. 바바리를 입은, 예쁘장하게 생긴 키 작은 사내는 아직 나타나지 않았다. 어제 낮, D를 찾아온 손님이 있긴 했다. 하마처럼 큰 몸집을 가진 사내였다. 둘은 1층 출입구 앞에서 자판기 커피를 마시며 한참 이야기를 나눴다. 민 사장한테 보낼 요량으로 사진을 찍어두었다. 돈을 받았으면 일한다는 표시는 내야 할 테니.

반복적으로 벽시계를 보고, 몸을 비비 꼬고, 냉수와 커피를 번갈아 마셨다. 신문을 읽고, 텔레비전에 눈길을 주다가 화장실에 뛰어가 오줌보를 비워냈다. 식사는 가까운 중국집에서 벼락같이 해결했다. 문제는 커피숍 여주인의 눈초리가 여간 불편한 게 아니라는 점.

"용의자 검거를 위해 잠복 중입니다. 협조 부탁드립니다."

오늘 오전, 아무래도 안 되겠다 싶어 유효기간이 지난 경찰신분증을 내보이고 양해를 구했다. 뭐 협조하라 카면 협조해야지예, 하면서도 그녀는 경상도 여자답게 못마땅한 표정을 숨기지 않았다.

예쁘장하게 생긴 키 작은 사내. 예쁘게 생긴 키 작은 사내…….

나는 반복해 읊조리며 거리를 내려다봤다. 무성영화의 한 신처럼 많은 이들이 조용히 오갔지만 그 속에 예쁘장하고 키 작은 사내는 별로 없었다. 대신 키 작은 예쁜 여자는 넘쳐났다.

불현듯 머리가 띵했다. 살인범, 예쁘다, 그리고 키가 작다는 말. 따지고 보면 안 어울리는 단어의 조합들. 예쁘장한 키 작은 사내?

예쁘장한데 남자라고? 극장 아가씨의 목격담을 전적으로 신뢰할 수 있는가. 그녀는 살인범을 스치듯 봤을 뿐이다. C의 살인범은 어쩌면 남자가 아닐 수도! 퍼뜩 그런 생각이 들었다.

시선을 다시 미용실로 가져갔다. 관찰의 힘은 참 대단하다. 사흘 새 직원들에 관한 새로운 사실을 여럿 알게 됐다.

준미헤어에는 여원장 밑에 남녀 각각 두 명의 미용사와 보조일을 하는 여덟 명의 계집애가 있는데, 그 계집애 중 하나가 D를 몹시도 좋아한다. 확실하다. 틈만 나면 D의 곁에서 알짱거렸다. D가 그녀의 시선을 느끼는지, 알면서도 무시하는지는 알 수 없지만 암튼 그랬다.

D는 오늘도 퇴근이 늦다. 밤 9시 반. 영업을 마치고 원장과 오래 대화를 나눈 다음에야 미용실을 나섰다. 나도 소파에서 일어섰다. 뻐근해진 허리를 토닥이다 구석 자리 남녀를 훔쳐봤다. 둘은 밀착한 채 서로의 입술을 빨고 있었다. 망할 년놈들, 기분 꿀꿀하게시리.

거리는 연말 분위기에 한껏 젖었다. 전구장식 트리가 여기저기 세워졌고 캐롤이 흘러나왔다. 나이 지긋한 구세군이 점잖게 종을 흔들었다. 크리스마스가 코앞이다. 쇠창살이 내려진 대구백화점 정문 앞에서 교회 청년들이 통기타 반주에 맞춰 찬송가를 불렀다.

D는 어제처럼 빠른 걸음으로 인파 사이를 헤집고 지하철 역사 안으로 사라졌다. 반야월 방향 플랫폼 의자에 앉아 두 번이나 전철을 흘려보냈다. 누구를 기다리는 걸까? 나는 긴장했다.

역시나, 여자 하나가 쪼르르 달려와 D의 가슴에 안겼다. 얼굴을 확인하자 좀 허탈해졌다. 추측대로 미용실에서 보조로 일하는 계집애였다. 키 작고 예쁘장하게 생긴 건 맞지만 사내와는 거리가 멀었다. 도저히 D를 죽이려고 접근한 킬러로 보이지 않았다. 그래도 사진은 찍어뒀다. 극장 매점 아가씨 눈앞에 들이밀고 확인받아야 한다.

둘은 전철 안에서도 팔짱을 낀 채 떨어질 줄 몰랐다. 신천역을 빠져나와 편의점에서 술을 사고 좁은 언덕길을 지나 낡은 아파트 안으로 연기처럼 사라졌다.

사흘째 똑같은 출퇴근을 지켜보자니 맥이 탁 풀렸다. 마음이 허해 도저히 여관방에 들어갈 기분이 아니었다. 정혜진이란 여자에게 전화를 걸었다. 역시 받지 않는다. 서운하게도, 얄밉게도 그녀가 지금 내 곁을 떠나려 한다.

정확히 기억하는데, 우리는 크리스마스를 닷새 앞두고 처음 만났다. 8년 전 이맘때였다. 증권사 객장에서 주식투자로 큰돈을 날린 60대 퇴직교사가 분신자살하는 사건이 벌어졌다. 나는 현장을 담당했고 거기서 아내를 보았다. 사망자의 투자상담을 했던 그녀는 겁에 질려 온몸을 바르르 떨고 있었다.

휴대폰 문자 메시지가 날아드는 소리에 퍼뜩 정신이 들었다. 혹시 아내?

    그날 기분 상했다면 용서해 주세요. 즐거운 크리스마스^^

카페 강 마담이었다. 막상 일을 벌여놓고는 마음을 졸였던 모양. 하긴 상대가 조폭 같은 강력계 형사였으니. 답신을 하려다 그만두었다. 기분 나빠서가 아니라 그냥 귀찮았다.

언덕 꼭대기 공사장 앞에 함바집이 하나 있었다. 나는 D의 아파트에 눈길을 한번 준 다음 휘적휘적 그곳에 찾아들었다.

원래 보고 싶었던 그림은 「마담 X」였다.

올봄 《뉴욕타임스》의 기고문에서 읽었다. 미국인 화가 사전트가 1884년에 그린 「마담 X」는 메트로폴리탄미술관에 보관된 수많은 초상화들 중 현대인의 눈에 비친 가장 섹시한 여인이란다. 그녀의 본명은 비르지니 아멜리 고트로 부인. 당시 프랑스 사교계에서 가십거리를 몰고 다니는 그녀를 사람들은 마담 X라 불렀다. 얼굴을 희게 하기 위해 극소량의 비소를 매일 복용했던 여자. 검은 드레스의 어깨끈을 반쯤 내리고 백옥 같은 얼굴을 치켜든 도도한 유한부인. 허리를 쭉 뻗고 선 포즈는 뭇 남성을 홀릴 듯한 태세다.*

그런데 나는 엉뚱하게도 낯선 여인의 그림 앞에 한참을 서 있었다. 「자크 루이 르블랑 부인」. 액자 아래에 분명 그렇게 적혀 있었다. 프랑스 화가 앵그르의 1823년 작품이라는 설명과 함께.

개관시간에 맞춰 들어간 메트로폴리탄미술관은 엄청나게 넓고 동선이 복잡해 계획 없이 떠돌다·쉬이 지쳤다. 그러다 우연히 들어간 2층 '19세기 유럽회화관'에서 그 그림을 보고 단번에 홀려버렸다.

단아한 여인이었다. 단정히 묶은 머리와 두둑한 볼살. 딱히 예쁜 얼굴은 아니었으나 귀태가 느껴졌다. 목이 넓게 파인 검은 드레스를 입었는데 구겨진 옷의 그림자가 선명할 정도로 그림은 정교했다. 사진을 찍어서는 표현할 수 없는 풍부한 질감. 무엇보다 동그랗게 뜬 눈과 입술을 약간 비틀고 웃는 미소에 나는 현혹됐다. 다시 봐도 예쁜 얼굴은 아니었다. 하지만 확실히 엄마를 빼닮았다.

아빠의 재혼소식을 들었다. 지지난 주, 서울에서 친척언니가 전화를 걸어왔다. 중학생 딸을 뉴욕으로 어학연수 보냈는데 귀가 트이려면 얼마나 걸리느냐고 물었다. 공부하기 나름이죠. 나는 건성으로 대답했다.

친척언니는 대화 말미에 주저하듯 그 말을 전했다. 아현동 시장 안에 식당 차렸어. 담담하고 싶었지만 기운이 쫙 빠졌다. 화가 치밀어 먼저 전화를 끊어버렸다. 엄마가 미치도록 보고 싶었다. 엄만 바보였어, 응? 그날 밤 내내 맘속으로 울었다.

점심때 미술관을 빠져나왔다. 입구 돌계단에 쪼그리고 앉아 강한 햇볕을 쬤다. 선글라스가 있었으면 좋겠다는 생각이 들었다. 뉴요커에게는 꼭 필요한 물건이 셋 있다. 염화칼슘이 뿌려진 눈밭을 거닐 장화와 비바람을 막을 튼튼한 검정색 우산, 그리고 얼굴 표정을 가려주는 선글라스.

고대중국 도자기 전시회를 알리는 대형 걸개가 팔랑거렸다. 분수대 앞에 'I♥NY' 로고가 새겨진 티셔츠 판매대가 보였고, 그 옆 승강장에는 여행객을 수송하는 붉은색 2층 버스가 오갔다. 방금 한 무더기의 동양인 관광객이 쏟아졌다. 일본인이라 생각했는데 가방에 새겨진 태극 마크를 보니 한국 사람들이다.

참 행복한 인간들. 나는 그들을 그렇게 정의했다. 평일 낮, 지구 반대편의 나라에서 관광지를 순례하는 일. 그건 돈과 시간과 여유가 없으면 불가능하다. 엄마는 평생 제주도도 못 가봤다. 돈 자랑하는 한국인들 꼴도 보기 싫다. 고급 콘도를 마구 사들이고 명품 숍을 장보듯 들락거리는 졸부들과 그 자식들이 뉴욕 바닥에 널렸다.

단체관광객이 소란을 떨며 곁을 스쳐갔다. 떼로 다니며 목청을 높이는 습성, 그딴 것도 민족성일까. 피부색이 닮았다는 이유로 누가 말이라도 걸어오면 나는 엄청나게 빠른 영어로 무안을 줄 참이었다. 냉소를 머금고 놀려줄 참이었다.

센트럴파크 깊숙이로 발걸음을 옮겼다. 대낮임에도 많은 사람들이 조깅을 하고 잔디 그늘에 누워 책을 읽었다. 산책로를 가로질러 다람쥐 한 마리가 쪼르르 달려갔다. 도심 한복판의 거대한 숲과 호수. 그리고 미국인들의 여유. 그저 놀랍고 부럽다.

추억하기 싫은 일도 상황에 따라 절로 기억이 돋는가 보다.

중학교 3학년 때 절친했던 남자 짝꿍이 뉴욕으로 이민을 떠났다. 이름은 한민기. 반 애들 모두 걔를 부러워했다. 누군가가 「시애틀의 잠 못 드는 밤」의 낭만에 대해서 떠들었고 노처녀 담임은 「러브스토리」의 눈싸움 장면을 이야기했다. 내가 「나 홀로 집에 2」 이야기를 꺼내자 주위에서 까르르 웃었다. 정작 짝꿍은 고개를 떨구고 침울한데 말이다. 한참 뒤에야 알았다. 민기 아버지의 사업이 망해 어쩔 수 없이 떠난 도피성 이민이었다는 걸.

지금은 대학생이 됐겠지. 어쩌면 전철 안에서 스쳐갔을 수도 있겠다. 성실한 수재형인 친구였다. 그의 능력이면 졸업 후 흰 와이셔츠를 입고 월가의 투자은행에 출근할 수도, 아이비리그에서 박

사학위를 딸 수도 있을 것이다. 인텔 같은 다국적기업에 취직해 전 세계를 폼 나게 누빌 수도 있겠지.
　뒤늦게 허기를 깨달았다. 새벽 델리에서 빵 한 조각 먹은 게 전부다. 하지만 엠파이어스테이트에 가야 했다. 정말이지 오늘 안 본다면 후회할 것만 같다. 그 다음 차이나타운에 가자. 새우완탕을 먹으며 부동산신문을 뒤져 집을 구하자.
　34번가와 5번가 사이에 도착, 드디어 초고층빌딩 102층 전망대에 올랐다. 경외심을 느낀 건 잠시뿐. 거대도시의 황홀한 조각을 굽어볼수록 불투명한 앞날에 대한 두려움은 커져만 갔다.

　석쇠 위 삼겹살이 지글지글 익어간다.
　함바집의 미닫이문을 밀고 들어서자 접수대의 배추머리가 화들짝 놀라 눈을 동그랗게 떴다. 그는 드럼통 테이블에 거무튀튀한 얼굴의 중년사내와 젊은 여자와 어울려 앉아 있었다. 공사판 인부들이 떼거지로 몰려와 빈자리가 없었다. 어쩔 수 없이 합석을 해야 했다. 성탄 이틀 전, 모두들 그냥은 잠들 수 없는 밤인 모양이다.
　"서울서 오신 형사양반이라고."
　자리에 앉자마자 거무튀튀한 사내가 긴장한 표정으로 소주잔을 건넸다. 나는 말투를 듣고 단박에 그가 옆방 조선족 사내라는 걸 알아챘다.

"신경 끄십쇼. 불법체류자 단속은 내 소관이 아니니."

농담이 통했는지 옆방 사내는 낄낄 웃었다. 기분 째진다면서 자신이 사겠다며 삼겹살을 더 주문했다.

"어젯밤엔 죄송했습니다. 좀 시끄러웠지요. 얘가 말을 안 들어서. 흐흐."

옆방 사내는 턱으로 옆자리의 여자를 가리켰다. 얘기에는 아랑곳않고 한쪽 어금니로 고기만 씹어대던 그녀 눈꼬리가 히뜩 올라갔다. 내가 뭘, 그렇게 항변하는 눈빛이 만만찮았다.

"근데 니는 가게 안 나가고 와 여기 죽치고 있노?"

배추머리가 퉁명스럽게 물었다. 여자가 칼칼한 목소리로 대답했다.

"단란주점 가봐야 일도 없는데, 뭐. 마담언니가 손님 오면 연락 준댔으니까 괜찮아."

"가시나, 니 오늘 공사판에 돈 나온다는 얘기 들었재. 하여튼 돈 냄새 맡는 건 귀신이라카이."

"오빠! 내가 공짜로 돈 벌어? 다 노동의 대가라고."

"조용해라 가시나야, 그것도 일이가?"

그 순간 여자가 발딱 일어나더니 주먹을 쥐고 고함을 질러댔다. 반쯤 남은 소주병이 옷소매에 걸려 시멘트 바닥 위에서 박살 났다.

"그럼 떡치는 게 일 아냐? 씨팔, 나이 처먹어서 오빠 대접 해주려 했더니…… 너 자지 안 선다며. 붕신새끼!"

그녀는 주위 시선 따윈 아랑곳하지 않았다. 배추머리가 벌건 얼굴로 옆방 사내를 쏘아봤다. 조선족은 고개를 돌리며 흠흠, 헛기침을 내뱉었다. 서둘러 계산을 치르고 여자애를 달래듯 밖으로 데리고 나갔다. 워낙 짧은 순간의 일이라 나는 그냥 멍했다.
 "저년도 참 물건이라예. 스물두 살짜리가 말하는 건 산전수전 다 겪은 할망구 같다니깐. 김 씨 땀 흘려 번 돈 쪽쪽 다 빨아먹는구나. 으휴."
 배추머리가 자탄조로 말했다. 그러나 내 귀에는 어떻게든 대화 주제를 바꿔보려는 그의 과장된 말투가 더 쓸쓸히 들렸다.
 소주잔을 높이 들었다 단숨에 털어 넣었다. 위벽을 훑는 첫 잔의 자극은 언제나 기분 좋다. 병 파편이 널브러진 바닥을 내려다봐도 아무런 느낌이 없다. 증오니 복수니 그딴 것들, 다 부질없이 느껴졌다. 그냥 대충 살면 되는 것을. 취객이 술병을 던지든, 멱살 잡고 주먹질을 하든 태연히 생선 대가리를 칼로 내리치는 함바집 여주인처럼.
 "이승엽이가 팀 옮긴다는데 잘 할까예?"
 배추머리가 뜬금없는 질문을 던졌다. 나는 묵묵히 딱딱해진 고기를 씹었다.
 "나는 야구 보는 재미로 삽니더. 요즘은 찬호도 병현이도 더럽게 못 던져서 재미가 없네예. 어째꺼나 승엽이라도 잘 쳐야 할 긴데."
 처량하게 웃는 배추머리를 보고 있자니 가슴이 답답했다. 사는 재미도, 생의 의욕도 없는 인간 같았다. 임포라고 놀리는 여자애 말이 농담 아니구나 싶었다. 우리는 말없이 소주 두 병씩을 까고 함바집을 나왔다. 옆방 사내는 오늘도 계집애를 여관방에 끌어들였다. 불 켜진 창에 그림자가 일렁거렸다.
 담뱃불을 붙이려는데 라이터 가스가 다됐다. 반복해 눌러도 불꽃만 튀었다. 생담배 필터를 씹으며 시선을 시영아파트로 가져갔다. 105동 3층 38호 D의 방에도 불이 켜져 있었다. 시다년이랑 오붓하게 떡치고 있겠군. 좋겠다. 씨팔.

그냥은 잠들 수 없는 밤. 바닷물이 빠져나간 갯벌처럼 마음이 허했다. 누군가가 격렬하게 그리웠다. 전화기를 꺼내 재발신 버튼을 눌렀다. 정혜진이란 여자, 여전히 전화를 안 받는다. 문자를 보낸 강 마담한테라도 걸어볼까? 그 순간 그년은 오늘 또 어떤 놈을 꼬드겨 모텔방에서 뒹굴까 하는 생각이 머릿속을 뒤덮었다. 붉은 입술을 쑥 내밀며 말하겠지. 오늘 밤 제가 놀아드릴까요? 조 경감이 강 마담을 덮쳤을지도 모른다. 김 반장이 그녀를 덮쳤을지도 모른다. 아님 다른 계의 어린놈이 덮쳤을 수도 있다. 썅, 그런 여자한테 놀아나고도 헤죽대다니.

갑자기 꼴도 보기 싫어졌다. 동시에 웅크리고 있던 취기가 온몸으로 퍼져 나갔다. 시큼한 것이 목구멍으로 올라왔다. 방범등이 달린 전봇대 아래서 토악질을 했다. 소화 덜 된 삼겹살덩어리가 흑갈색 죽처럼 쏟아져 나왔다.

둔탁한 물체가 머리통을 내리쳤다.

엠파이어스테이트를 나와 차이나타운의 커넬스트리트를 걸을 때였다. 자박자박 따라오는 발자국 소리. 그 소리를 듣고 있었지만 대수롭잖게 여겼다. 대낮이었고 주위에 행인이 많았다.

빡!

처음에는 다른 데서 나는 소리로 알았다. 그런데 갑자기 시야가 좁아지고 흐릿해졌다. 머릿속이 그냥 멍했다. 갈색 모자를 쓰고 검은 러닝셔츠를 입은 가무잡잡한 사내가 앞으로 달려 나갔다. 놈은 한 손에는 내 핸드백을, 다른 손에는 각목을 들고 내달렸다. 오른 팔뚝에 해골문신이 설핏 보였다. 그제야 상황을 깨달았다. 쫓아가려 했으나 저절로 무릎이 꺾이며 고꾸라졌다. 뒤늦게 엄습하는 통증.

도와줘요, 도와줘요. 아무리 고함을 질러도 입 밖으로 나오지 않았다. 전해질이 다 빠져나간 듯 온몸이 마비됐다. 점점 멀어져 가는 날치기를 길바닥에 엎드린 채 바라볼 수밖에 없었다.

50미터쯤 앞에 또 다른 사내가 시동이 걸린 오토바이를 타고 대기하고 있었다. 갈색 모자는 뒷자리에 나는 듯이 올라탔다. 찢어질 듯한 머플러의 굉음만 남긴 채 둘은 시야에서 사라졌다.

그제야 주위 사람들이 우르르 몰려들었다. 몇 발짝 떨어져서 측은한 눈빛으로 날 내려다봤다.

두피가 찢어졌는지 피가 목덜미를 타고 흘렀다. 그 순간 떠올랐다. 갈색 모자와 해골문신! 분명 어디서 봤다. 분명 어디서……. 오늘 새벽 플러싱의 델리, 옆자리에서 차 마시던 중국인 사내. 그들, 분명 그들이었다. 그렇다면 하루 종일 내 뒤를 밟았다는 얘기. 그 집요함이 공포로 다가왔다.

거리가 엿가락 늘어지듯 휘어 보였다. 바닥의 콘크리트 냄새가 날 질식시켰다. 결국 정신을 놓고 말았다.

시간이 얼마나 흘렀는지 모르겠다. 손수건으로 머리를 감싼 채 인도 턱에 걸터앉은 날 발견했다. 정신은 들었으나 더듬이 뽑힌 벌레처럼 방향감을 잃고 허둥댔다. 통증은 여전했다. 행인 중 누군가가 말을 걸어왔지만 깨닫지 못했다. 누군가가 다시 말을 걸어왔다. 울먹이며, 마지못해 고개를 쳐들었다.

"너 한국인이니?"

이방인이 눈을 찡긋했다. 가지런한 치아, 오뚝 선 코, 반곱슬머리에 군살 없는 늘씬한 몸매를 가졌다.

"어떻게 알았죠?"

"코리아타운이 가깝잖아."

이방인은 원숭이인형이 달린 자동차 열쇠고리를 손가락에 끼우고 빙빙 돌렸다.

"당신 누구죠?"

"널 후려친 애들 베트남 갱이야. 제발 우리 중국인이란 생각은 말아줘."

"당신이 그걸 어떻게 알아?"

"아는 녀석들이거든. 차에서 다 지켜봤다. 하하."

"그런 식으로 웃지 마요. 그리고 누군지 가르쳐줘. 설사 한국인이라 해도 상관없어. 다 죽여버릴 거야."

"오우! 진심이니?"

나는 고개를 끄덕였다. 찢어진 부위가 다시 욱신거렸다.

"가르쳐줄 순 있지. 하지만 지금은 안 돼. 2년 후에나 가능할까."

"왜?"

"네가 크게 다칠 거야. 오늘은 목숨 구한 것만도 다행으로 여겨. 그렇게 생각하는 게 마음 편하지 않니? 그깟 가방은 잊어버려. 감정이 앞서면 일을 망치지. 복수는 실력을 키운 다음에 하는 거야. 분노만으로는 해결 안 되거든."

"싫어. 2만 달러나 잃어버렸어. 전 재산이라고."

"우와! 2만 달러나. 어쩌자고 그렇게 큰 현금을……."

액수에 놀란 듯 이방인은 돌리던 열쇠고리를 손바닥으로 움켜쥐었다.

"그 돈이 없으면 나 갈 곳이 없다고."

침묵이 흘렀다. 몰려 있던 사람들이 하나둘 흩어졌다. 이방인이 열쇠고리를 다시 돌리기 시작했다.

"그렇담 이건 어때? 나는 격투기 체육관을 운영하고 있어. 지금 아르바이트생을 구하고 있거든. 숙식을 제공할게. 대신 청소를 해야 해. 그 밖에 잡다한 다른 일도."

주머니에는 100달러도 남지 않았다. 두려움이 없진 않았지만 앞길이 막막해 따라나설 수밖에 없었다. 지금 심정은 햇볕만 가릴 수 있다면 그냥 아무 데나 눕고 싶었다.

"내 이름은 명이야. 중국인이지."

운전대에 앉으며 이방인이 손을 내밀었다. 나는 떨리는 심정으로 손끝을 맞잡았다. 차갑고 딱딱하고 길쭉한 손이었다.

"무슨 일을 하나요, 체육관 관장?"

"그건 부업이고 진짜 직업은 사람 죽이는 일이야."

"킬러라고?"

나는 눈물 자국이 남은 얼굴을 들고 피식 웃었다. 위험한 말을 너무 쉽게 내뱉어 농담으로 들렸다.

"킬러!"

명이 단호하게 외쳤다. 나는 무서워 웃음을 뚝 그쳤다.

"병원부터 가야겠는걸. 으음, 이 정도는 여(呂) 영감한테 가면 쉽게 꿰맬 수 있겠다."

명은 기어를 바꾸더니 액셀을 힘껏 밟았다. 빨간색 포드 머스탱은 총알처럼 튀어 나갔다.

뱃속 음식물을 다 게워내도 잠이 안 왔다.

몸은 도살장에 걸린 돼지처럼 늘어지는데 정신은 말똥말똥한 고통. 불면증은 어느새 만성이 돼버렸다. 옆방 조선족과 스물두 살 계집은 지치지도 않고 그짓거리다. 카메라와 수첩을 들고 계단을 내려가 접수대 창을 두드렸다. 코를 골던 배추머리가 좁은 틈으로 황소눈을 내밀었다.

"컴퓨터 좀 쓸 수 있겠소?"

"그러이소."

나는 측면 쪽문을 통해 어둑어둑한 방 안으로 기어들어 가 컴퓨터 앞에 앉았다. 앉은뱅이책상 주위는 17인치 구형 모니터가 뿜어내는 빛 때문에 푸르스름했다. 화면에는 백인여자가 나오는 포르노가 윙윙 돌아가고 있었다. 홀로 사는 남자 특유의 군내가 꽃무늬 담요에서 풍겨왔다. 식초에 절인 듯 숨을 못 쉴 정도로 시큼했다. 내 몸에서도 이런 냄새가 날까. 나는 못 느끼지만, 타인에게 불쾌감을 주는 그런 냄새가.
 지금까지의 일을 정리해 민 사장에게 이메일을 보냈다. 어제 낮에 찍은 사진 두 장을 첨부했다. 흥신소 박 실장에게도 안부 메일을 썼다. 큰 건을 하나 맡았으니 필요할 때 좀 도와달라며 성공하면 충분히 사례하겠다고 적었다. 친분은 친분이고 돈은 돈이다. 그래야 일이 돌아가는 게 이 바닥의 생리다.
 "대체 누굴 쫓고 있습니까. 살인범이라예?"
 구석에서 머리를 괴고 누워 있던 배추머리가 끼어들었다.
 "연쇄살인범이 또 사고를 치려고 해서 잠복 중이지요."
 나는 시선을 모니터에 고정한 채 대꾸했다.
 "세상 참 좋아졌네예. 옛날 같으면 일 터지기 전엔 경찰이 거들떠도 안 봤을 낀데. 마, 마이 죽인 모양이지예?"
 나는 문맥을 한 번 살핀 다음 보내기 버튼을 클릭했다. 메일이 성공적으로 발신됐다는 메시지가 떴다. 인터넷 창을 닫고 정지시켜 놓았던 미디어플레이어를 작동시키자 다시 야릇한 숨소리가 들려왔다.
 "이딴 거 보고 앉았으면 흥분이 되나?"
 "뭐, 그냥 보는 거지예. 밤은 길고 손님은 없고 해서."
 문득 한 가지 사실이 궁금해 참을 수 없었다. 눈치를 살피며 조심스럽게 물었다.
 "아까 함바집에서 계집애가 한 말 있잖소?"
 배추머리는 어기적 일어나 앉더니 얼굴을 붉히지도 않고 무덤덤하게 말했다.
 "실은 발기가 안 되는 게 아니고 자지가 없심더. 바람피우다 옛

날 마누라한테 가위로 짤렸다 아임니까. 신문에도 났어예. 사회면 만화 밑에 쪼그만 기사로. 흐흐. 내 그때 쪽팔려 죽는 줄 알았심니더. 한밤중에 소시지같이 생긴 걸 들고 대학병원을 전부 다 돌았는데 붙일 수 없다 카데예. 너무 늦었다면서. 뭐 코미디도 아니고……."

 묘사가 적나라해 마치 타인의 사연을 듣는 것 같았다. 되레 내 얼굴이 홧홧거리고 무안할 지경이었다. 고민이 지나치면 초월한다 했던가. 아마 배추머리는 조선족한테도 이렇게 즐기듯 고민을 늘어놓았겠지.

 "물려받은 땅이 좀 있었지예. 마누라와 갈라지면서 그거 다 털리고 달랑 이 여관 하나 남았심니더. 이건 아버지가 운영하던 건데 희한하게 처분하기 싫더라고예. 이 동네 재건축된다기에 그냥 눌러앉아 있습니더. 거시기만 다시 붙여준다면 이깟 건물 날려도 안 아까울 낀데. 유전자조작하면 사람도 복제되는 세상이 온다 카는데 그깟 자지 하나 못 만들까, 그 희망 하나로 삽니더. 죽기 전에 다시 섹스해 볼 날이 오겠지예?"

 누군가가 계단을 밟고 내려왔다. 구둣발 소리가 점점 가까이, 또렷이 들렸다. 스물두 살 여자애가 혼령처럼 나타나더니 접수대 앞을 휑하니 지나갔다. 오늘 밤은 조선족과 아무 트러블이 없었나 보다. 돈은 많은 일들을 너그럽게 만든다.

 혼령은 유리문을 밀고 안개 짙은 새벽 거리로 홀연히 사라졌다. 출구 위 센서가 작동해 「엘리제를 위하여」가 흘러나왔다. 멜로디의 여운이 어둠 속에 오래 남았다.

 "실은 나도 잘렸소."

모니터 속의 포르노를 바라보며 내가 뇌까렸다. 그새 주인공은 백인여자 둘에 흑인남자 하나로 바뀌었다.
"예? 짤렸다고예, 거시기가?"
"아니 경찰에서 잘렸다고. 피의자한테서 돈 받아 처먹었거든. 당신처럼 신문에도 났지."
나는 손바닥으로 목을 치는 시늉을 했다.
"그럼……"
"실은 딴 사람 똥구멍 쑤셔서 밥 빌어먹소. 흥신소 직원은 아니고, 뭐 프리랜서 비슷하게. 씨팔."
"눈치는 깠지만서도……. 근데 그 얘길 나한테 와 합니꺼?"
"그냥…… 당신 얘길 듣고 나니 나도 비밀 하나쯤 털어놓고 싶어서. 그런 기분 들 때 있잖소. 물론 당신 고통에 비할 바는 아니겠지만."
배추머리는 잠시 심각한 표정을 짓더니 갑자기 키득키득 웃었다. 누런 이빨이 드러났다. 이상한 불안감을 주는 웃음이었다.

"원래 가죽가방 만드는 공장이었대."
명을 따라간 곳은 브롱크스의 공장지대. 체육관 입구에서 명이 전원 스위치를 올렸다. 천장에 걸린 형광등이 시간차를 두고 켜지자 실내가 훤히 모습을 드러냈다. 아무도 없는 밤이라 그런가, 마룻바닥이 휑하다 싶을 만큼 넓었다. 바닥에서 천장까지 높이가 10미터는 족히 됐다. 왼쪽 구석에 샌드백과 역기를 설치해 놓았다. 정면 벽에는 쿵푸영화에서 본 붉은 삼각 깃발이 붙었고 장검과 봉이 엑스자로 걸려 있었다. 샤워장 출입구는 품새도가 붙은 나무파티션으로 가려놓았다. 시설이 좀 낡았을 뿐 여느 격투기 도장과 다를 바 없었다.

"2층은 좀 나을 거야."

명이 날 계단으로 안내했다. 목제 기둥을 여러 개 받쳐 올린 2층에는 두 개의 방과 싱크대가 딸린 부엌 겸 거실이 있었다. 작지만 가정집처럼 아늑했고 난간에 서면 체육관이 한눈에 내려다보였다. 화장실이 하나뿐이지만 별 문제가 안 될 성싶었다.

"겨울엔 부담스러워. 이 공간 다 덥히려면 난방비가 장난 아니거든. 하하. 그래도 난 탁 트인 여기가 좋아. 뉴욕 바닥 다 뒤져도 이만한 로프트 구하기가 쉽지 않아."

내가 사용할 작은 방을 보여주며 명이 말했다.

"아까도 말했지만 네가 할 일은 체육관을 청소하는 거야. 물론 화장실도 포함해서. 가끔은 회원들 도복도 빨아야 해. 그리고 회비 관리도 네 몫이야. 컴퓨터에 프로그램이 깔려 있고, 낮 시간에는 디오와 홍이 봐줄 테니 그리 어렵진 않을 거야. 시장 다녀오는 일도 해줬으면 좋겠어. 그 외 시간은 네 마음대로 써도 좋아. 공부하고 싶으면 학교 가고 돈 벌고 싶으면 딴 가게에서 아르바이트를 해. 어때 이만하면 훌륭한 조건이지 않니?"

나는 고개를 끄덕이며 물었다.

"디오와 홍은 누구죠?"

"사범들이야. 디오는 푸에르토리코인, 홍은 중국인. 물론 무예

고수들이지. 여기 같이 살지는 않아."

나는 천으로 만든 간이옷장을 열어보았다. 채 정리 안 된 여자 옷이 몇 벌 걸려 있었다.

"내가 오기 전에는 누가 그 일을 했나요?"

"참, 큰 쥐가 많아. 보더라도 놀라지 마. 근처에 과자공장이 있거든. 그리고 난 자주 집을 비워. 며칠씩 안 들어올 때도 있다. 식사는 해 먹든 사 먹든 알아서 해결해."

명은 대답 대신 시시콜콜한 주의 사항을 더 나열했다. 괜한 걸 물어봤나 싶었다. 나 또한 언제 여길 떠날지 모르는 이방인인걸.

길고 힘든 하루였다. 낯선 침대에 누워도 어색함을 못 느낄 정도로 피곤했다. 그러나 머리통의 상처가 쑤셔서 잠들 수 없었다. 명이란 사람은 왜 나를 거두었을까? 동정심일까? 그리고 정말 킬러일까? 그 와중에도 숱한 의문들이 핵분열하듯 동시다발적으로 터졌다. 게다가 갈색 모자의 환영이 망막 위에 계속 아른거렸다. 그런 쓰레기 때문에 내 미래가 송두리째 날아갈 위기에 처하다니……. 소수 민족 갱들을 경멸하던 외삼촌의 심정이 처음으로 이해됐다.

"죽여버릴 거야!"

나는 어둠 속에서 어금니를 깨물었다.

어디선가 기합소리가 들렸다. 분명 환청은 아니었다. 발뒤꿈치를 들고 거실로 나가보았다. 체육관에서 명이 팔뚝 굵기만 한 촛불 하나만 밝혀놓고 수련 중이었다. 하얀 도복을 입고 천천히 좌우로 움직였다. 마치 신성한 의식을 행하는 도교 승려 같았다. 손끝이 매섭고 정밀했다. 품새 하나하나에 절도와 힘이 느껴졌다.

팔과 발의 움직임이 짧아졌다 길어졌다, 혹은 느려졌다 빨라졌다 했다. 그 모습이 부드럽게 조화를 이뤄 춤을 추는 듯 보였다. 나는 쪼그려 앉아 난간 틈새로 훔쳐보며 감탄했다.

명이 권법 자세를 풀고 제자리에서 가벼운 뜀뛰기를 시작했다. 그러다가 한순간 기합을 지르며 오른쪽 다리를 수직으로 뻗어 올렸다. 두 다리가 일자로 세워지며 정강이가 이마에 닿았다. 그 상태에서 공중으로 날아오르더니 팽이처럼 돌려차기를 했다. 바람이 일며 촛불이 전기 나가듯 꺼져버렸다.

어둠이 공기를 모두 삼켰다. 나는 그 칠흑 속에서도 명의 존재감을 느꼈다. 엄청난 기운이 뿜어져 나와 내 영혼에 달라붙었다. 명은 이성과 야성의 힘을 모두 지닌 고수. 조금 전 영화 같은 광경을 봤다면 다들 그렇게 믿을 것이다. 한순간에 성룡과 이연걸이 시시해졌다. 그들은 액션배우일 뿐이다.

그녀는 강간이라고 했고 나는 아니라고 했다.

그녀는 자신이 불행한 여자라고 흐느꼈고 나는 그런 말 하지 말라고 달랬다.

비 내리는 겨울날, 우리는 승용차 안에서 처음 몸을 맞댔다. 증권사 분신자살이 일어나고 한 달쯤 후였다. 그동안 유족들이 그녀에게 몰려가 멱살을 잡고 협박을 했다. 그녀는 궁지에 몰렸다. 더럽게 재수 없는 케이스였다.

나는 처음부터 심정적으로 그녀 편이었다. 투자자의 정신과 치료 병력과 과거의 실패한 투자기록 등을 샅샅이 찾아 유족들 앞에 들이밀었다. 사건은 흐지부지 처리됐고 그녀가 점심을 사겠다고 했다. 나는 비번인 날 저녁 술자리를 제의했다. 그녀는 잠시 망설이다 좋다고 했다.

기름기 자글자글한 삼겹살과 소주를 먹고 싶었으나 깔끔한 술집을 알고 있다며 그녀가 여의도로 차를 몰았다. 전망 좋은 바에서 헤네시 한 병을 나눠 마셨는데 처음 들이켜본 코냑은 금방 달아올랐다. 서울 여자의 세련됨과 도도함이 날 주눅 들게 만들었다. 말끝은 또박또박 확신에 차 있었다. 그러나 은연중에 나약함도 내비쳤다. 타인의 평가를 두려워하는 소심함, 늘 완벽해야 한다는 강박관념……. 그런 성격의 여자였다.

처음부터 그럴 의도는 아니었다. 정말이다.

그녀는 그날따라 자극적인 소품들로 치장을 했다. 붉은 코트와 가슴이 도드라져 보이는 흰 니트, 갈색 사선무늬 스타킹과 펄이 섞인 립스틱, 찰랑거리는 단발. 게다가 장미향이 나는 향수를 뿌렸다.

그녀 몸속이 궁금했다. 《플레이보이》의 모델들처럼 가터벨트를 착용하고 있을까. 호피무늬 브래지어와 팬티일까. 알코올이 과하게 흘러든 몸은 성욕으로 넘쳐났다.

그녀는 만취한 나를 하숙집까지 태워주겠다고 했다. 둔치에 주차해 둔 차에 시동을 거는 순간, 나는 스파크에 감전된 듯 이성을 잃었다. 내 안의 야성은 통제 불능. 옆의 여자가 연쇄살인범이라 해도 그랬을 것이다. 형사의 완력이 여린 여자를 옭아맸다. 수족이 묶인 짐승처럼 버둥거리는 몸뚱이에 올라타 헐떡거렸다. 그녀의 신음소리가 쾌감인지 고통인지는 모르겠다. 사정을 하고 눈을 떴을 때, 그녀는 날카로운 눈으로 나를 쏘아봤다. 미안하지만, 형사를 너무 인간적으로 본 건 그녀의 실수다.

기분 째지는 여운을 마저 만끽하려다 퍼뜩 정신이 들었다. 그녀는 어느새 차문을 열고 나가 어둠 속 깊이 달려가고 있었다. 붉은 코트가 점처럼 작아졌다. 나는 그 묘한 쾌감을 오래도록 기억했다. 사창가 여자와 밤새 뒹굴어도 그때의 황홀함을 당하지 못했다.

바로 다음 날부터 밀려드는 사건에 정신을 잃었다. 톱클래스의 남자배우 J가 관내의 한 오피스텔에서 목매 사망했다. 그는 필로폰 복용 혐의로 검찰 내사를 받고 있었다. 동성애 소문을 확인할 길은 영영 사라졌다. 그런데 한 타블로이드판 주간지에서 타살 의혹을 장장 다섯 페이지에 걸쳐 제기하는 통에 서장은 꼭지가 돌아버렸다. 게다가 모 명문 사립대학 총장이 내연의 여자 집에서 칼에 찔려 뒈지는 사건까지 겹쳤다. 불철주야 두 사건에 매달려 시간을 잊고 살았다. 그녀가 얼음장처럼 차가운 목소리로 형사과에 전화를 걸어왔을 땐 어느새 두 달이 지난 후였다.

결혼 이야기는 그녀가 꺼냈다. 나는 낯부끄러워 고개를 들지 못했다. 말단 강력계 형사와 이름난 대학을 나온 미모의 증권사 직원. 누가 봐도 안 어울리는 조합이었다. 그녀에게 연년생 여동생이 하나 있었는데, 뭔 얘기를 들었는지 날 똥 묻은 동네 개 보듯 했다. 뭐, 그런 건 아무래도 좋았다. 단련된 형사의 장점은 웬만한 시선에는 무감각하다는 사실. 들이대고, 개기고, 쌩까는 데는 다 도사들이다.

"당신 참 매력 없어."

결혼식을 2주 앞두고 그녀가 체념한 목소리로 말했다. 그때 우리는 인사동의 허름한 지하 술집에 있었다.

"당신 참 매력 없다고!"

나무탁자 위를 손가락으로 문지르면서 그녀가 다시 말했다. 시커먼 막걸리 때가 손톱 끝에 뭉쳐져 나왔다. 의미를 뜯어보면 이런 말을 하고 싶었던 게 아닐까.

말투는 촌스럽고 거칠어. 은퇴한 유도선수처럼 짧은 머리카락에 몸뚱이는 물살이 출렁거려. 너 공부 많이 했니. 이름 없는 지방대 나왔지. 지저분한 속옷에 발고린내가 진동해. 골초에, 폭음에, 코도 심하게 골고 돈도 못 벌어. 그렇다고 유산 있어? 매너 없는 자식. 기껏 데려오는 데가 전통주점이냐. 그래도 시부모가 일찍 죽었다는 건 마음에 들어. 그거 하나는. 하하.

그녀는 울다가, 웃다가, 단숨에 술잔을 들이켜다가, 실성한 사람처럼 입에서 흘러나오는 대로 뇌까렸다.

나는 대꾸하지 않았다. 그럴 때는 침묵하는 편이 유리하다. 담배 필터를 씹듯이 물고 다리를 포개고 앉아 묵묵히 듣기만 했다.

"나쁜 새끼야. 내 인생을 어떻게 이딴 식으로 뭉갤 수 있어?"

그녀가 또 흐느꼈다. 담배를 은색 재떨이에 비벼 끄며 내가 마지못해 물었다.

"그런데 왜 결혼해?"

그녀는 혐오스런 눈길로 내 얼굴과 자신의 배를 번갈아 봤다.

"몰라서 물어? 넌 나쁜 새끼라고. 도둑놈 잡을 자격 없어."

뽀얀 볼을 타고 눈물이 주르르 흘렀다. 한순간 눈동자가 초점을 잃더니 이마를 탁자 위에 박고 픽 쓰러졌다. 나는 흐트러짐 없이 앉아 새 담배를 빼 물었다.

배가 불러오면서 그녀는 증권사를 그만두었다. 그리고 가족과 친구들의 반대에서 아랑곳없이 오기 난 사람처럼 예식준비를 해 치웠다. 나는 아직도 이해 못 한다. 살다 보면 잘못된 길임을 알면서도 고집할 때가 있긴 있다. 하지만 이 경우는 낭만일까 광기일까. 왜 중절수술을 받지 않았을까. 종교적 신념 따위도 없고 태아를 위해 야망을 희생시킬 여자도 절대 아니었다. 평소의 그녀라면 그 이상의 일도 이빨 꽉 깨물고 해치웠을 거다. 대체 무슨 생각이었던 걸까.

나는 잠든 그녀를 향해 낮은 목소리로 내뱉었다.

"너무 고상 떨지 마. 사는 거 다 똑같아. 밥 처먹고 똥 싸는 거 다 똑같다고. 알겠니? 썅."

체육관 바닥의 그림자 길이는 매시간 달라졌다.

시설은 낡고 불편했지만 남향이라 볕 하나는 잘 들었다. 브롱크스에서도 공단지대. 빈민층이 몰려 사는 동네였다. 마켓은 불친절하고 세탁소는 멀고 식당이라곤 허름한 펍이 하나 있을 뿐이다. 동네 어귀 공터에는 매일같이 농구를 하거나 힙합에 맞춰 몸을 흔드는 흑인아이들로 득실거렸다.

새로운 생활은 그렇게 시작됐지만 외삼촌 집에서처럼 절망하지도, 분노하지도 않았다. 나름의 삶의 방식을 터득해 단순하게, 부지런히 움직였다. 그것이 잡념을 잊게 한다는 걸 깨달았다.

새벽에 일어나 체육관 청소를 하고 오전에 패션스쿨 수업을 듣고 점심시간부터 맨해튼 한식당에서 아르바이트를 했다. 저녁에 텅 빈 체육관을 다시 치우고 지친 몸을 딱딱한 침대에 뉘었다. 누군가 그랬다. 인생의 처음과 끝은 맞닿아 있다. 나는 그 말을 악착같이 믿었다.

홍과 디오의 얼굴을 맞댈 시간은 아침나절뿐. 당초 염려와 달리 착실한 사람들이었다. 몸가짐은 단정하고 말수는 적지만 친절했다. 무도인답게 예의를 갖춰 관원들을 지도했다. 내면에 다른 색깔의 피가 흐르는지는 알 수 없으나 겉으로는 그랬다.

짐작대로 명은 격투기 체육관을 대충 운영했다. 수련생이라야 동네 늙은이와 조무래기 스무 명 정도가 전부였다. 달마다 1000달러 정도의 적자가 났지만 신경 쓰지 않았다. 가끔 흑인청년들이 몰려와 권투 글러브를 끼고 샌드백을 두드렸는데 소란만 안 피우면 내버려두었다.

명은 일을 불규칙하게 했다. 1주일 내내 방에 처박혀 있다가 어떤 때는 열흘 이상 체육관을 비웠다. 새벽녘에 잠깐 들렀다 가방만 챙겨 다시 사라지기도 했다. 어떤 날은 창밖을 내려다보니 길이가 10미터는 될 법한 흰 리무진에서 내렸다. 머리를 빡빡 민 정장 차림의 흑인 운전사가 정중하게 뒷문을 열어주었다.

태국 방콕이라며 전화가 걸려온 적도 있었다. 예삿일을 하는 사람이 아님을 그제야 확신했다. 진짜 킬러라고 믿기 시작했다. 나중에 알았지만 명은 어마어마한 파워를 가진 국제조직의 해결사로 뛰었다. 그러나 나는 명이 무섭지 않았다. 온화한 매력에 점점 끌렸고 자기 절제 강한 직업정신을 동경했다. 행여 다칠까 걱정하는 날이 많아졌다.

체육관 식구들과의 저녁식사는 가장 즐거운 시간. 한 달에 한 번 정도 동네의 유일한 펍에서 맥주를 마셨는데 명은 기분이 좋으면 중국이나 멕시코, 혹은 라스베이거스에서 겪은 무용담을 펼쳐 놓았다. 가끔 총격전 이야기도 나왔다. 나는 두 팔을 탁자에 괸 채 『아라비안 나이트』 같은 이야기 속으로 빠져들었다.

11월 추수감사절의 오후. 디오는 다리를 다쳐 깁스를 했고 홍은 친척 결혼식 참석을 위해 보스턴에 가고 없었다. 명이 무료했는지 나를 데리고 외출을 했다. 맨해튼에서 둘만의 시간, 나는 설렜고 긴장했다. 차이나타운에서 고추기름이 듬뿍 들어간 볶음요리를 먹고 꽃향기가 짙은 차를 마셨다. 명은 돌아오는 길에 중국 특산품 가게에서 흰머리원숭이가 새겨진 열쇠고리를 건넸다.

"힘들 때마다 문질러."

"뭘 의미하죠?"

"중국 사람들은 연초에 도교 사찰에 가서 흰머리원숭이상의 머리를 쓰다듬어. 운수대통한다고 믿고 있거든. 우리 아버지가 그 신봉자였는데 나도 습관이 돼서. 하하."

"진짜 복을 가져다 줄까요?"

"그건 나도 몰라. 하지만 효험이 있다고 믿는 마음가짐이 중요하지 않겠니. 그런 기운들이 허공법계에 쌓이고 쌓여 너를 지켜줄 거야."

나는 말뜻을 정확히 이해 못 했으나 그냥 고개를 끄덕였다.

우리는 손을 꼭 잡고 콜럼버스파크를 걸었다. 사람들이 쳐다봤다. 귀마개 달린 모자를 눌러쓴 흑인이 휘파람을 길게 불었다. 나는 신경 쓰지 않았다. 지금 이 도시는 우리 둘만을 위해 지어진 성 같았다.

주머니에 손을 넣어 흰머리원숭이 열쇠고리를 쓰다듬었다. 그리고 간절히 빌었다. 날 행복하게 해주세요, 명이 날 사랑하게 해주세요, 제발.

아파트 단지 놀이터에서 줄담배를 빨며 D를 기다렸다.

초조해졌다. 그는 오전 10시가 넘도록 출근하지 않았다. 밀착감시 1주일 만에 처음이었다. 지난밤에 무슨 일이 있었던 걸까. 아님 새벽 일찍 나갔나. 10시 반이 넘자 다급해진 마음에 수첩을 꺼내 준미헤어 전화번호를 확인했다. 슈퍼마켓 옆 공중전화에 동전을 쑤셔 넣었다. 발신자 표시 서비스가 이런 경우엔 참 지랄 같다.

"김정호 선생님 오늘 비번이에요. 집으로 해보세요."

저번에도 전화를 받은 카운터의 코맹맹이는 상냥하게 집 전화번호까지 알려주었다. 그녀가 불러준 대로 다시 버튼을 눌렀다. 두 눈은 자연스레 D의 집 베란다를 향한다. 신호가 열댓 번 울리고 나서야 쥐새끼처럼 가느다란 목소리가 들려왔다. 잠결인 듯했다.

"……누구야……."

안도감과 짜증이 동시에 몰려왔다. 나는 수화기를 내려놓았다. 새 담배를 사 들고 와 놀이터 시소에 걸터앉았다. 필터를 연거푸 다섯 번 빨아 당기자 비로소 평정심이 돌아왔다.

바로 옆에서 어린 남매가 놀고 있었다. 나뭇젓가락으로 모래 위에 그림을 그렸다 지웠다 했다. 낯이 익다 싶었는데 어제 아침에도 본 얼굴들. 여자애는 열 살 남짓. 사내애는 대여섯 살쯤 됐을까. 둘 다 꾀죄죄했다.

"꼬마야, 엄만 어디 갔니?"

별 뜻 없이 물었다.

"식당에 일하러 갔어요. 동생 잘 데리고 놀면 저녁에 맛있는 거 사온다고 그랬어요."

콧물을 훌쩍이며 여자애가 씩씩하게 대답했다.

"학교 안 가니?"

"방학했는데요."

"그럼 학원 가야지?"

"옛날에는 다녔는데 엄마가 이젠 가지 말래요. 다음에 보내준다고."

"아빠는?"

계집애 얼굴이 갑자기 시무룩해졌다. 풀이 죽어 입을 다물고 섰다. 괜한 질문을 했나 싶어 후회하는데 옆에 있던 사내애가 자랑하듯 떠들었다.

"아빠 멀리 돈 벌러 갔어요. 돈 많이 많이 벌어서 온대요."

멀리 돈 벌러 갔다……. 참 둘러대기 좋은 모호한 말이다. 중동이니 중국이니 구체적 지명 없이 그냥 멀리 돈 벌러 갔다다. 꼬마의 아빠는 죽었거나, 따로 살거나, 진짜 외국에 나갔을 것이다. 계집애는 알고 있는 듯한데 차마 입 밖에 못 내는 사연이 있나 보다. 측은한 마음에 5000원짜리를 계집애에게 건넸다.

"동생이랑 호빵 사 먹으렴."

계집애는 주저했다. 똥그란 눈은 돈을 향하면서도 두 손은 허리 뒤로 숨긴다.

"엄마가 이상한 사람이 돈 주면 받지 말랬어요. 알면 혼낼 거라고."

"이야기 안 하면 되잖아."

"아저씨 나쁜 사람 아니죠? 그쵸?"

"아저씨 경찰인데. 나쁜 사람 잡는."

"진짜?"

나는 허리에 찬 가스총을 슬쩍 보여주었다. 계집애 얼굴에 미소가 피어난다. 부엉게 튼 두 손으로 지폐를 공손히 받아 쥐더니 동생 손을 붙잡고 슈퍼로 뛰어갔다. 그 뒷모습을 바라보고 있자니 양 선배의 남겨진 식구가 떠올랐다. 회칼에 찔려 죽은 지 벌써 4년. 어떻게 살고 있을까. 형수는 고향 대전에 내려가 저만한 남매를 키우며 정수기 외판일을 나간다고 들었다.

늘 느끼지만 세상 참 엿같다. 같은 공기를 마시며 천양지차의 삶을 산다는 생각만 하면 처량해진다. 왜 누구는 철마다 해외여행 떠나고 누구는 지하철 막차에서 과로로 쓰러지는가. 부의 세습. 그것은 없는 이들을 극단으로 내몰고, 자식들이 무능한 부모를 얕보게 만들고, 한탕 사기꾼들을 양성하는 악의 근원이다. 그러면서 제 앞가림도 못 하는 주제에 남 걱정은…… 그런 자괴감이 일었다.

생각난 김에 양 선배 형수에게 안부전화나 넣으려고 수첩을 뒤적였다. 그때였다. 자주색 추리닝 차림의 D가 105동 마당 앞에 모습을 드러냈다. 두 손을 주머니에 찔러 넣고 어깨를 움츠린 채 슬리퍼를 질질 끌며 뛰어갔다. 나는 수첩을 접으며 일어섰다. 그때 발밑에서 뭔가가 눈길을 잡아끌었다. 어린 남매는 모래 위에 커다란 남자 얼굴을 그려놓았다. 코가 뾰족하고 턱 밑 수염이 무성한 남자 얼굴을.

온몸을 던져 불행에 맞서는 법을 배웠다.

그것은 강인해지는 법을 의미한다. 뛰고 달리고 쓰러지기를 반복했다. 명은 자상한 친구였고 정신적 스승이었고 솜씨 좋은 조련사였다. 냉정하게 후려쳤다 따뜻하게 보듬었다.

내 맘속은 자나 깨나 복수의 일념! 빠르게 금속성의 여자로 변해갔다. 팽창과 수축을 반복한 근육들이 딱딱하게 다져졌다. 뼈마디는 굵어지고 머릿속은 치밀해졌다. 달리고 난 후의 숨소리는 더 이상 약해빠진 계집의 것이 아니었다.

어느 날 오후, 탈진한 채 마룻바닥에 누워 흘러가듯 물었다. 한 시간을 쉬지 않고 샌드백을 때린 후였다.

"지금껏 사람을 몇이나 죽였나요?"

명은 다리맡에 서서 그냥 빙긋 웃었다. 해를 등져 얼굴 변화를 세밀하게 읽을 수는 없었다. 나는 천장을 올려다보며 한숨을 내쉬었다.

"궁금해. 어떤 느낌일까. 어릴 적에 골목에서 죽은 쥐를 밟은 적이 있거든요. 투명 막에 둘러싸인 물컹한 내장이 터져서 신발 밑창에 묻어났어요. 피가 사방으로 튀었죠. 너무 역겨워 한동안 붉은색 음식은 보지도 못했어. 그런데 나이가 들어 중학교 때, 체육관 뒤에서 똑같이 죽은 쥐를 본 적 있어요. 배가 터져서 바닥에 찌그러져 있는. 그런데 희한하게도 그걸 빤히 바라봐도 아무런 느낌이 없는 거야. 도시락을 먹으며 그 광경을 떠올려도 꾸역꾸역 잘 넘어갔어요. 나이가 들면 그런가? 사람을 해치우는 일도 습관이 되면 무감각해질까. 정말 그런가요?"

명이 아무 말도 안 하고 샤워실 쪽으로 걸어갔다. 그림자가 사라지면서 강렬한 햇볕이 나를 덮쳤다. 땀이 흐르는 몸은 끈끈한 오일을 뒤집어쓴 듯 불쾌했다. 그때 명이 걸음을 멈추더니 뒤돌아섰다.

"어제 신문에서 읽었는데 말이지, 링컨 있잖아. 이 나라 대통령. 그도 동성애자였을 가능성이 높대. 믿거나 말거나 한 이야기지만 어쨌든 킨제이연구소 심리학자의 주장이야."

내가 쿡쿡 웃었다. 명도 따라 웃었다.

"아내가 없을 때마다 경호대장인 사람과 한 침대를 사용했대. 그의 계모도 링컨이 여자를 별로 안 좋아했다고 말했다는데."

"믿을 수 없어. 그 아저씨 못생겼잖아. 코도 삐뚤어지고 수염도 지저분하고."

명이 정색을 했다.

"세상에 믿을 수 없는 일이 한둘이겠니. 인간들은 상식에서 어긋나는 해괴한 뉴스를 접하면 의심부터 하는 버릇이 있지. 자신의 무지는 생각하려 하지 않아. 지난 며칠 간 신문에서 읽은 얘기만 나열해 볼까? 사람이 우주에 나가면 중력이 없어져서 키가 2~3센티미터 늘어난대. 요르단에서는 사형집행 도중 목을 매는 밧줄이 끊어졌대. 노스캐롤라이나에서는 소방서에 불이 나 다른 소방서에 구조를 요청했대. 굳어버린 상식을 바꾸기는 더욱 힘들어. 전화를 발명한 사람? 모두 그레이엄 벨로 알고 있지만 사실은 앨리샤 그레이라는 미국인이야. 특허신청이 벨이 빨랐을 뿐이야. 후후. 너라면 이 모든 걸 의심 없이 받아들일 수 있겠니?"

나는 그저 명을 멍하니 바라보았다.

"모든 현상에 양면성이 있듯, 그냥 마음 끌리는 대로 한쪽을 받아들이면 돼. 다 마음먹기 나름이야. 킬러라는 말, 무섭고 낯설잖아. 그럼 클리어, 이건 어때. 좀 친근하니? 아니면 살인청부업자. 이건 별로지? 그냥 네 맘대로 생각해. 아무튼 우리 주위에 타인의 목숨을 다루는 사람은 수두룩해. 나만 해도 열 명 이상을 알고 있는걸. 다만 킬러라는 이름을 사용 안 해서 그렇지. 너만 해도 그래. 나 킬러와 한집에 살아요, 아무리 떠들어도 누가 믿어주겠니?"

명의 말투는 현란하다. 분위기를 반전시키는 마력이 있다. 그러나 곰곰이 따져보면 논리가 부족했다. 동의할 수 없었지만 반박하진 않았다. 왜냐하면 명이니까.

"사람이 죽는 방법은 여러 가지야. 하지만 공통점이 있지. 심장이 멎는다는 것! 나는 누구를 죽였다고 생각 안 해. 그냥 그들 스스로 심장을 멈춘 거야."

명은 그렇게 말하고는 샤워실로 걸어갔다. 등에 대고 내가 소리쳤다.

"그래서 요르단 사형수는 어떻게 됐나요? 목숨을 구했나요?"
"죽었어. 밧줄을 새 걸로 바꿨대."

우리는 동시에 낄낄 웃었다.

그날 밤, 명이 내 침대에 올라왔다. 내 긴 생머리를 쓰다듬으며 혀로 목덜미를 핥았다. 낯선 느낌에 나는 바르르 떨었다. 한 몸으로 얽힌 우리의 실루엣이 유리창에 어렸다.

아파트를 나온 D는 곧장 큰길가 목욕탕에 들어가 버렸다.

벙찐 표정으로 나는 입구만 맴돌았다. 어떡하나. 갈등이 일었다. 이런 식으로 흘러가는 미행, 의미가 있는가. 판단이 흐려졌다. 느릿느릿 스며든 권태가 그새 몸 구석구석을 잠식해 기력을 빼내 갔다.

지난 1주일. D의 뉴욕행과 관련해 아무런 흔적도 찾아내지 못했다. 밤마다 옆방에서 들려오는 신음소리에 잠을 설쳤다. 아내는 뭔 짓을 하고 다니는지 전화조차 안 받았다. 어젯밤, 여관 욕실의 타일 바닥에 양말을 비비고 있자니 몹시 처량했다. 나미의 우울증도 걱정이고, 나약해져 가는 내 꼴이 보기 싫어서라도 서울로 돌아가고 싶었다. 그렇다. 빨리 결말을 보려면 확실히 대범해질 필요가 있다. 나는 목욕탕 대신 아파트로 달려갔다.

지은 지 30년 된 5층짜리 시영아파트는 경비실도 엘리베이터도 없었다. 내부에 들어서서 보니 훼손 정도가 심각했다. 계단 곳곳에 콘크리트가 갈라져 검은 아가리를 벌리고 천장 모서리마다 거미가 집을 지었다. 층계참에 달아놓은 둥근 보안등에는 검은 때가 독버섯처럼 꼈다.

3층 38호가 D의 집. 복도에는 핸들 없는 세발자전거와 다리가 부러진 식탁, 구멍 뚫린 플라스틱 소쿠리 따위가 널려 있었다. 가난의 티가 너무 적나라하게 풍겼다.

배추머리는 이곳이 헐리고 타워형의 고층아파트가 들어설 예정이라 했다. 교통 요지에다 용적률이 높게 승인돼 재건축 수주경쟁이 장난 아니었단다. 하지만 지금 사는 입주민 중 얼마나 그 혜택을 받을까. 한눈에 봐도 대부분 영세세입자들. 실질적인 소유주는 매점해 놓은 꾼들일 텐데. 없는 인생 좆같다는 건 사사건건 느끼지만 막상 눈으로 확인하니 기분 더러웠다.

나는 국회 앞에서 붉은 머리띠 묶고 쇠파이프 휘두르는 공돌이 새끼들을 혐오했다. 막내동생 같은 전경들이 얻어터진 채 닭장차에 실려오면 속이 뒤집혔다. 경찰에서 쫓겨나고서야 깨달았다. 약자의 울부짖음이 늘 정당한 건 아니더라도 가끔 새겨들을 필요가 있다는 사실을.

복도를 걸어 38호 철문 앞에 섰다. 혹시나 싶어 손잡이를 돌려보지만 단단히 잠겼다. 녹슨 쇠창살 사이로 손을 집어넣어 작은 방 미닫이창을 밀어보았다. 마찬가지로 꿈쩍도 안 한다. 철사로 문구멍을 쑤셔볼까 하다 그만뒀다. 옆집 사람이라도 튀어나오면 낭패다. 열쇠, 열쇠를 어떡하나…….

문득 한 가지 사실이 떠올랐다. 미용실 시다 여자는 여길 자유롭게 드나들었다. 여자가 보조열쇠를 가지고 다닐 수도 있고 아니면…….

작은 방 쇠창살 위에 약간 돌출된 나무틀이 있었다. 혹시나 하는 마음에 발뒤꿈치를 들고 손을 얹어 더듬었다. 오케이! 한쪽 끝에서 동전 같은 쇠붙이가 달그락 소리를 낸다.

실내는 비좁았다. 현관에서 베란다까지 몇 걸음도 안 됐다. 두꺼운 커튼이 쳐져 있어 주인이 장기입원 중인 집처럼 서늘하고 고요했다.

안방부터 둘러보았다. 한쪽 벽으로 낮은 침대가 자리 잡고 있고 책상 위에는 십여 권의 책과 데스크탑 컴퓨터가 놓였다. 누런 비닐커버가 씌워진 키보드 옆에는 뜯지 않은 우편물이 수북하다. 책상 오른쪽에 6단짜리 책장 두 개가 나란히 세워져 있었고 빈칸이 없을 정도로 책이 빼곡했다.

책 제목을 훑다 한 가지 재미있는 사실을 발견했다. 미용서적 외에도 추리, 무협물이 상당했다. 스티븐 킹의 팬인지 별도의 칸을 만들어놓았다. 건강서적도 꽤 됐는데 D의 나이를 감안할 때 좀 의외였다. 서른 갓 넘긴 놈이 『생로병사의 비밀』, 『몸을 두드려 치료하는 5분 요법』, 『영생을 사는 정신건강』, 『생명 연장술의 비밀』 따위의 책을 탐독한다니 피식 웃음이 났다.

책상 서랍 첫 번째 칸에서 가죽지갑이 나왔다. 주민등록증, BC카드, 본인 명함 세 장, 1만 원권 지폐 다섯 장이 들어 있다. 주민등록증에 박힌 D의 이름은 김정호. 한자로는 金正浩. 75년 6월 4일생.

증명 사진을 보고 좀 놀랐다. 언제적 모습인지 알 수 없으나 짧은 머리카락에 얼굴이 제법 통통했다. 안경도 끼지 않아서 지금의 가녀린 말총머리와 딴판이었다.

두 번째 칸에서 여권이 나왔다. 맨 앞장 비닐커버 안쪽에 반으로 접힌 사진이 끼워져 있었다. 뉴욕 JFK공항에서 찍은 네 명의 남자. 손바닥으로 사진 표면을 문질러보았다. 이걸로 민 사장의 이야기는 거짓이 아님이 확인됐다.

여권을 훑어 넘기다 뜻밖의 사실을 발견했다. 나는 D가 작년 12월에만 뉴욕에 다녀온 줄 알았다. 그런데 출입국 스탬프를 보니 올 2월과 6월에도 나갔다 왔다.

뭔가가 있다. 피해자들끼리 공유하는 뭔가가.

머리가 띵했다. 일이 더 복잡해지고 교묘하게 꼬여갔다. 그때 책상 위 전화기가 시끄럽게 울었다.

우리는 8월 마지막 주에 플로리다로 휴가를 떠났다.

포드 머스탱을 타고 무려 1700킬로미터를 달려 마이애미비치 별장에 도착했다. 노란 파스텔 톤의 2층 목조건물이었다. 명이 일하는 조직의 전담 변호사 소유였는데 얘기로 들을 때보다 훨씬 크고 깨끗했다. 거실에는 대형 벽걸이 텔레비전이 걸려 있고 대리석 욕조가 놓인 화장실 천장에서는 자연광이 은은히 흘러들었다. 아일랜드형 ㄷ자 주방에는 와인이 가득했다. 2층에 올라가자 눈높이와 일직선상에 수평선이 펼쳐졌다. 바다는 짙푸른색. 솜씨 좋은 윈드서퍼 하나가 하얀 흔적을 남기며 파도를 갈랐다.

왼편에 특급호텔이 즐비한 다운타운이 보였다. 열대성 폭우가 막 지나간 뒤라 스카이라인이 선명했다. 뭉게구름이 빠른 속도로 빠져나간 자리에 남국의 태양이 다시 열기를 내뿜었다.

명과 나는 짐을 풀자마자 팜트리에 둘러싸인 테라스에 누웠다. 텁텁하지만 이물질이 없는 정제된 바람이 불었다. 뉴욕의 번잡함은 절로 잊혀졌다.

"멋져!"

나는 하늘을 보며 감탄했다.

"그래?"

명은 건성으로 대답했다.

"여기서 살았으면 좋겠어. 평생이라도 보낼 수 있을 것 같아. 아침마다 맨발로 해변을 뛰고 저녁에는 소시지와 맥주를 마시면서. 그죠?"

명은 선글라스를 벗으며 하얀 이를 드러냈다.

"그래서 널 보고 어리다는 거야. 산다는 건 그렇게 단순한 일이 아니거든."

명은 모처럼 야자수가 그려진 붉은 하와이안 셔츠와 흰 반바지로 멋을 냈다. 그런데 샌들 안의 목 긴 양말이 스타일을 망쳤다. 그 부조화가 눈에 거슬릴 정도였다. 나는 명의 맨발을 한 번도 본 적 없다. 무슨 아킬레스건처럼 내보이기 싫어했다. 한여름에도, 침대 위에서도 항상 얇은 살구색 덧버선 같은 걸 신었다. 발레하는 사람 발 같아. 이지러져서 보기 흉해. 항상 그렇게 받아넘겼지만 나는 알고 있다. 그 뭉개지고 딱딱한, 흉터투성이 발이 피나는 수련의 흔적임을. 발가락 한둘쯤 잘려 나간 게 아닐까. 극단적인 상상도 해봤다.

밤이 깊어지자 해변을 산책했다. 모래의 깔깔함과 폭신함, 그 이중적인 느낌이 맨발을 기분 좋게 자극했다. 명은 몇 군데 전화를 한 것 외에는 별장에 틀어박혀 꼼짝도 안 했다. 이상하게 긴장돼 보였다. 바뀐 날씨 탓인지 평소와 달리 땀을 많이 흘렸다. 휴가 와서도 마음 졸이는 사람. 무슨 일이라도 생긴 걸까.

모처럼의 느긋함을 만끽하다 늦잠을 자버렸다. 태양은 이미 높이 떴다. 일어나보니 명은 외출하고 안 보였다. 메모도 없었다. 혼자 시내 구경을 나갔다. 시끌벅적한 스페인어가 어디서나 들려왔다. 현란한 기타 선율과 바다를 점처럼 떠다니는 흰색 요트들, 예쁜 가게가 늘어선 아르데코 거리…….

비콘호텔 노천카페 앞에서는 CBS의 법의학 미니시리즈를 찍고 있다. 낯익은 글래머 여배우가 감식용 케이스를 들고 카메라 앞에 섰고 카메라 뒤에서는 스태프들이 바쁘게 뛰어다녔다. 나는 다리를 꼬고 앉아 에스프레소보다 더 진한 쿠바 커피를 마시며 촬영현장을 구경했다. 기분 같아선 쿠바산 시가라도 한 대 물고 싶었다.

해가 떨어지고 밤이 깊어가도 명은 돌아오지 않았다. 전화도 받지 않았다. 마음을 졸이다, 별장 앞에서 서성이다 소파에서 스르르 잠이 들었고 부스럭대는 소리에 눈을 떴다. 어느새 새벽이었다. 바다 끝에서 동이 트려고 했다. 명이 굳은 얼굴로 짐을 챙기고 있었다.

"지금 가야 해. 서둘러!"

나는 얼결에 차에 올라탔다. 기약 없이 떠난 여행이긴 해도 2박은 너무 짧았다. 게다가 이런 식으로 떠나다니. 내막이 궁금했지만 운전대를 잡은 명의 표정이 너무 단호해 물어볼 수 없었다.
두 시간을 쉬지 않고 달렸다. 기름을 넣기 위해 주유소에 잠시 멈췄다. 음료수를 사러 휴게소에 들어갔다가 판매대에 꽂힌 타블로이드판 지역신문을 보았다. 톱뉴스였다.

   Senator Kelly was shot before attending a hearing.
   (켈리 상원의원 청문회 출석 앞두고 피살.)

사건은 어젯밤 마이애미 다운타운에서 일어났다. 그제야 함축됐던 의문이 한꺼번에 풀렸다. 중요한 증언을 앞둔 그를 누군가가 영영 입 다물게 한 것이다.
"이 일 때문인가요?"
뒤따라 들어온 명에게 커피 컵을 내밀며 내가 물었다. 명은 힐끔 신문을 쳐다보더니 대답하지 않고 컵을 받아 들었다. 다른 손으로 흰머리원숭이 열쇠고리를 빙빙 돌렸다. 그리고 명의 또 다른 특기, 말 돌리기가 이어졌다.
"같이 한국에 가지 않을래? 원한다면 경주인지 거기도 다녀올 수 있을 거야."
테이블에 앉자마자 명이 사진 한 장을 올려놓았다. 사진 속에는 네 명의 남자가 웃고 있었다. 내 입은 절로 딱 벌어졌다. 그건 네 명의 남자를 해치워야 한다는 걸 의미. 그 일이 모두 내 몫이 되리라곤 그땐 상상도 못 했다.

"자세히 밝힐 순 없지만 지금 조직에 약간의 위기가 닥쳤어. 내가 할 일이 많아졌단다. 넌 한국 사람이니 날 도와줄 수 있지 않겠니? 그리고 충분한 보수가 뒤따를 거야."

"그렇지만……."

"싫으면 안 따라가도 괜찮아."

나는 명의 명령에 복종하는 시녀. 거절할 명분이 없었다.

포드 머스탱은 다시 달렸다. 고속도로는 텅 비었고 차창 정면에서 내리쬐는 햇볕은 강렬했다. 타이어가 녹아버릴 듯한 날씨였다. 뉴욕은 이정표에조차 적혀 있지 않았다. 북쪽으로 까마득한 거리를 달려야 했다.

전화벨 소리에 가슴이 덜컥 내려앉았다.

나는 지금 D의 아파트에 잠입해 있다. 따지고 보면 도둑놈이나 다를 바 없었다. 장식 없는 유선전화기는 열 번 이상 울리다가 멈췄다. 10초쯤 지났을까, 「로망스」 멜로디가 들렸다. 책상 구석에 놓아둔 D의 휴대폰이었다. 액정 위에 발신자 번호가 떴다. 내 기억이 틀리지 않다면 끝 번호 8756은 미용실 번호였다. 출근이 늦어 재촉하려는 걸까. 아이 울음 그치듯 벨소리가 뚝 멎었다. 그리고 다시 걸려오지 않았다.

컴퓨터 전원을 켰다. 패스워드는 설정돼 있지 않았다. 남태평양 바다 풍경이 모니터 화면에 떠올랐다. 겨울이라 그런지 그 푸른빛에서 한기가 느껴졌다. 오른쪽 끝에 한글문서 하나가 눈길을 잡아 끌었다. 파일명이 '메모'였다. 뭔가 냄새가 났다. 열어서 검토할 시간이 없어 일단 파일을 내 이메일로 전송했다.

작은 방에 가보았다. 조립식 3단 행거와 잡동사니가 들어찬 서랍장이 덩그러니 서 있었다. 그 외에 달리 주목할 만한 건 안 보였다.

쪼그려 앉는 구형 변기가 있는 화장실은 타일이 몇 군데 떨어져 나갔으나 비교적 깨끗했다. 바싹 말라붙은 콘돔 하나가 휴지통 위에 걸려 있었다. 화장실에서 그짓을 때렸다? 두 명 들어가기도 빠듯한 공간에서 어떤 자세로 섹스를 했을까. 하여튼 젊은 연놈들이란.

다시 안방으로 걸어가는데 이마에 뭔가가 부딪치며 쨍그랑 소리를 냈다. 화들짝 놀라 고개를 쳐드니 눈앞에서 쇳조각 여러 개가 요동을 친다. 가는 실에 매달린 풍경이었다. 안도의 숨을 내쉬며 쇳조각을 손바닥으로 움켜잡았다.

책상 위에 여권과 사진을 펼쳐놓고 디카 셔터를 눌렀다. 방 풍경은 세 각도에서 나눠 찍었다. 민 사장에게 보낼 요량이었다. 같은 일이라도 포장하기에 따라서 값어치가 달라지는 법. 과감하고 노련하게 일한다는 증거를 보여주고 싶었다. 내주 화요일에 두 번째 작업비가 입금된다.

현관문을 잠그고 열쇠를 원래 자리에 놔두었다. 아파트 계단을 내려오면서 휴대폰 단축키를 눌렀다.

"형님, 한 번 더 도와주셔야겠슴다."

"네가 웬일이냐. 아쉬운 소릴 다 하고. 짭짤한 일 하나 물었다더니 엄청 열심이네."

전화를 받고 박 실장은 비꼬듯 반응했다. 한순간 서운한 감정에 울컥했다. 맡기는 일 거절했다고 단단히 삐친 걸까. 독립된 사무실이라도 차린 걸로 오해하는 걸까. 설사 그렇다 치더라도 이럴 필요까진 없잖아. 우린 생사고락을 같이한 파트너였는데. 씨팔.
"형님, 본의 아니게 그렇게 됐습니다. 용서하십쇼. 잘만 풀리면 섭섭지 않게 챙겨드리리다. 급해요. 바람난 여편네 뒷조사랑은 스케일이 다르니깐."
"뭔데?"
자세를 낮추고 돈 이야기를 꺼내자 금세 말투가 달라진다. 둘 사이에 신뢰는 달아나고 타산만 남았다.
"네 놈의 출입국 사실을 좀 알아봐 주십시오. 과거의 것 모두 다. 셋은 이미 죽었고 하나는 살아 있어요."
나는 사건 개요를 들려준 다음 수첩에 적힌 A, B, C, D의 이름과 주민등록번호를 또박또박 불러주었다. 문득 걸리는 게 있어 민 사장 것도 추가했다. D의 최근 두 달 간 휴대폰 통화기록도 부탁하며 비밀을 꼭 지켜달라고 덧붙였다. 박 실장은 한 사나흘 기다려보라고 했다.
"형님! 그리고 하나 더."
"또 뭐?"
"보름 전 극장에서 총 맞아 죽은 사건 있잖습니까. 수사 상황을 좀 알고 싶은데. 선배는 서울경기 바닥서 모르는 형사 없잖수."
"알아보는 건 어렵지 않다만 너무 깊이 들어가는 거 아냐?"
"걱정 마십쇼. 살인범과 총질할 일은 없을 테니."
말은 그렇게 내뱉었지만 기분 얄궂었다. 형사 시절, 나는 이따금 맞닥뜨리는 흥신소 놈들을 흉물스럽게 봤다. 주운 정보를 경찰에 제보도 않고 흘리는 통에 수사에 혼선을 준 적도 여러 번이다. 하이에나 같은 새끼들. 그러나 지금 내 처지가 그 꼴이라 쫀심이 팍 상했다.

"그건 그렇고 너 지금 어디냐?"

"남쪽이요. 대충 그렇게만 알고 계십쇼."

"알았다. 다시 말하지만 오래 들이대지 마. 돈 안 되고 몸만 상한다."

"내 일은 신경 끄시래두. 이래 사나 저래 사나 막가는 인생인데. 쌍."

"짜식, 성깔 하난 여전하구먼. 암튼 최대한 빨리 알아봐 주마. 대신 우리 애들 떡값 잊지 마라."

박 실장은 떡값 부분에 악센트를 주어 발음했다. 비웃음이 비어져 나오는 걸 억지로 참았다. 그 비웃음 속에는 존경의 의미도 담겼다. 그는 행동으로 말했다. 변하려면 확실히 변해. 아님 똥고집 깔고 개기든지. 죽도 밥도 아닌 어설픈 새끼는 되지 말라고. 생각이 거기까지 미치자 뜨끔했다.

마음을 졸였던 탓일까. 시간이 엄청 흐른 듯한데 기껏 30분 지났다. 조급증인지 자신감인지 모를 의욕이 솟았다. D와 직접 부딪쳐보면 어떨까 하는 생각이 들었다. 그는 아직 사우나에 있을 터. 그렇다면…….

아파트 단지를 나오며 고개를 들어 놀이터를 봤다. 어린 남매는 어디론가 사라지고 없었다.

역시 겨울비는 맞는 게 아니었다.

내 판단은 늘 이 모양이다. 미용실에 다녀온 이후, 나는 대구 시내의 한 중급호텔에서 견디기 힘든 시간을 보냈다.

독감이었다. 처음에는 열이 좀 나나 싶더니 목구멍이 붓고 급기야 어깨와 허리가 땅기는 몸살로 번졌다. 진통제 몇 알로 견뎌보려 했으나 허사였다. 게다가 아랫배가 쿡쿡 쑤시고 사타구니에서 열이 나며 저릿하게 땅겼다. 밑이 우르르 내려앉는 느낌, 생리통이었다. 한파까지 몰아닥쳐 환기창을 조금만 열어도 칼바람이 피부를 찢을 듯 파고들었다.

시트를 눈 아래까지 뒤집어쓰고 사흘을 꼼짝없이 누워 보냈다. 핼쑥해진 얼굴로 휘적휘적 화장실로 걸어가 설사와 구토를 반복했다. 의식은 물에 젖은 솜처럼 눅눅했다. 숨 쉬기조차 버거웠.

룸으로 죽을 몇 번 시켜 먹었더니 사슴눈을 가진 벨맨이 안절부절이다. 혹여 자신한테 손해나는 일이 닥칠까 두려운가 보다.

"손님, 병원에 가보시지요?"

사슴눈은 내 눈치를 살피다 결국 그렇게 말했다. 그는 감정에 솔직한 인간. 동기야 뭐가 됐던 진심이었다. 외국 여권을 가진 젊은 여자가 객실에서 죽어 나간다면 호텔 입장에선 여간 곤혹스러운 일이 아닐 것이다.

공기 입자조차 움직이지 않을 것 같은, 시간의 흐름조차 느낄 수 없는 밀폐된 공간. 하루 종일 틀어놓는 텔레비전 화면만이 방 안에서 유일하게 살아 움직였다. 반백의 CNN 앵커는 지치지도 않고 떠들어댄다. 부시의 파병 이야기, 그린스펀의 금리 이야기, 내년 메이저리그 전력 판도, 마이클 잭슨의 어린이 성추행사건 등등.
 뒤이어 미국 전역에서 의문의 심장마비 변사체가 잇달아 발견됐다는 뉴스가 흘러나왔다. 나는 풀린 눈으로 화면을 응시하다 어느 순간 또다시 잠에 빠져들었다. 너무 깊어 꿈조차 꿀 수 없는 잠……
 다음 날 이메일을 열어보니 존경하는 이의 답장이 와 있었다.

 스스로를 무시해 자포자기 말고 스스로를 앞세워 자만하지 마라. 넌 강하지 않니. 모든 일은 마음먹기에 달린 것. 나도 손꼽아 기다리마. 네가 돌아올 그날을.

 역시 멍! 그 말들은 치유력을 가진 샘물처럼 내 가슴을 적셔 한순간 날 일으켜 세웠다. 침대를 박차고 나와 옥상 헬스클럽 러닝머신 위에서 무작정 걸었다. 등줄기가 축축해져 러닝복이 달라붙고, 시야가 흐려져 창밖 풍경이 아득해질 때까지. 무리하지 마세요. 팔뚝 굵은 트레이너가 두 번이나 주의를 주었지만 흘려 넘겼다.
 러닝머신 정면에 달린 소형 액정텔레비전에서는 오늘도 미국 전역의 심장마비 변사체로 시끄럽다. 금발에 얼굴이 긴 바바리코트 여기자가 지난 두 달 새 스무 명이 사망했다고 전했다. 지난주만 해도 미네소타에서 둘, 라스베이거스에서 둘, 오클라호마에서 하나가 죽어 나갔다. 그들은 평소 혈관과 심장질환이 없는 사람들이었다. 이건 단순한 사고가 아니다. 모종의 흑막이 있다. 조직범

죄일 가능성도 크다. 여기자는 단언했다.

채널을 돌렸다. 괴성의 일본어와 함께 K-1경기가 나왔다. 돌 같은 근육의 흑인이 하이킥을 시도했다. 땅딸한 동양인 사내가 목을 꺾으며 링 바닥에 주저앉았다. 다시 채널을 돌렸다. 음악 채널에서 노랑머리 여가수가 허리춤을 추며 열창했다. 올해 가수 삼관왕이 가능할까. 며칠 후 시상식에서 상을 몽땅 휩쓸었으면 좋겠는데. 언제부턴가 재능 있고 쿨한 여자들만 보면 기분이 이상해진다. 끌리는 이유는 잘 모르겠다.

샤워를 하다가 보니 엉덩이의 둥근 피멍이 더 크게 번졌다. 최근에 무리한 탓일까. 불현듯 생각나는 게 있어 서둘러 객실로 돌아왔다. 가죽손가방에서 가늘고 투명한 병을 꺼냈다. 명이 이걸 건네며 한 말을 진지하게 떠올렸다.

'케르베라오돌람'이란 나무의 열매를 빻은 가루야. 인도에서는 죽음의 나무로 불려. 망고처럼 생긴 열매에는 맹독이 함유돼 있단다. 이걸 먹으면 보통 세 시간에서 여섯 시간 안에 심장이 멈춰 사망해. 중요한 것은 이 물질이 부검의들한테도 생소해 급성 심장마비로 판정되는 경우가 많다는 점이지.*

병을 기울여보았다. 흰 가루는 모래시계처럼 한쪽으로 쏠렸다. 명의 장담대로 가루의 효과는 확실했다. 지난 초여름, 설악산의 한 호텔방에서 첫 번째 남자는 이걸 탄 맥주를 마시고 죽었다. 그는 지하 칵테일 바에서 나한테 집적댔고 나는 그 찬스를 놓치지 않았다. 물론 사인은 심장마비. 혹시 미국에서 일어난 의문의 사건들이 이 가루와 연관이 있을까. 그렇다면 명의 조직도 그 일에 연관된 걸까. 궁금증이 증폭됐다. 해법은 네 번째 남자를 서둘러

없애고 뉴욕으로 귀환하는 것. 그러면 궁금증이 다 풀리리라.
　객실 창가에 다가가 환기창을 열었다. 피부가 모공을 열고 신선한 바람을 호흡했다. 몸살도, 생리통도 다 나았다.

　경찰수사의 기본 원칙 중 하나.
　피해자 입장에서 파헤치다 보면 유용한 단서를 발견할 때가 많다. 그것은 실종뿐 아니라 살인이나 유괴, 강간과 사기사건도 마찬가지. 그 말은 지금 내 앞에 마주 앉은 사내 입장에서 생각해 보란 뜻이다.
　D는 빨간 줄무늬 수건을 목에 감고 건습사우나 안에 앉아 있다. 얼굴에 흐르는 땀을 연신 손바닥으로 훔쳐냈다. 붉은 조명 아래 몸은 올리브유를 끼얹은 듯 번질거렸다.
　평범했다. 아무리 봐도 평범한 인간. 도대체 뉴욕에서 무슨 일에 연루됐기에 목숨을 위협받는가.
　눈치 못 채게 찬찬히 뜯어보았다. 여자처럼 긴 머리카락, 키는 훤칠하게 컸으나 벗겨놓으니 갈비뼈가 앙상하고 손등에 푸른 정맥이 여러 갈래로 부풀어 올랐다. 꼭 영양실조에 걸린 마루타 같았다. 그 탓에 성기는 더 가늘고 길쭉해 보였다. 장담컨대 여자들이 탐낼 몸매는 아니었다. 시다 여자는 이놈의 뭐가 좋아 들러붙었을까. 침대에서 뿅 보내주는 테크닉이라도 가진 걸까.
　그러다 문득 내 몸을 내려다봤다. 우습게도 정반대의 체형을 가졌다. 머리카락은 죄수처럼 짧고 가슴 두 짝과 뱃살은 늘어져 출렁거렸다. 내가 봐도 물 먹인 돼지 같았다. 게다가 성기는 검은 털 속에 파묻혀 보일락 말락 했다. 이딴 몸을 좋아할 여자가 있기는 있을까. 아내의 비아냥, 틀리진 않았다. 흐흘.

자극 없이 이어진 결혼생활, 아내는 빨리 시들었다. 사회생활 하던 여자에게 미래가 없음은 치명적이었다. 나미를 출산하고부터는 말수가 눈에 띄게 줄었다. 무기력증 환자처럼, 기면증 환자처럼 방 안에 틀어박혀 잠만 자는 날이 많아졌다. 몸이 불고, 화장을 귀찮아하고, 즐겨 입던 흰색 실크 블라우스는 누렇게 변색됐다. 그녀는 왜 스스로를 망가뜨렸을까. 풀 수 없는 미스터리였다.

힘들기는 나도 마찬가지. 얹혀사는 사람처럼 집 안을 떠돌았다. 거실 소파에서 잠드는 날이 많아졌다. 어쩌다 그짓을 해도 한강변에서만큼의 쾌감은 없었다. 동일한 상대와의 섹스, 시간이 흐를수록 밍밍했다. 죄책감? 미안하게도 들지 않았다. 이러하리라 충분히 예견된 결혼이었다.

마지못해 장인 회갑연에 갔을 때, 언니 몰골을 본 여동생이 날 꾸짖었다. 당신 너무한 거 아냐? 당신이라니. 형부도 아니고 당신? 뭐 그 정도는 이해할 수 있었다. 그러나 나미를 거들떠도 안 보는 행태는 용납할 수 없었다. 잔칫상을 뒤엎어버리려다 아내 체면을 생각해서 참았다.

마주 앉은 D가 다시 모래시계를 뒤집었다. 벌써 세 번째. 계체량을 앞둔 권투선수처럼 작정하고 땀을 빼냈다. 내가 농담조로 뱉었다.

"젊다고 너무 무리하는 거 아니쇼?"

D는 웬 시비냐는 듯 째려보았다. 눈빛이 만만찮았다. 불특정 상대에 대한 적의 같은 걸 담고 있었다. 하긴 목숨 위태롭다는 전화를 받고도 꿈쩍 안 했던 놈이다.

D를 시야에 가둬둔 채 사건의 발단을 다시 짚어보았다. 이놈은 정말 자신에게 닥친 위험을 모르는 걸까. 사우나 안에는 둘뿐이다. 모가지에 칼을 들이대고서라도 물어보고 싶었다. 새꺄! 뉴욕서 뭔 지랄했냐. 빨랑 불어. 그 한마디면 다 해결될 일을.

모래가 다 흘러내리자 D가 사우나 문을 밀고 나갔다. 놈의 오른쪽 엉덩이에 동전 크기만 한 상처 두 개가 보인다. 분명 피멍이었다. D가 허공에 달린 삼각형 손잡이를 당기자 천장에서 냉수가 폭포수처럼 쏟아졌다. 도살장의 가축이 마지막으로 불순물을 헹궈내는 모습 같았다.

나는 느슨해진 이마의 수건을 풀어 다시 조여 맸다. 모래시계를 뒤집었다. 별다른 이유는 없었다. 그냥 저새끼처럼 깡으로 한번 버텨보고 싶었다.

"사흘 전에 스카프를 놔두고 갔어요. 붉은색인데."

준미헤어에 들러 일부러 두고 온 물건을 찾았다. 카운터의 여자는 기다렸다는 듯 뒤편 선반에서 실크 스카프를 꺼내 내밀었다.

"비 많이 온 날 맞죠? 바로 뒤따라 내려갔는데 벌써 멀리 가셨더라고요."

그녀는 눈웃음을 치며 코맹맹이 소리로 말했다. 몸에 친절이 밴 애교덩어리. 거북했다. 저 여자의 속마음도 그대로일까. 물건 흘리고 다니는 여자라고 날 욕하지나 않을까.

실내를 둘러봐도 네 번째 사내가 안 보였다. 코맹맹이에게 살짝 물었다.

"키 크고 머리 묶으신 선생님 아직 안 나오셨나요? 이왕 온 김에 머리 정리나 할까 하는데."

"어쩌죠, 김 선생님 휴간데. 이상하게 오늘 찾는 사람이 많네. 아침에도 어떤 남자가 전화했거든요."

맥이 빠졌다. 이 시기에 휴가라니. 그를 유혹해 끝내버리려 했던 계획에 차질이 생겼다.

"잠시만 기다려보세요."

코맹맹이는 친절이 경쟁력인 양 집으로 전화까지 걸어주었다. 연결이 안 되는 모양이다. 고개를 갸웃거리더니 다시 걸었다.

"어머, 휴대폰도 안 받네."

그때였다. 턱살이 두툼한 원장이 슬그머니 다가왔다. 탁한 향수 냄새와 초록색 아이섀도가 너무 짙어 늙은 창녀 같은 느낌을 주는 여자였다.

"이를 어쩌나. 김 선생 어제부로 그만뒀거든요. 기왕 이렇게 오셨으니 오늘은 제가 직접 만져드리면 안 될까요?"

수화기를 쥐고 있던 코맹맹이가 눈을 동그랗게 떴다. 특종이라도 낚은 표정이다.

"어머! 원장님, 그럼 휴가 간 게 아니네요. 어쩐지……."

원장이 급하게 말리려 했으나 이미 늦어버렸다. 코맹맹이는 목소리를 두 옥타브 높여 모두에게 외쳤다.

"있잖아요, 김정호 선생님 그만뒀대요!"

원장의 초록색 눈두덩이 잔주름으로 일그러졌다. 그러나 눈치 없는 코맹맹이는 호들갑을 멈추지 않았다.

"내 진작에 알아봤지. 현아 고 계집애가 꼬리 친 게 분명하다고."

나는 호흡을 가다듬은 다음 침착하게 물었다.

"원장님, 그럼 다른 미용실로 옮기신 건가요?"

"아니에요. 그냥 중국에 일하러 간다고 그랬어요. 그저께 월급 정산하면서 물어봤는데 그냥 웃기만 하더라고. 미국 몇 번 다녀오더니 여기가 촌구석으로 뵈나 보지. 내 참 웃겨서."

예기치 못한 돌발 상황. 갑자기 중국이라니. 눈치 채고 도망친 걸까.

코맹맹이 덕에 실내는 유치원 교실처럼 시끄러워졌다. 어린 여직원들이 여과 없이 내뱉는 시기의 목소리와 호기심 가득한 목소리, 분노한 목소리.

허탈한 걸음으로 계단을 내려섰다. 일단 마이클에게 연락을 취해야겠다. 이번 일의 의뢰인을 알고 있으니 판단을 내려줄 것이다. 한국인 사업가라 했던가.

거리는 모처럼 화창한 날씨로 나를 맞았다. 그러나 이미 의욕을 소진한 뒤였다. 흔들리는 마음으로 호텔을 향해 걸었다. 그날 겨울비만 안 맞았더라면, 그랬다면 그새 해치워버렸을 수도 있었을 텐데.

평상심을 찾으려 할수록 분노는 커져갔다. 쉣! 욕이 흘러나왔다. 뉴욕으로의 귀환이 늦어진다 생각하니, 혹시라도 중국까지 뒤쫓아가야 할지 모른다는 생각을 하니, 눈알이 히뜩 뒤집히는 기분이었다.

눈알이 히뜩 뒤집힐 일이었다.

D가 사라졌다. 어제 오후, 그러니까 목욕탕에서 만나고 몇 시간 후였다. 그가 가방을 챙겨 들고 훌쩍 떠나버린 것이다. 잠시 방심한 게 화근이었다. 개새끼.

급한 마음에 미용실에 전화를 걸었다. 경찰이라고 신분을 밝히고 원장을 다그쳤다.

"김 선생이 뭔 사고 쳤나요? 그래서 도망갔나요?"

사소한 문제라고 둘러대도 원장은 되레 하소연이다. 가식적인 말투가 왠지 늙은 창녀 같은 느낌을 주었다.

"시다일 하는 계집애까지 하나 데리고 갔어요. 하여튼 요즘 젊은 것들은 진득하게 붙어 있질 못해. 먹여주고 재워주며 기술 가르쳤더니, 은혜도 모르고."

"어디로 갔는지는 아쇼?"

"그냥 중국이라던데."

원장은 말귀를 못 알아 듣고 계속 중국이라고 반복한다. 중국을 자기 집 안방처럼 말하는 년. 짜증난다.

이것저것 캐묻다 시다 여자의 고향집 전화번호를 알아냈다. 아무리 밀행이라도 부모에게까지 알리지 않는 딸은 드물다. 그건 본능이다. 용의자가 잠수 타면 연고지에 가장 먼저 추격대를 급파하는 이유가 그것이다.

시다의 안동 집에 전화를 걸었다. 영감은 가래 끓는 목소리로 주저주저 말했다. 현아가 아무한테도 이야기하지 말라 그랬어. 알고 있기는 한데 말해 줄 수는 없다는 의미였다.

발품을 파는 수밖에 없다. 여관 주인의 낡은 캐피탈을 빌려 안동으로 차를 몰았다. 중앙고속도로를 타고 인근 경로당에서 두 번이나 길을 물어 집을 찾았다. 시 외곽지의 오래된 한옥이었다. 장독대 옆에 큰 감나무가 서 있었다. 영감은 중병이 들었는지 거동이 불편했다.

"어르신, 동행한 남자는 아주 위험합니다. 진정 막내따님을 위하는 길을 생각하십시오."

나는 협박 비슷하게 으르고 달랬다. 공권력은 이런 촌구석에서 더 잘 먹힌다.

영감도 정확한 주소까지는 몰랐다. 아는 언니가 중국에서 미용실을 열었는데 일 배우러 간다, 그렇게만 알고 있었다.

마당에 나와 민 사장에게 연락을 하며 감나무를 바라보았다. 지난 가을에는 감을 수확할 사람이 없었나 보다. 까치밥치고는 너무 많이 달려 있었다.

민 사장 휴대폰은 꺼져 있었다. 회사로 전화를 걸었더니 젖통이 큼직한 여비서가 회의 중이라고 말했다. 꼭 한꺼번에 꼬이고 난리다. 일단 대구로 다시 달려왔다. 아파트 단지 앞 부동산에 들러 확인해 보니 D는 전세를 내놓지 않고 떠났다. 그럼 다시 돌아오겠다는 애긴데…….
 겨울 해는 짧았다. 하루가 바람같이 흘렀다. 함바집에서 혼자 소주를 반병쯤 비웠을 때 민 사장과 연락이 됐다.
 "김정호가 갑자기 중국으로 튀었습니다. 여자 하나 꼬드겨 같이요. 너무 갑작스런 일이라 어쩔 수 없었습니다."
 내 말투는 미안한 감정보다 앞으로의 행동지침을 재촉하고 있었다. 계약을 유지할 것인지 말 것인지.
 "자기 목숨이 위험하다는 걸 눈치 챈 건가요?"
 민 사장은 대수롭잖은 듯 잔잔히 말했다.
 "아마도 그럴 가능성이 큽니다."
 "어떤 이유에서?"
 "몰래 떠났습니다. 미용실 동료들조차 모르고 있었습니다. 그리고 급하게 달아났다는 건 주위에서 어떤 위험신호를 감지했다는 뜻이겠죠. 협박을 받아 겁먹었거나 아니면……."
 "아니면?"
 "뭐, 지금으로선 알 수 없습니다만."
 "그렇다면 왜 경찰에 신고 안 했을까요?"
 "말 못 할 사정이 있었겠죠. 뉴욕에서 어떤 불법적인 행동에 가담했다는 반증이기도 하고."
 민 사장이 끙, 신음소리를 내뱉었다.
 "경찰수사 상황이 궁금합니다. 그쪽 정보 좀 알 수 있을까요?"
 확신은 없었지만 걱정 말라고 해두었다. 박 실장을 믿어보는 수밖에. 그리고 대화 말미에 낮에 안동 다녀온 이야기를 했다. 밝혀낸 건 없는데 막상 사람이 사라지니 돈만 넙죽넙죽 받아 처먹은 것 같아 미안했다. 부지런함으로 나의 실수가 커버되길 바랄 뿐. 민 사장은 바로 호기심을 보였다.

"노인네 말이 진짜라면 중국 가면 바로 찾을 수 있겠군요."

"그야 그렇겠지만……."

"황 선생님이 다녀오십시오. 기왕 시작한 일 끝을 봐야지 않겠습니까."

내키지 않았다. D의 돌출행동으로 상황이 어정쩡해졌지만 내 탓은 아니다. 지금 나에게 중국은 너무 먼 땅이다. 심신이 지쳐 그저 서울 집으로 돌아가고 싶었다. 나미와 아내의 일이 늘 머리 한쪽에 눌어붙어 있었다. 나는 변명조로 말했다.

"그게 간단치 않아서. 체류비도 만만찮고 말도 안 통하고 게다가 사회주의 국가라……."

"돈 걱정은 마십시오. 넉넉히 챙겨드릴 테니. 그리고 다른 요구사항 다 말해 보십시오."

망할! 돈 얘기가 의지를 바로 꺾어놓는다. 줏대 없이 손바닥을 뒤집는 변덕. 그런 나 자신이 싫지만 제어할 수 없었다.

"한번 해보겠습니다."

나는 짧게 말하고 폴더를 닫았다.

민 사장은 이 사건에 왜 이리 집착할까? 질문이 입 안에서 맴돌았지만 물어보지 못했다. 그건 의뢰인에 대한 예의. 그나저나 개새끼가 날 물 먹여!

나는 흥분해 D의 아파트로 뛰어들었다. 일을 계속 맡는다 생각하니 오기가 발동했다. 다행히 보조열쇠는 창틀 위에 그대로 있었다. 집안 풍경도 변하지 않았다. 어둠 속에서 조심성 없이 움직이다 또 풍경을 건드렸다. 띠이잉, 띠이잉. 귀신 울음 같은 쇳조각 마찰음이 신경을 날카롭게 했다. 책상 스탠드를 켜고 두 번째 서랍을 열어보니 예상대로 여권이 없어졌다. 막막한 한숨이 나온다. 담배가 심하게 땡겼다. 기차 지나가는 소리가 아득히 들려왔다.

잠결, 서해의 구름 위 어딘가를 둥둥 떠다녔다.

단체관광객에 묻혀 입국심사대를 빠져나왔다. 중국 항주(杭州)의 소산(蕭山)국제공항은 아시아 여느 중소도시처럼 세련미라고는 없었다. 빈 카트가 널려 있어 어수선하기까지 했다. 리무진버스 정류장 앞에는 우중충한 작업복을 걸친 짐꾼들이 빙 둘러서서 잡담을 나눴다. 막 도착한 여행객들이 티켓 창구에 개미떼처럼 달라붙었다.

공항청사 정면 횡단보도를 건너자 주차장이 나왔다. 사내는 아직 나타나지 않았다. 약속시간이 10분이나 지났다. 비행기가 연착하리라 지레짐작한 걸까.

기류를 잘 탔는지 인천에서 출발한 아시아나 359편은 두 시간의 비행 예정시간보다 일찍 내려앉았다. 활주로에 기체가 닿는 순간 출렁거리는 바퀴의 탄력을 느끼면서, 또 윙윙거리는 역추진 엔진 소리를 들으면서 나는 명의 고향에 왔음을 깨달았다. 그리고 과거로 빨려 들어가듯 명의 아버지를 떠올렸다. 그는 아직도 이곳에 살고 있을까. 무슨 일을 하고 있을까. 명은 자신의 가족 이야기를 꺼낸 적이 없다. 그래서 더 궁금했다.

지난 며칠 간, 주체 못 할 정도의 짜증 속에서 살았다. 네 번째 사내의 돌발행동이 없었다면 여기까지 올 필요도 없었다. 스케줄대로라면 지금쯤 일을 끝내고 인천공항 라운지에서 뉴욕행 비행기를 기다리고 있어야 했다. 그러나 세상일이란 원래 꼬였다 풀렸다 하는 것. 마음을 다잡기로 했다. 나는 경험이 절실히 필요하다. 그건 명의 가르침으로 해결할 수 없는 일. 난관에 부딪치며 스스로 단련해야 한다. 게다가 네 번째 사내가 낌새를 챈 게 분명했다. 그렇지 않고서야 그렇게 급하게 바다를 건널 생각을 했을까. 그는 주위를 경계할 것이고 쉽지 않은 싸움이 될 것이다.

"네 솜씨로 더 이상은 무리야. 그만둬! 마이클을 보내지."

나흘 전, 내 전화를 받은 명은 대뜸 그렇게 말했다. 그래도 나는 중국행을 우겼다. 결자해지! 지금까지 잘해왔다며, 이 정도 위험을 극복 못 하면 앞으로 아무 일도 할 수 없다며, 그리고 늘 예정에 없는 일은 생기게 마련이라며 명을 설득했다. 진심으로 내 능력을 보여주고 싶었다. 깊고 긴 한숨소리가 전화기 저편에서 들려왔다.

"일단 마이클과 상의해 보자."

명은 침묵 끝에 그렇게 내뱉었다. 한 번만 더 말렸다면 포기했을지 모른다. 그러나 명은 그러지 않았다. 대신 주의 사항을 시시콜콜 나열했다. 평소의 명답지 않게……. 부담을 준 것 같아 되레 마음이 불편했다.

뒤에서 클랙슨이 빵빵 울렸다. 은색 도요타 밴이 급하게 멈춰섰다. 짙은 선팅이 된 조수석 창문이 스르르 내려왔다. 의외였다.

지레짐작 말라는 가르침을 또 잊었던가. 매부리코 여자가 선글라스를 낀 채 운전대를 잡고 있었다. 그녀는 어서 타라고 손짓을 했다.
"뉴욕 '화이트 몽키'가 보내서 왔습니다."
내가 뒷좌석에 가방을 던져 넣고 조수석에 오르며 영어로 말했다. 웃기고 촌스러운 '화이트 몽키'는 명의 닉네임이다. 선글라스는 묵묵부답. 난 고개를 갸웃거리며 한국어로 다시 물었다.
"연락 못 받았나요?"
선글라스는 여전히 침묵한 채 급하게 핸들을 꺾었다. 표정 없는 얼굴에서 잘 훈련받은 조직원의 냄새가 풍겼다. 중국인일까 한국인일까. 알 수 없다. 하긴 그게 무슨 의미가 있나. 나는 한국인인가 미국인인가. '코메리칸'이란 말만큼 정체성이 불분명한 단어가 또 있을까.
"학교에 처음 다녀오던 날, 노랑머리를 꿈꿨어요."
1년 전쯤, 백인가정에 입양돼 성장해 온 한국인 청년의 수기 첫 줄을 읽고 나는 아찔한 한기를 느꼈다. 그리고 기사를 다 읽고는 끝내 울었다. 타인이 봐도 슬픈 과거, 직접 겪은 이의 속은 얼마나 검게 탔을까. 장례식 때 본 제니의 노랑머리가 겹쳐 떠올랐다. 노랑머리에 관한 환상? 나는 어떤가? 5년 남짓 미국에 사는 동안 그런 상상으로 맘 한구석을 채우지 않았나. 진정 그런 꿈을 꾸지 않았나.
공항을 벗어난 밴은 도심을 향해 달렸다. 안개인지 스모그인지 시야가 부옇고 탁했다. 노면이 고르지 않아 차는 이따금 쿠쿵 소리를 내며 한쪽으로 쏠렸다. 이래저래 불편한 자리.
창밖에 시선을 고정했다. 여기도 부동산투기 붐이 분 걸까. 공항 전용도로 양쪽에는 한국의 다세대빌라 같은 건물을 짓는 공사가 한창이다. 글로벌기업의 초대형 입간판이 줄지어 지나갔다. 수량이 풍부한 긴 다리를 건너자 고층빌딩들이 하나둘 모습을 드러냈다.

초행인 중국길, 좀 헷갈렸다. 사방을 둘러봐도 대륙의 냄새를 맡을 수 없었다. 서울과 비슷비슷한 풍경들. 붉은 바탕에 노란색 한자로 쓴 현수막 정도만이 낯설어 보였다.

항주 시가지는 중국 최고의 부자 동네답게 깨끗하고 번화했다. 은행과 백화점, 학교와 관청들이 스쳐갔다. 중앙기차역 앞에서부터 도로가 심하게 막혔다. 차선을 침범한 차들이 뒤엉키기 시작했다. 마구잡이로 눌러대는 경적, 서행하는 차 사이로 태연히 뛰어드는 행인, 한쪽 다리 없는 거지와 내쫓으려는 녹색 제복의 공안, 큰 걸음으로 걷는 서구 체형의 아가씨, 마티즈를 카피한 중국산 경차, 거대한 자전거 행렬, 동맥경화에 걸린 듯한 거리 풍경. 그제야 느꼈다. 아, 중국이구나.

사이드미러를 통해 다시 선글라스 여자를 훔쳐봤다. 그녀는 여전히 굳은 표정으로 핸들을 잡고 있다. 교통체증이 짜증나는지 앞니로 입술을 깨물었다 풀었다 반복했다. 나이를 가늠하기 어려웠는데 많이 보아도 서른은 안 돼 보였다. 마른 체구에 기미가 잔뜩 핀 얼굴. 뒤로 묶은 긴 머리와 길쭉한 얼굴이 신경질적인 타입으로 느껴졌다.

"지금 어디로 가나요?"

내가 다시 영어로 물어도 대답은 없었다. 대신 무슨 의도인지 라디오를 틀어주었다. 단순하고 강한 비트의 중국 노래가 흘러나왔다. 전의를 충동질하는 군가 같기도 하고 복고풍의 하드락 같기도 했다.

공상(工商)은행 사거리를 힘겹게 빠져나오자 호수가 펼쳐졌다. 언뜻 보면 바다처럼 보일 정도로 넓었다. 커다란 자연석 위에 붉은 한자로 서호풍경명승구(西湖风景名胜区)라고 새겨놓았다.

밴은 호수를 끼고 달렸다. 남산로(南山路) 표지판을 지나자 야산 위에 우뚝 솟은 탑이 오른편에, 정자사(淨慈寺)라는 고찰이 왼편에 보였다. 조금 더 달려 우회전하자 하얀색 2층 건물이 나타났다. 정문을 통과한 밴은 현관 앞에 멈춰 섰다. 평생 침묵할 것만 같던 선글라스가 갑자기 입을 열었다.

"따라오십시오."

한국어였다.

연안로(延安路)를 걷는데 고약한 냄새가 코끝을 찔렀다.

골목길 초입 좌판에 걸린 시커먼 솥에서 연기가 피어올랐다. 담벼락을 따라 일렬로 사람들이 늘어서 있다. 나는 오만상을 찌푸리며 장을 쳐다봤다.

"뭐야! 저거."

"취두부라고 썩힌 두부를 튀겨서 파는 겁니다. 이곳 최고의 간식거리죠."

장이 청색 나이키 파카 주머니에 두 손을 찔러 넣고 대수롭잖게 말했다.

"하여튼 땟놈들. 별 희한한 걸 다 처먹는구먼."

어제 저녁 정통 중국 식당에 갔다. 고추기름 둥둥 떠다니는 닭고기요리에 향채(香茱)라는, 미나리처럼 생긴 야채가 얹혀 나왔는데 빈대 냄새가 나 한 입도 못 삼켰다. 게다가 삶은 계란인 줄 알고 우적 씹었더니 반쯤 부화한 병아리가 튀어나왔다. 외국 나가서 음식 곤욕 치렀다는 얘길 들으면 배부른 연놈들 투정쯤으로 여겼다. 나는 비위가 강해 뭐든 잘 먹을 줄 알았다. 삽으로 뜬 밥을 된장국에 말아 먹으며 최전방 12사에서 30개월을 버텨낸 황 병장 아닌가. 그러나 맛과 위생은 또 별개의 문제였다.

"황 선생님, 한국 식당 갈까요? 아니면 일본 라면집이라도."

항주에 온 사흘 내내 끼니마다 고역 치르는 내가 안쓰러운지 장이 걸음을 멈추고 날 올려다봤다. 홍콩 배우 주성치를 닮은 이 귀엽고 키 작은 사내는 행여 내가 탈날까 걱정하는 낯빛이 역력하다. 하긴 일자리를 놓칠까 속이 타겠지.

장은 일당 300위안에 고용한 아르바이트. 조선족이고 나이는 서른이다. 중국어라곤 쎄쎄밖에 모르는 내가 여기서 버텨낼 재간이 없었다. 게다가 국제운전면허증이 통용되지 않는 탓에 렌터카를 몰아줄 사람도 필요했다.

장은 영어에도 능통했다. 원래는 항주 인근의 소흥(紹興) 사람인데 이곳에서 대학을 마치고 빈둥거렸다. 작년까지 한국과 중국 합자회사에 근무했다는데 불미스러운 일로 잘렸다고 들었다. 장을 소개시켜 준 K에 따르면 공금유용이라고 했던 것 같다. K는 상해에서 한국 식 술집을 운영하는 고등학교 동창. 그 촌놈 꼴통이 일찍 중국에 들어와 술장사로 졸부가 됐다니 사람 팔자 참 모를 일이다. 장은 예전에 그 술집에서 몇 달 간 바텐더로 일했다.

사람의 과거가 어떻든 나는 직접 눈으로 확인하기 전까진 개의치 않는다. 그건 형사의 기본 자세이기도 하다. 그보다 고급 인재를 수족처럼 부린다는 만족감이 훨씬 컸다. 내 기준으로 봤을 때 장은 싹싹하고 성실한 녀석이었다. 직장에서 모가지 날아가고, 고용인 비위 맞춰 밥벌이해야 한다는 점이 나와 닮아 괜스레 정이 갔다.

몇 블록을 더 돌아도 마땅한 음식점을 못 찾았다. 결국 치킨이라도 먹으려고 승리극장 모서리에 붙은 KFC 문을 밀고 들어섰다. 창가 플라스틱 의자에 앉자마자 장에게 물었다.

"알아보라는 건 어떻게 됐나?"

어제 오후, 호텔 프런트마다 전화를 걸어 D가 투숙하고 있는지 체크하라고 지시했다.

"몇 군데 알아봤는데 없더군요. 현실적으로 불가능하다고 봐야죠. 특급이 아닌 다음에야 여권도 잘 확인 안 하니. 게다가 다른 이름으로 예약했을 수도 있고 투숙객 보호를 위해 프런트에서 말 안 해 주기도 하고요. 여긴 관광특구라 작은 숙소와 유스호스텔도 수두룩해요."

나 또한 애초에 큰 기대를 안 했다. D가 항주를 통해 중국에 들어왔다는 것뿐이므로 꼭 이 도시에 머문다고 장담할 수 없었다. 여기서 버스를 타고 상해까지는 두 시간 30분. 소주는 두 시간 거리다. 북경과 홍콩, 곤명도 맘만 먹으면 국내선 타고 단숨에 날아간다.

회오리바람과 맞선 듯한 막막함이 몰려왔다. 개새끼, 하필이면 이딴 곳에 기어들어 와서…….
그때 번쩍하고 의문부호 하나가 떠올랐다. 하필이면 이딴 곳? 하필이면이 아니다. 신변 위협을 느낀 D가 눈치를 까고 튀었다면 한국인 득실대는 북경이나 비자 없이도 가능한 방콕을 놔두고 왜 여길까. 비행기편도 드물고 중국 최고 물가에 음식 맛도 니글니글한 이곳을 굳이 택했다. 그렇다면 어떤 식이든 이곳과 연관이 있다고 봐야 한다. 친척이 살고 있든지, 친한 선배가 진짜로 미용실을 열었든지. 분명 올 수밖에 없는 이유. 그 연결고리를 알아야 한다.
생각이 거기까지 미치자 열쇠구멍을 찾은 기분이다. 기분이 한결 나아졌다. 이제 열쇠만 찾으면 된다. 벌써 뒈지지만 않았다면, 이곳에 죽치고 있다면 어떤 식이든 모습을 드러내리라. 마주 앉은 장처럼 나 또한 짭짤한 돈벌이를 놓치고 싶지 않으니까.
김빠진 밍밍한 콜라로 입을 축이고 닭다리를 하나 베어 물었다. 진득한 기름과 함께 희한한 향신료 냄새가 입 안 가득 번졌다. 처음 알았다. 글로벌체인도 나라마다 음식 맛이 틀리다는 걸.
"썅! 돌겠다."
내가 치킨 조각을 탁자 위에 내던지자 장도 더는 어쩔 수 없다는 표정을 지었다. 그의 눈에는 입맛 까탈스런 한국인으로 보이겠지. 아니꼬울 수도 있겠다. 그러나 속내를 감추고 공손하게 말했다.
"저녁에는 한국 식당 가죠. 아님 밥하고 김치 사서 숙소에서 드세요."

나는 종이물수건으로 손바닥을 빡빡 문지르며 말했다.
"권총을 구해야겠어. 아니면 가스총이라도. 좀 알아봐."
한쪽 볼로 닭고기를 씹던 장의 입놀림이 멈췄다. 얼굴이 굳어졌다.

선글라스 여자의 구두 굽을 보며 어둑한 복도를 걸었다.
실험실처럼 보이는 방들이 이어졌다. 건물 안은 낯선 약초 냄새가 역할 정도로 강했다. 아편굴에 들어선 양 몽롱해졌다. 선글라스는 맨 끝 방 앞에서 걸음을 멈추었다.
"여깁니다."
미닫이문을 밀고 들어서자 첼로 소리가 들려왔다. 구석 턴테이블 위에서 엘피판이 돌고 있었다. 바하였다. 섬세한 꽃문양이 새겨진 통나무테이블과 등받이가 높은 가죽소파가 방 가운데 자리잡았다. 거기에 자그마한 사내가 다리를 꼬고 앉아 나를 맞았다.
"마지막 한 놈이 말썽이군요. 상황이 좋지 않아요."
양미간을 찡그린 의뢰인은 엉덩이를 살짝 들고 원탁 위로 손을 뻗어 악수를 청했다. 나는 긴장감을 유지한 채 손끝을 맞잡았다.
그의 말은 사실이었다. 우리가 서로 얼굴까지 봐야 할 정도라면 심각한 상태였다. 원래 의뢰인과의 접촉은 딱 두 번이면 족하다. 계약할 때와 계산할 때. 영원히 안 보면 더더욱 좋다.
"좀 놀랐습니다. 난 턱수염 근사하게 기르고 가죽재킷 걸친 남자로 생각했는데. 레옹처럼 말이오. 거기다 한국인이라니, 흐흠……."

의뢰인은 실망의 빛을 숨기지 않은 채 농담을 던졌다. 새치가 많고 목소리는 탁해 깐깐한 느낌을 주는 인상이었다. 뭔가에 쫓기듯 은테 안경 안에서 눈알이 쉬지 않고 굴러다녔다.

"그건 우리 쪽도 마찬가집니다."

나도 무뚝뚝하게 대꾸했다. 왜소한 체구의, 이 소심덩어리 한국인 사내가 의뢰인이라곤 상상 못 했다. 등짝에 용문신이 새겨진 덩치 큰 사내를 그렸더랬다.

곁눈으로 방 안을 둘러보았다. 사무실을 개조해 별장처럼 아늑하게 꾸몄다. 벽에 걸린 대형 사진액자가 눈길을 잡아끌었다. 미국 땅에서 가장 기가 세다는 애리조나 세도나의 붉은 바위산 벨락. 중국풍의 실내와 따로 노는 느낌이라 무슨 의도로 걸어놓았는지 감이 안 잡혔다.

"여기는 뭣 하는 곳인가요?"

진열장 속 도자기를 하나하나 살피며 내가 물었다. 적당히 색이 바래고 긁힌 상태가 값깨나 나가 보였다.

"우리 회사의 생약연구소입니다. 천연약재를 이용해 노화방지 식품을 개발하고 있습니다. 중국은 그 방면에 강점이 있지요. 종족별로 전해오는 민간요법 중에는 과학적 검증을 거치면 쓸 만한 비방들이 상당합니다. 어때요? 그럴듯해 보이지 않습니까? 흐흠. 대외적으론 이렇게 광고합니다만 실은 구색 갖추기용 중국 법인이라 생각하십시오. 솔직히 부동산투자 목적이 더 큽니다."

"꼭 대마초 파는 러브호텔 같군요."

내 비꼬는 농담에 의뢰인은 다시 호호 웃었다. 그러나 사교의 주술에 홀린 광신도처럼 한순간 째려보는 눈빛이 전율을 일으켰다.

첼로 소리가 멎었다. 우리는 베란다 쪽 출입구를 이용해 건물 밖으로 나왔다. 서호에는 짙은 노을이 걸려 있었다. 오가는 배들도, 한 무리 새떼도, 건너편 시가지도 검붉은색으로 물들었다.

외길 산책로는 몽환적 신비감이 감돌았다. 걷고 있는지조차 못 느낄 정도였다. 버드나무와 복숭아나무 군락 사이로 조성된 흙길. 그 끝에는 고풍스런 정자가 있었다. 오가는 사람은 아무도 없었다.

"일이 이렇게까지 꼬이리라곤 생각 못 했습니다. 나는 지금 심각한 위기에 처해 있습니다. 조금만 서둘렀다면 한국에서 모든 걸 정리했을 텐데……."

의뢰인이 진지하고 침울하게 얘기했다. 나와 마이클을 원망하고 있었다.

사람을 사라지게 하는 일은 밥 먹듯 쉽지가 않아요. 이렇게 대꾸해 주고 싶었으나 입을 다물었다. 마이클의 지시에 따라 의뢰인을 만나긴 했으나 감상적인 질문에 일일이 대꾸할 필요는 없었다. 게다가 얼굴까지 내보인 이상 그의 페이스에 말려들면 곤란하다. 자극할 이유는 더더욱 없고.

우리는 기와지붕이 얹힌 육각형 정자 안으로 들어갔다. 의뢰인은 난간에 걸터앉았고 나는 곁에 섰다.

"네 번째 놈이 사라져야 증거가 완벽히 소멸합니다. 최소한 한국에서만큼은. 그게 내가 살 길이고 미국 쪽도 살 길입니다."

의뢰인의 턱 선 근육이 꿈틀거렸다. 알아서 빨리 처리하시오.

그런 협박조로 들렸다. 조난당한 배에서 혼자 탈출하려고 발악하는 선장 같았다.

정자 밑으로 흐르는 간이수로는 호수와 연결되어 있었다. 치어 수십여 마리가 꼬리를 맹렬하게 흔들어댔다. 저 중 몇이나 살아서 서호로 나아갈까.

"여기 도망 온 미용실 사내는 찾았나요?"

나는 눈으로 치어 숫자를 헤아리며 물었다.

"아직. 하지만 곧 모습을 드러낼 겁니다. 사람 찾는 데는 귀신인 전직 형사 하나를 붙여놨으니. 조만간 결판이 나겠지요."

"전직 형사?"

나는 크게 놀랐다. 가슴이 덜컥 내려앉았다.

"걱정 마시오. 돈 냄새만 맡아도 뻑 가는 쓰레기니. 어차피 사람도 찾아야 하고 경찰수사 상황도 체크할 필요가 있고 해서 고용했소이다."

"그래도 형사라니……."

"그쪽 일하고는 상관없으니 안심하시래도. 내게도 생각이 있습니다. 비용은 당연히 내가 대는 거고. 그나마 다행인 건 아직 한국 경찰이 이번 일과 관련해 어떤 증거도 찾지 못했다는 점입니다."

"음……."

치어는 정확히 서른두 마리였다.

"그러게 대구에서 깨끗하게 해치웠으면 이럴 필요도 없잖소!"

의뢰인은 다시 날카로워졌다. 자기 분을 못 이겨 씩씩거렸다. 나는 울컥했지만 참았다. 지금 타이밍에 사내를 자극하면 피곤하다. 침착, 그래 침착. 나는 프로다.

"그나저나 왜 그들을 죽여야 하는지 이유는 아시오?"

의뢰인은 흥분한 숨소리를 고르고 물었다. 나는 대답 안 했다.

"다 인간의 욕심에서 시작됐습니다. 인간의 욕심……."

의뢰인은 긴 이야기를 할 태세였다. 듣지 않아도 될 이야기. 그러나 들어서 나쁠 건 없었다. 노을빛이 약해지더니 어둠이 호수를 잠식해 나갔다.

"혹시 텔로미어라고 들어보셨나?"

"텔로미어?"

장이 내놓은 아이디어는 쓸 만했다.

D 대신 시다 여자를 찾는 데 진력하자는 거였다.

"한국 미용실이라야 중심가에 서너 군데밖에 없어요. 직업병은 무서운 겁니다. 특히 여자라면. 반드시 모습을 드러낼 겁니다. 그다음 일은 식은 죽 먹기겠죠. 어차피 둘은 같이 있을 테니까요."

나는 장이 알아봐 준, 절강대학(浙江大學) 인근의 한 원룸에 머무르고 있었다. 외국 주재원들이 주로 사는 고급 주택 단지였다.

항주의 도심인구만 170만, 시 전체는 600만이 넘는다. 절대 작은 도시가 아니다. 절강성은 무려 7000만이다. 한 성의 인구가 우리 나라보다 많다. D가 쥐새끼처럼 어느 구석에 숨어버린다면 찾아내기란 사실상 불가능하다.

다행히도 장은 의욕적으로 뛰었다. 그는 나를 국정원 같은 데서 날아온 정부 요원으로 알았다. 내가 거짓말을 한 게 아니라 소개해 준 K가 뻥을 쳐 그렇게 돼버렸다. 그렇다고 이제 와서 내 입으로 사실을 밝힐 필요성은 못 느낀다. 그는 같은 핏줄의 나라에 조력한다는 자부심을 느끼고 있으니.

그래도 장을 부지런하게 만드는 원동력은 역시 돈. 부정할 수 없다. 그의 목표는 단순했다. 이번에 바짝 벌어 슬림형 휴대폰과 700만 화소 디카를 사겠다고 했다. 저축 따위는 안중에 없었다. 사리분별이 확실할 나이임에도 물건에 대한 집착은 대단했다. 츳츳. 나는 쓰게 웃었다.

디카 메모리카드를 컴퓨터에 연결해 프린터로 사진을 뽑았다. D와 시다 얼굴이 또렷하진 않으나 못 알아볼 정도는 아니었다. 대구 지하철역에서 찍어놓길 잘했다 싶었다.

출력한 종이를 들고 원룸을 나서는 장의 뒷모습을 보며 서울에 전화를 넣었다. 민 사장은 출장 가고 자리에 없었다. 망할, 만날 출장 아니면 회의 중이란다. 내 이름을 밝히고 행선지를 물었으나 가슴 큰 여비서는 모른다고 잘라 말했다. 휴대폰에 거니 신호는 울리는데 받질 않는다. 의뢰인도 내 마누라를 닮아가는 모양이다.

혼자 남으니 할 일이 없어졌다. 샤워를 한판 때리고 한국산 컵라면을 비우고 잠시 눈을 붙였더니 그새 괴괴한 밤이 찾아왔다. 유리창에 투영된 나를 봤다. 어둠이 깊어질수록 몸의 윤곽이 또렷해졌다. 그 모습이 홀로 떠다니는 못난이 유령처럼 처량했다. 말 안 통하는 나라에 수족이 잘린 채 내던져진 기분. 틈틈이 영어회화 책이라도 봐둘 걸 그랬나. 흐흐흑.

어쩌다 여기까지 왔을까. 일이 꼬이기 시작한 건 분명 실직 때문. 그건 돈 문제이기도 했다. 그렇게 따지면 아내의, 나미의 문제이기도 했다. 혀끝으로 깨진 이빨을 문질렀다. 여전히 까칠까칠했다. 힘을 주면 혓바닥이 찢어질 것만 같았다.

중국 공영 CCTV는 채널만 많고 재미는 더럽게 없었다. 리모컨을 꾹꾹 눌러대도 거기서 거기다. 어쩜 저렇게 밋밋한 프로그램을 만들 수 있을까. 채널 8에서 김희선이 주연한 한국 드라마를 방영했다. 아는 얼굴이 나와 반갑긴 했으나 신세대물은 내 취향이 아니다. 게다가 입과 대사가 따로 노는 더빙이라니.

갑갑증을 못 견뎌 외투를 들고 무작정 거리로 나섰다. 파란 신호등에 맞춰 횡단보도를 건너는데 택시 하나가 경적을 울리며 무서운 속도로 달려들었다. 헤드라이트 불빛이 잡아먹을 듯 내 얼굴을 덮쳤다. 반사적으로 발을 뒤로 빼며 기겁했다. 첫날부터 느꼈지만 애당초 횡단보도가 필요 없는 동네였다. 역주행이나 음주운전도 예사였다. 어느 놈이 중국인을 만만디라고 했나.

발길이 닿은 곳은 낮에 가본 호빈로(湖濱路). 버드나무 가로수가 무성하고 가로등이 은은한 거리였다. 한쪽으로 서호를 끼고 다른 쪽으로는 유럽풍의 세련된 단층상점이 이어졌다.

호수 쪽에서 바람이 불어왔으나 춥지는 않았다. 산책로를 따라 더 내려갔다. 낮에 본 인간들이 다 사라졌나 했더니 아니었다. 구석 벤치마다 야릇한 애정행각. 약속이나 한 듯 남자는 여자를 자신의 무릎 위에 앉히고 애무를 했다. 그 자세가 너무 야해 나는 관음증 환자처럼 흥분해서 훔쳐봤다. 애무에도 유행이 있는 걸까. 중국은 내 생각보다 훨씬 앞서간다. 긍정적이든 부정적이든.

신축 중인 하얏트호텔이 보였다. 별관 1층에 스타벅스와 하겐

다즈가 나란히 문을 열었다. 나는 스타벅스에 들어가 머그잔을 들고 앉았다. 뒤룩뒤룩 살찐 서양인들이 단체로 몰려와 떠들어댔다. 그 소란 때문에 흐느적거리는 재즈음악이 뚝뚝 끊어져 들렸다. 노란 조명을 타고 담배 연기가 몽글몽글 피어올랐다. 나는 북유럽의 퇴폐적인 술집에 들어앉은 듯한 불편함에 시달렸다. 건너편 양놈들처럼 지금 막 이 도시에 도착한 낭만적 여행객이라면 얼마나 좋을까.

답답한 가슴이 풀리지 않아 밖으로 나와 또 걸었다. 그때 조무래기 하나가 쪼르르 다가와 길을 막고 손바닥을 내밀었다.

"아이 해브 노 머니!"

내가 손을 내저어도 코흘리개 꼬마는 외투 꼬리를 잡고 달라붙었다. 반복해서 게이워치엔, 게이워치엔을 외쳐댔다.

나는 걸음을 멈춘 채 한숨을 내쉬었다. 꼬마는 영어를, 나는 중국어를 모른다. 의사 전달이 너무 힘들어 결국 10위안짜리 지폐를 내밀었다. 외국인 전문 앵벌이의 부연 입술이 쩍 벌어지더니 뒤돌아 신나게 뛰어갔다. 어둠 속 벤치에서 덩치 큰 여자 하나가 걸어 나와 아이 머리를 쓰다듬었다. 모자의 행동에 죄책감 따윈 없었다.

그러나 늘 성공할 순 없는 법. 꼬마놈이 덩치 큰 흑인사내에게 달라붙었는데 잘못 찍었다. 흑인사내는 중국어에 능통했다. 혓바닥 굴리는 솜씨가 장난 아니었다. 무서운 목소리로 쌍욕을 해댔는지 꼬마는 겁에 질려 울면서 도망쳤다. 이래저래 괴괴한 밤이었다.

원룸으로 돌아가려고 코트 주머니에 손을 찔러 넣는데 빳빳한 종이가 손가락에 걸렸다. 나흘 전, 공항 입국 문을 빠져나오는데 누군가가 광고명함을 건넸다. 그때는 마중 나온 장을 찾느라 들여다볼 겨를도 없었다. 지금 보니 모든 글자가 한글로 박혀 있었다.

명동마사지. 한국 식 풀서비스. 250위안. 연안로. 24시간 출장 가능. ☎ 85166443

명함을 만지작거리고 있는데 휴대폰이 울렸다.
"여자를 찾았어요!"
장의 목소리는 어려운 시험에 합격한 사람처럼 들떠 있었다.

자신의 직업세계를 내보였다는 자괴감 때문일까.
플로리다에서 돌아온 후, 명은 한동안 말을 걸지 않았다. 서로에게 현실감을 회복할 시간이 필요하다고 판단한 모양이었다.
그러나 나는 아무렇지 않았다. 마음의 동요는 애초 없었다. 그 사이 디오에게서 권총을 분해하고 조립하는 법을 배웠고 플러싱에 다녀왔다. 떠난 지 1년 반 만이었다.
외숙모와 제니는 떠나고 없었다. 주인이 바뀐 슈퍼마켓은 여전히 성업 중이었다. 세탁소 세라 아줌마는 창가에 앉아 지루한 하품을 해댔다. 태식이 아저씨가 슬리퍼를 꿰신고, 앞니를 드러낸 채 껌을 씹으며 어슬렁거렸다. 소문에 따르면 그는 부산에서 대형사고를 치고 이곳에 흘러든 도망자였다. 영어 한마디 못 해도 제

고향처럼 잘도 쑤시고 다녔다. 과연 시효가 끝날 때까지 여기서 버틸 수 있을까.

단층상점이 이어진 코리아타운은 번영기가 지난 도시처럼 칙칙했다. 중국과 베트남 상인들이 끊임없이 상권을 잠식해 왔다. 살 때는 몰랐는데 지금 보니 그 초라함이 갑갑했다. 바쁜 건 참아도 지루한 건 질색이야. 아마도 시간이 더 흘렀다면 나 스스로 못 견뎠을 거야. 그런 논리로 합리화하고 싶어졌다. 한국산 라면을 잔뜩 사 들고 그 거리를 빠져나오며 다시 오지 않으리라 다짐했다.

도둑고양이가 심하게 울던 밤, 우연찮게 포르노를 보게 됐다. 불법복제 디브이디 유통일을 하는 폴 데이비스가 선물로 가져온 것 중 하나였다고 기억한다. 폴은 키가 120센티미터에 불과한 난쟁이지만 체육관의 몇 안 되는 열혈관원이다.

화면에 머리를 빡빡 민, 콧대가 내려앉은 백인사내와 사슴 같은 눈망울을 가진 금발 소녀가 잡혔다. 촬영 장소는 폐차장. 소녀는 동유럽 국가 출신처럼 입이 크고 광대뼈가 튀어나왔다. 겁을 먹었는지 카메라 렌즈를 자주 흘겨봤다. 빡빡이는 소녀를 거칠게 발가벗겨 문짝이 떨어져 나간 운전석에 눕혔다. 그리고 손가락 두 개를 털로 둘러싸인 성기 안에 찔러 넣었다. 가학적이고 변태적인 체위가 이어졌다. 기겁한 소녀는 여러 갈래의 눈물을 흘렸다.

"잔인해. 쟨 스무 살도 안 됐다고!"

내가 한마디 내뱉자 명은 대수롭잖게 대꾸했다.

"동정하지 마. 쟤들도 다 알아. 덕분에 부모들 병원 가고, 동생들 학교 가고 다 그러는 거야. 저 눈물도 연기일지 몰라. 남자들 흥분시키기 딱 좋잖아."

"명의 조직에서도 저딴 거 만들어?"

"안 해. 위험할 뿐더러 돈도 안 돼. 좀팽이 야쿠자들이나 할까."

"그러면…… ."

"너 뭔가 오해하는 모양인데 우리 일 대부분은 합법적인 기업 활동이야. 스케일도 크고 일도 세련되게 처리해. 밀수나 주가조작, 요인 암살 같은 일에 관여하기도 하지만 목적 달성을 위한 최소한의 편법일 뿐이라고. 지금 회사에서 세상이 발칵 뒤집힐 만한 생명 프로젝트를 준비 중이야. 그건 나중에 가르쳐줄게."

명은 범죄조직원 취급받는 게 영 기분 나쁜 모양이었다. 동유럽 소녀가 온몸을 뒤틀며 고통스런 비명을 내질렀다.

"아무리 생각해도 저건 너무 심해."

"그런 생각 말래도."

"그래도 저건…… ."

명이 결국 잔인함을 내비쳤다. 가시 돋친 말이 날아와 내 급소에 박혔다.

"네가 쟤 경우가 될 거라는 생각 안 해봤니? 세상 편하게 보지 마."

"난 죽어도 저짓 안 해!"

나는 반사적으로 소리쳤다.

"장담하지 마. 세상 네 맘대로 안 움직인다."

명은 얼굴을 돌리며 심드렁하게 대꾸했다. 홍분이 순식간에 내 전신을 달궜다. 눈을 부릅뜨고 다시 달려들었다.

"내가 저짓 한다는 말 진심이야?"

"그런 눈으로 보지 마. 난 가능성을 얘기했을 뿐이야. 사소한

잔감정에 일회일비 말란 뜻이야!"

명이 벌떡 일어서더니 체육관으로 내려가 버렸다. 우리가 만난 이후 처음으로 얼굴을 붉혔다. 사소한 일에 이토록 흥분할지 둘 다 몰랐다. 나는 그렇다 쳐도 명은 평소답지 않았다.

탈진한 동유럽 소녀가 결국 두 다리를 벌린 채 쓰러졌다. 아이섀도가 녹아내려 눈 주위가 거무죽죽하게 변했다. 카메라는 거웃이 무성한, 허연 정액이 묻어난 음부를 클로즈업해 비췄다. 그 화면이 동물의 내장처럼 역겨워 나는 텔레비전을 꺼버렸다.

아래층 어둠 속에서 기합소리가 올라왔다. 들을 때마다 느끼는 절제된 일성. 명을 처음 만나던 날이 떠올랐다. 내 망막에 맺힌 인상이 너무 강해 하루도 잊을 수 없었다. 입술 끝에서 끊임없이 발화되는 연정들. 사랑해……. 당신을 사랑해……. 뜨거운 가슴을 공유해……. 주머니에서 흰머리원숭이 열쇠고리를 꺼내 힘껏 문질렀다.

기도가 통했을까. 다음 날 아침, 부부싸움 뒤끝처럼 자연스럽게 명과의 관계는 회복됐다.

공차(空車) 표시등을 올린 택시가 좀처럼 안 보였다.

마음이 다급해졌다. 잠복근무 중 깜빡 졸았다가 용의자를 놓쳐버린 듯한 낭패감. 5분 이상을 허비하고 나서야 반대편 차선을 달리는 택시를 발견했다. 휘파람을 불고 손을 크게 흔들었다. 청색 택시는 째질 듯한 바퀴의 마찰음을 내며 중앙선을 휘돌아 내 앞에 급정거했다. 반갑게도 차종이 현대 소나타였다. 뒷좌석에 올라타자마자 장이 시킨 대로 외쳤다.

"우샨루 예쓰(吳山路 夜市)."

택시기사는 투명한 플라스틱 보호창 안에서 붕어처럼 눈만 껌벅거렸다. 망할. 못 알아들은 모양이다. 나는 다시 또박또박 외쳤다.

"우샨루! 나이트마켓."

그제야 기사는 민빠이, 라고 말하더니 액셀을 밟았다. 가는 중간에 장에게서 전화가 걸려왔다. 빨리 오십시오. 그들이 떠나려고 해욧!

숨넘어가는 목소리를 들으니 더 초조해졌다. 여긴 신경 쓰지 말고 무조건 둘을 쫓아가. 그렇게 지시하고 기사를 다그쳤다.

"플리즈, 고!"

기사는 분명 말귀를 알아들었음에도 반응이 없었다. 나는 플리즈를 한 번 더 외치고 보호창 틈으로 10위안짜리를 석 장 찔러주었다. 바로 약발이 받았다. 소나타는 신호등을 무시한 채 경주용 자동차처럼 튕겨져 나갔다. 서양여자 하나가 횡단보도를 건너려다 기겁하고 발을 뺐다. 10여 분을 달려 택시가 멈춰 선 곳은 큰 사거리 앞. 낯이 익다 싶어 둘러보니 공상은행이 대각선에 보였다. 그저께 점심시간, 식당을 찾느라고 장과 여길 지나쳤다. 택시를 잡아탄 호빈로에서 그리 먼 거리가 아니었다. 도망치듯 달아나는 차 꽁무니를 바라보며 그제야 깨달았다. 빙빙 돌았구나. 운전기사들이 밥 처먹는 방법은 어디나 똑같구나. 개새끼들!

골목 안으로 뛰어들며 전화를 걸었다. 장이 휴대폰 속에서 말했다. 사거리에 야채 가게와 차관(茶罐) 보이세요? 야채 가게와 차관이 나왔다. 거기에서 오른쪽으로 트세요. 나는 오른쪽으로 획 틀었다.

그 순간 그야말로 불야성을 보았다. 수백 개의 리어카가 알전구를 밝히고 두 열로 판을 벌였다. 단체로 몰려온 동서양의 관광객들과 밤을 잊은 이곳 젊은이들과 계산 밝아 보이는 장사치들로 넘쳐나는 골목. 각국의 언어가 뒤섞였다. 물론 떼거지로 몰려와 목청 높이는 한국 관광객이 빠질 리 없다.

야시장은 짝퉁의 천국. 명품딱지를 붙인 손목시계와 핸드백과 선글라스가 박스째 쌓여 있다. 백납 담뱃대, 상아도장, 남송시대 도자기, 모택동 배지 등 진위와 가격을 판단할 수 없는 희귀품도 널렸다.

사람들 사이를 헤집고 앞으로 나아갔다. 중간쯤 이르렀을 때 장이 날 먼저 발견하고 옆에서 소매를 잡아끌었다.

"저깁니다. 맞죠?"

장이 목소리를 낮춘 채 으스대듯 턱으로 1시 방향을 가리켰다.

처음에는 환영인 줄 알았다. 그러나 거리가 가까워질수록 윤곽이 또렷해졌다. 틀림없는 D와 시다년. 반갑고, 얄밉고 그랬다. 둘은 진주목걸이 진열대 앞에서 흥정에 정신이 팔려 있었다.

"쟤들 어디에서 찾았냐?"

"무림로 패션타운에서요. 미용실이 아니라 수입의류 가게였어요. 오히려 내가 놀랐다니깐."

다시 그들 얼굴을 노려보았다. 도망자의 공포감 따위는 안 보였다. 오히려 생긋생긋 웃기까지 했다. 여느 관광객처럼 등에 색을

메고 긴장 풀린 발걸음으로 싸돌아다녔다. 나는 들키지 않게 사진을 여러 장 찍었다.

"불가리 까르티에 구찌……."

그때 희한한 목소리가 귀를 잡아끌었다. 처음에는 잘못 들은 줄 알았다. 그러나 날 향한 소리가 분명했다. 바로 옆 리어카에서 코끝이 펑퍼짐한 주인이 시계 여러 개를 손바닥에 걸고 흔들었다. 그리고 반복해 외쳤다.

"불가리 까르티에 구찌, 불가리 까르티에 구찌……."

믿을 수 없게도 나는 그 와중에 세로줄무늬 시계에 눈길이 갔다. 정교함이 장난 아니었다. D와 시다는 아직 진주 진열대 앞에 서 있었다.

호기심에 값을 묻자 주인은 전자계산기에 100을 찍었다. 나는 고개를 저었다. 중국 야시장에선 무조건 절반으로 깎는 게 원칙이다. 주인이 이번엔 80을 찍었다.

"쟤네들 가는데요."

장이 내 팔을 잡아끌었다. 흥정을 포기하고 뒤돌아서는데 주인이 화난 표정으로 앞을 가로막았다. 손가락을 다섯 개 펼쳐 보이며 오케이를 외쳤다.

"이러다 진짜 놓치겠어요!"

장이 다시 다그쳤다. 그새 D가 안 보였다. 주인이 한 손으로 내 소매를 꽉 쥐었다. 다시 다섯 손가락을 펼쳐 보이며 오케이를 외쳤다. 급한 마음에 나는 주인을 리어카 위로 밀치고 뛰었다. 시계가 우르르 길바닥에 쏟아졌다. 해독할 수 없는 쌍욕이 뒤에서 날아왔다.

명이 휘두른 칼은 순식간에 허리를 파고들었다.

점프를 해야 할지 몸을 낮춰야 할지 판단할 틈도 없이 번뜩이는 날이 살갗을 할퀴고 갔다. 체육관 수련생들이 모두 집으로 돌아간 저녁이었다. 배꼽 아래서 스멀스멀 피가 흘러나오기 시작했고 나는 멀뚱한 눈으로 명을 바라보았다. 명은 고개를 갸웃거리며 무감각한 톤으로 말했다.

"그 정도는 충분히 피할 줄 알았어."

그제야 왼쪽 아랫배에서 격심한 통증을 느꼈다. 사지와 머리끝에서부터 힘이 빠져나갔다. 명의 얼굴 윤곽이 두세 개로 겹쳐 보이더니 결국 무릎을 꿇고 고꾸라졌다. 누군가가 달려와 볼을 탁탁 두드렸다. 그러더니 날 둘러업고 뛰었다. 아마도 홍일 것이다. 그의 딱딱한 등 위에서 나는 정신을 잃고 말았다.

우리는 벌거벗은 채 만개한 벚나무 아래 누워 있었다. 맑은 날이었다. 저 멀리 만년설이 쌓인 높은 산과 푸르른 언덕. 검은 점무늬나비 수만 마리가 한꺼번에 날아올랐고 시냇물이 졸졸 흘렀다. 바람을 타고 날아온 달콤한 꽃향기가 코끝을 간질였다. 하얀 꽃잎 하나가 하늘하늘 떨어져 명의 머리 위에 앉았다. 명이 내 볼에 키스했다. 동시에 딱딱한 뭔가가 내 몸 안으로 쑥 밀고 들어오는 걸 느꼈다. 아, 전신이 파르르 떨렸다. 황홀함의 극치.

그 희열에 정신이 팔려 쉬리릭 근접하는 비단뱀을 미처 못 봤다. 갑자기 아가리를 치켜들더니 명의 몸을 휘감고 목을 깨물었다. 명의 얼굴이 핏기가 빠지며 갑자기 뱀 대가리로 변하기 시작했다. 볼과 이마가 좁아지고 메마른 논처럼 피부가 갈라졌다. 눈동자는 검게, 눈자위는 노랗게 변했다. 두 가닥 혀가 내 볼을 핥았다. 끈끈한 액이 얼굴에 묻어났다. 뱀 눈과 딱 마주쳤다. 놀랄 틈도 없이 뾰족한 이빨이 내 눈동자를 쪼듯이 쑤셨다.

헉!

그 순간 번쩍 눈을 떴다. 꿈에서 깨어났다. 사방이 어둑어둑했다. 낮인지 밤인지 구분할 수 없는 시각. 천장에 달린 노란 전구 불빛이 아른아른 흔들렸다.

나는 생소한 공간 한편의 침대에 누워 있었다. 몸이 땀범벅이었다. 머리카락이 실뱀처럼 볼에 달라붙었다.

디지털액정이 붙은 의료기기 한 대가 머리맡에서 규칙적인 신호음을 냈다. 팔뚝에 주사기가 꽂혀 있고 링거액이 똑똑 떨어지긴 했지만 일반 병원의 병실처럼 보이지는 않았다. 우선 창문이 없었다. 소독약 냄새도 나지 않았고 엄숙할 정도로 고요했다. 한쪽 벽에 커다란 거울이 붙어 있었는데 꼭 경찰 취조실의 원사이드미러 같았다. 밖에서 누군가가 날 지켜보고 있는 듯한 느낌.

문이 덜컥 열렸다. 백인의사와 명이 천천히 침대로 다가왔다. 알코올 중독자처럼 코가 새빨간 의사가 진료 차트를 넘기며 말했다.

"내장은 다치지 않았습니다. 일시적인 쇼크 상태예요."

명이 팔짱을 낀 채 근심스런 얼굴로 날 내려다보았다.

"다행히 정신을 차렸구나."

"여기 어디지?"

내가 눈동자를 크게 굴리며 물었다.

"안심해."

머리맡 테이블에 날짜가 표시되는 전자시계가 놓여 있었다. 세상에나, 믿기지 않았다.

"사흘이나 누워 있었군요?"

"신경 쓰지 말고 쉬어. 아무 일도 아냐. 잃어버린 사흘이 널 영원의 안식처로 인도해 줄 거야. 고통은 일시적이고 생은 영원하지."

명이 시트를 목까지 올려주며 위로했다. 그 말뜻을 정확히 해독할 수 없었지만 그냥 믿었다. 명만 곁에 있어준다면 10년, 아니 100년을 잠들어도 상관없다.

배꼽 옆 꿰맨 상처가 시큰거렸다. 전기가 흐르는 듯한 찌릿한 통증이 척추를 타고 오른쪽 장딴지까지 내려갔다. 머릿속은 물먹은 솜처럼 먹먹해 오래 기억을 할 수 없게 만들었다. 명이 병실을 나서다 말고 뒤돌아서서 말했다.

"너, 내가 하는 일 하고 싶다고 그랬지?"

나는 매트를 열 손가락으로 꾹 찍어 누른 채 고개를 끄덕였다.

"언제 목숨이 날아갈지 모르는 일이야. 늘 긴장해야 하는 생활만큼 불행한 삶은 없어. 진정 살고 싶다면 두려움을 없애야 해. 두려움을 없애기 위해서는 두려움에 익숙해져야 하고."

명은 턱에 힘을 주고 또박또박 끊어 말했다.

"내 말 똑똑히 기억해 둬. 칼날이 네 살갗을 스치던 그 순간을, 그 순간을 잊지 마. 너를 두려움으로부터 지켜줄 거야."

명의 입술이 내 눈동자에 각인됐다. 온몸의 뼈마디가 나른하게 늘어났다. 명의 모습을 놓치지 않으려 했으나 눈꺼풀이 너무 무거웠다. 매트의 푹신함이 최면도구처럼 날 빨아들였다. 온수에 알몸

담그듯 서서히 잠 속에 빠져들었다.

　퇴원 후 얼마간 차이나타운에 있는, 백발의 여 노인 병원에서 통원 치료를 받았다. 배꼽 옆 상처는 실밥을 풀자 지렁이 같은 흉터를 남기고 아물었다.

　변화 없는 날들이 이어졌다. 운동을, 청소를, 한식당 아르바이트를 반복했다. 패션스쿨에서 배우는 재단도 솜씨가 많이 늘었다.

　명의 수련은 더 혹독하고 진지해졌지만 다시 칼을 휘두르지는 않았다. 나는 이따금 탈진해 하루 종일 앓았다. 그렇게 시간이 흘렀다. 어깨가 넓어져 새 옷을 사 입어야 할 정도였다. 그러나 신체의 변화에 나는 아무런 감동도 받지 않았다.

　체육관을 비추는 햇볕이 조금씩 짧아졌다. 겨울이 왔다. 나는 지금 어둑어둑한 체육관을 홀로 지키고 있다. 지난밤, 명은 독일 함부르크로 떠났다. 기밀을 빼돌린 조직원이 거기에 머무르고 있단다. 방문 목적은 물론 배신자의 심장을 멎게 하는 일.

　"나 결혼해요. 여름이 오기 전에."
　안 좋은 일은 왜 동시다발적으로 터질까. 그리고 왜 기습적으로 찾아올까.
　이른 아침, 아내는 전화를 걸어와 대뜸 그렇게 말했다. 바다를 건너온 목소리치고는 선명했고 연극 대사처럼 되뇌어 연습한 듯 단호했다. 우리 사이가 늘 그렇듯 이번에도 최악의 타이밍이었다.

나는 원룸 침대 위에 퍼져 제정신이 아니었다.

지난밤은 급박하게 흘러갔다. 새벽까지 D와 시다 여자 뒤를 쫓았다. 야시장을 나온 그들은 나이트클럽에 들어가 무려 세 시간을 약 먹은 애들처럼 흔들어댔다. 새벽 1시가 훌쩍 지나서야 택시를 타고 두 블록 떨어진 망호호텔(望湖賓館)에 내렸다. 프런트에서 열쇠를 받아 팔짱을 낀 채 엘리베이터에 오르는 모습까지 확인했다.

나는 총알같이 호텔 앞마당으로 튀어나왔다. 고개를 쳐들고 수많은 베란다 창을 주시했다. 뒤이어 장이 뛰어나왔다.

"엘리베이터가 7층에 멈췄습니다."

그때 7층 끝에서 세 번째 방에 불이 켜졌다. 우리는 마주 보고 웃었다. 일 처리는 완벽했다. 방 호수까지 정확히 알아냈다. 막혔던 식도가 탁 트인 기분이었다.

시계를 보니 새벽 2시였다. 서울은 새벽 1시. 아쉬웠다. 입이 근질거려 미치겠는데 민 사장에게는 아침에나 소식을 전해야 하다니. 그래도 기분 하나는 째졌다. 우리는 흥분했고 축하주를 마시고 싶었다. 고급 주점이 밀집한 남산로 서호천지(西湖天地)의 바에 갔다.

"월급 받아서는 이런 데 못 와요. 칵테일 한 잔에 50위안이나 하니."

장은 메뉴판을 뒤적이며 소원을 푼 듯 감격해 했다. 헤네시를 주문했더니 넙죽넙죽 잘도 들이켰다. 취기가 오르자 무대에 올라가 마이크를 잡았다. 여가수 뺨치게 고운 목소리를 가졌다. 말로만 듣던 한류(韓流)라는 게 있긴 있는 모양. 장나라의 노래를 가벼운 춤을 추며 불렀는데 여기저기서 큰 박수가 터져 나왔다. 동행한 나까지 우쭐해졌다.
　정말 뭣 하나 빠지는 게 없는 놈이다. 외모, 노래, 말솜씨, 영어, 일 처리, 성격, 운전. 나중에 알았지만 장이 졸업한 절강대는 중국 대학 서열 10위 안에 드는 명문이라 했다. 핸디캡은 키가 작고 가난하고 주류인 한족(漢族)이 아니라는 점. 하지만 그건 장의 탓이 아니었다. 노력으로도 안 되는, 운명으로 타고난 걸 어쩌라고.
　조명이 꺼지고 라이브 공연이 이어졌다. 필리핀 출신의 미소녀 세 명이 등장했다. 그룹 이름은 'she'. 항주 최고의 밤무대 가수다. 체구에 어울리지 않게 파워 넘치는 가창력과 부드러운 율동으로 올드팝과 최신 댄스곡을 소화해 냈다.
　장은 열광했다. 내 카메라를 빼앗더니 무대를 향해 플래시를 터뜨렸다. 나는 술김에 이번 일 잘 끝나면 같은 기종의 카메라를 사주겠노라 약속해 버렸다. 장은 날 끌어안고 또 감격해 했다.
　만취해 밖에 나오니 겨울비가 쏟아지고 있었다.
　"젠장, 또 비야. 눈이 보고 싶은데. 지난 4년 동안 한 번도 안 내렸거든요."
　장이 주차장 앞에서 하늘을 보며 투덜거렸다.
　내가 기억하는 건 거기까지. 원룸으로 어떻게 돌아왔는지 모르겠다. 아마도 장이 술이 떡이 된 채 차를 몰았으리라. 이불도 안 덮고 골아떨어졌더니 새벽에 한기가 들었다. 맑은 콧물이 흘러내렸다.
　항주는 아열대 지역이라 난방시설이 시원찮았다. 한겨울에도 더운 바람을 뿜어내는 온풍기가 고작이다. 등을 뜨뜻하게 지질 수 있는 서울의 온돌이 그리워졌다. 게다가 니글니글한 뱃속 숙취와

골이 빠개질 듯한 두통이 몹시도 괴로웠다. 그 와중에 아내가 전화를 걸어온 것이다.

정신이 혼미해 그녀의 결혼선언이 무얼 의미하는지 빨리 깨닫지 못했다. 생각해 보니 그건 이혼서류에 도장을 찍어달라는 얘기. 그런데 내 입에서는 엉뚱한 말이 새 나오고 말았다.

"축하할 일이군."

아내는 대답하지 않았다.

"내가 아는 놈이야?"

짐작 가는 사람이 있어 되물었다. 역시 대답하지 않았다.

"그럼 나미는?"

아내는 계속 침묵했다.

"서류는 최대한 빨리 해주겠소."

그 말이 나오길 기다렸다는 듯 아내는 바로 받아쳤다.

"그 사람한테 애가 있어요. 나미까지는 무리예요."

"이봐, 그래도 그 문제는 만나서 진지하게 상의를……."

그 순간 아내는 말허리를 자르고 달려들었다. 말투가 기관총 쏘듯 빨라졌다.

"탁 터놓고 말하죠. 당신 말 빙빙 돌리는 거 싫어하잖아. 그 사람 치과의사고 여유 있는 사람이에요. 당신도 아마 알 거야. 나 결혼하기 전에 사귀던 사람. 위자료 따윈 필요 없어요. 원한다면 나미 양육비 내가 보낼 수도 있어요. 다시 귀찮게 하는 일 없도록 하죠. 서류만 빨리 부탁해요. 그리고 나미에게 넌지시 물어봤는데 아빠랑 사는 게 더 좋대요."

우리는 침묵했다. 치열하던 총성이 멎은 뒤의 적막감. 가느다란 숨소리만 전화선을 타고 전해왔다. 숨소리는 애증과 분노가 뒤섞인 기묘한 맛의 칵테일 같았다.

"당신 힘든 거 알지만 나도 너무 힘들어."

그녀가 울먹이는 목소리로 적막을 깼다. 할 말 다해놓고 눈물로 작전을 바꿔보겠다? 뒤늦게 현실을 찾아, 옛 애인을 만나 폼 나게 살아보겠다는 건 이해하지만 이런 식은 곤란하다. 참으려 했는데 막상 위선적인 말을 듣고 있자니 배알이 꼴렸다. 귓구멍에 쌍욕을 뱉어주고 싶은데 생각과 따로 노는 혀가 꼭 지랄이다.

"……당신 결혼식, 나미 손 꼭 잡고 가겠소."

기껏 그렇게 내뱉었다.

"서류는 나 귀국하면 바로 처리해 주리다."

"서울 아닌가요?"

"일 때문에 중국 항주에 왔소. 좀 더 있어야 할 것 같은데."

"세월 참 좋군요."

결국 그 한마디에 몸 안의 세포가 핵폭발을 일으켰다. 그러나 내색하지 않았다. 떨림을 숨기기 위해 이빨을 물고 숨을 가다듬었다.

되돌아보면 참 쪽팔렸다. 조 경감한테, 김 반장한테 그렇게밖에 대응을 못 했나. 좀 더 세련되게 그들을 엿 먹이는 방법은 없었나. 기껏 한다는 꼬락서니가 술 처먹고 형사계 책상이나 뒤집어놓는 거라니. 고삐리 장난질도 아니고, 씨팔.

"여긴 월나라 미인 서시가 살던 동네요. 북송의 소동파가 시를 읊던 곳이고. 경치 하나는 정말 죽여주는군. 나미도 데리고 왔으면 좋았을 것을. 호호."

나는 능글맞게 대꾸했다. 우리는 동시에 전화를 끊었다.

드디어 첫 명령이 떨어졌다.
진정으로 고대하던 일이었다. 긴장감이 몸 전체를 투명 막처럼 에워쌌고 사소한 소리에도 날카롭게 반응했다. 입맛도 잃었다. 데뷔전을 앞둔 복서의 심정이랄까.
"넌 해낼 수 있어. 잡생각만 하지 마."
브루클린의 외진 공장지대. 운전석에 앉은 명이 내 어깨를 두 번 두드렸다. 포드 머스탱 안은 히터 열기로 후끈거렸다. 스피커에서는 보사노바풍의 음악이 흘러나왔다. 나는 큰 심호흡을 하고 차에서 내렸다.
놈들은 10분 전쯤 모습을 드러냈다. 길 건너편 주유소 옆의 3층 짜리 벽돌건물 지하로 들어갔다. 나는 놈들 얼굴을 절대 잊지 못한다. 분명 그들, 그들이었다.
좁은 나무계단을 밟고 내려섰다. 삐걱거리는 소리마저 조심스러워 발에 힘을 빼고 몸무게를 머리끝으로 끌어올렸다. 외투 주머니에서 베레타를 뽑아 들었다. 수없이 만지작거려 권총 손잡이의 촘촘한 홈이 닳을 정도였다. 나무문을 주먹으로 세 번 두드리고 벽 쪽으로 붙어 섰다.
"누구야!"
경계심 없는 놈은 대번에 문을 열어젖혔다. 나는 타이밍을 놓치지 않고 오른팔을 쭉 뻗어 놈의 이마에 총구를 겨눴다. 개기름 번들거리는 가무잡잡한 얼굴이 일순 일그러졌다. 눈동자가 터져버릴 듯 팽창했다. 흰자위에 붉고 굵은 핏발이 섰다. 게다가 날 자극하려고 작정이라도 했는지 갈색 모자를 눌러쓰고 있었다. 놈을 집 안으로 몰며 물었다.

"나 기억하지?"

갈색 모자는 투항하듯 두 손을 귀 옆까지 들어 올리고 고개를 흔들었다.

"작년 여름! 차이나타운! 2만 달러!!"

버럭 소리를 지르자 그제야 갈색 모자 눈알이 똥그래졌다.

실내는 쓰레기하치장 같았다. 환기창이 없어 퀴퀴한 습기와 양파 썩는 냄새가 뒤섞여 진동한다. 빈 술병과 옷가지가 무질서하게 널렸다. 질식할 것만 같았다.

"롱! 뭔 일이야. 누가 왔어?"

그때 나무파티션 안쪽의 싱크대에서 다른 녀석이 접시를 들고 나타났다. 날치기 이인조의 오토바이맨. 놈은 상황을 보더니 얄궂은 표정을 지었다. 맙소사! 어떻게 이런 일이 일어날 수 있지, 그런 얼굴.

침묵은 길지 않았다. 오토바이맨은 결단이 빨랐다. 날 향해 접시를 던지고는 소파 위로 몸을 날려 쿠션 뒤에 숨겨둔 권총을 뽑으려 했다. 나는 주저 없이 방아쇠를 당겼다. 피슝! 한 번 더. 피슝! 총알은 두 발 모두 오토바이맨 가슴을 꿰뚫었다. 그는 급소를 찔린 들짐승처럼 몸부림치다 그대로 굳었다. 쿠션이 터지며 허연 털이 날아올랐다.

갈색 모자는 완전히 겁에 질렸다. 바짓단 밑으로 오줌이 흘러나와 바닥을 적셨다. 턱을 떨며 더듬거렸다.

"이봐, 2만 달러는 도, 돌려주겠어. 그러니 사, 살려줘. 제발. 베트남에 마누라랑 애가 있다고."

말끝은 거의 울먹임에 가까웠다.

"돈은 필요 없거든. 네 목숨이 필요해."

총구로 놈의 이마 가운데를 푹 찍어 눌렀다. 화약 냄새가 전의를 더욱 자극했다. 이 순간을 얼마나 기다렸던가. 저릿한 희열에 몸서리쳤다.

그러나 그 희열은 너무 짧았다. 그만 짙은 눈썹 아래 움푹 패인 놈의 눈을 보고 말았다. 대홍수가 휩쓸고 간 가난한 나라, 배고파 죽어가는 어린아이 눈빛을 닮았다. 살려달라고 애원하고 있었다. 점막에 눈물이 그득 고였다. 한 번만 더 깜박이면 볼을 타고 주르르 흘러내릴 태세였다.

그는 어쩌자고 여기까지 흘러들어 전생에 인연도 없는 이에게 죽임을 당하려 하는가. 그리고 나는 왜 타인의 남편과 아버지를 죽인 원수가 되어야 하는가. 지금 생활에 만족하고 있지 않은가. 이 정도에서 용서할 순 없는가.

그 순간 손목에서 전기 쇼크 같은 쩌릿한 통증이 느껴졌다. 놈이 오른 주먹으로 내 팔목을 내려쳤다. 나는 본능적으로 비명을 내질렀다. 베레타가 바닥에 떨어졌다. 허리를 숙여 허겁지겁 권총을 주우려는데 시커먼 나이키 운동화가 먼저 걷어차 버렸다. 권총은 미끄러져 소파 밑에 처박혔다.

모든 게 찰나의 일이었다. 잡생각이 화를 불렀다. 당황했다. 두

렵고 원통했다. 불과 몇 초 간의 상황이 후회스러웠다. 명의 꾸지람 그대로였다. 너는 왜 집중하지 못하니. 왜 매사에 온정적이니.

빈손으로 갈색 모자와 마주 섰다. 공포에 질린 건 이제 나였다. 주뼛주뼛 뒤로 물러서다 벽까지 몰렸다.

갈색 모자가 누런 이빨을 내보이며 슬쩍 웃었다. 눈물을 머금었던 눈빛은 폭도의 눈빛으로 돌변했다. 흥분했는지 베트남어로 고함을 질러댔다. 조금 전의 나약함은 어디 간 듯 없었다. 한 여자의 남편, 한 아이의 아버지는 음흉한 미소를 뿌리며 날 압박해 왔다.

무장해제당한 나는 상대가 되지 못했다. 딱딱한 손아귀가 쑥 날아와 내 목을 움켜쥐었다. 버둥거려도 기도가 막혀 숨을 쉴 수 없었다. 귓속이 윙윙거리고 시야가 좁아졌다. 죽는 게 이런 거구나. 참 단순한 느낌이었다.

모두가 내 탓. 구차하게 생명을 구걸하긴 싫었지만 갈색 모자의 야비함이 미워 견딜 수 없었다. 마지막 소원을 빌라면 저 더러운 주둥아리, 저 오만한 눈빛에 총알을 먹여주고 싶었다. 그러나 소원은 이루어지지 않을 터. 눈앞이 아득해지며 사물이 흑백으로 변했다. 그리고 더 이상은, 더 이상은 견딜 수 없는 의식의 정점. 아…… 아아…….

민 사장도 마누라를 닮아가는 걸까.

결정적인 순간에 전화기를 꺼놓고 지랄이다. 아침 내내 연락 두

절. 좋은 소식을 서둘러 전하려 했더니 계속 어긋났다.
 창밖을 보니 여전히 비가 내렸다. 숙취를 못 이겨 다시 침대 위에 사지를 뻗었다. 어둑한 공기가 심적인 편안함을 줬다. D를 찾았으니 어쨌든 다행이다. 장을 붙여놓으면 대구에서만큼 외롭지도, 지치지도 않으리라.
 그나저나 사건은 다시 원점. 어느새 해가 바뀌었지만 알아낼 수 없는 게 너무 많았다. 무대만 서울에서 대구로, 다시 중국 항주로 옮겨왔다. 인터넷으로 확인한 통장에 어제 날짜로 짭짤한 액수의 돈이 들어와 있었다. 그 돈은 아직도 사건이 진행 중임을 일깨워주었다.
 나는 컴퓨터게임에 투입된 하나의 캐릭터가 아닐까. 불쑥 그런 생각이 스쳐갔다. 그럼 나는 쫓는 자인가 쫓기는 자인가, 정의의 용사인가 고약한 악당인가. 분명 이번 게임은 누군가가 의도적으로 헝클어놓고, 의도적으로 조립해 가는 조각퍼즐 같았다. 석연찮은 구석이 많았다. 돈에 집착하느라 내가 미처 깨닫지 못했을 뿐. 그렇다면 게임의 목적은? 나의 역할은?
 의뢰인 민 사장 쪽으로 생각이 옮겨갔다. 그가 얻을 이득에 대해 따져보았다. 무슨 의도인지 계속 지켜보란 말만 반복했다. 답답하다. 물론 일이 힘들어서가 아니다. 로봇처럼 움직이는 장이 곁에 있으니 슬슬 감시나 하면서 떡이나 삼키면 되는 일이었다. 하지만 이 찜찜함, 이 불길함은 뭘까.
 또 다른 잡념이 고개를 쳐들었다. 의식 안 하려 해도 조금 전 아내의 도발적 결혼선언과 나미의 우울증 증세가 신경에 들러붙어 계속 긁어댔다. 역시 해답은 없다. 한숨을 쉬면서 혀로 이빨 끝을 문질러보았다. 깨진 부분이 아직도 까끌까끌했다. 제기랄. 또 뒤숭숭해진다.

담배가 필요했다. 머릿속과 콧구멍을 니코틴 연기가 훑어야 정신이 맑아질 성싶다. 한국에서 두 보루 사 들고 온 에쎄는 진작에 바닥났다. 중국산은 너무 독해 불쾌감만 쌓였다.

침대에 누워 일회용 라이터만 켰다 껐다 반복하는데 홍신소 박 실장이 전화를 걸어왔다. 중국에 오기 전 부탁해 놓은 건이 그제야 생각났다. 그는 대뜸 윽박지르기부터 했다.

"야, 다치기 싫음 너 그 일에서 손 떼."

내가 우물쭈물 응답이 없자 다시 다그쳤다.

"못 알아들었냐? 사건에서 손 떼라고. 너 따위가 달려들 일이 아닌 것 같다."

"알아듣게 얘기하십쇼. 뭔 말이슈?"

내가 신경질적으로 대꾸하자 박 실장 목소리가 잦아들었다.

"네 부탁받고 출입국 사실 뒤져봤는데 말야, 역시 공통점이 있었어. 네 명이 동시에 뉴욕을 다녀온 거야. 한 번도 아니고 재작년 12월과 작년 2월과 6월 세 번씩이나. 너 그 말 알지? 우연이 세 번 겹치면 우연이 아니다. 그 씹새끼들 뉴욕에서 뭔 사고를 쳤을까? 마약 밀수? 섹스 파티? 분위기로 봤을 때 그건 아니지 않냐?"

가슴 밑바닥에서 전율이 일었다. 박 실장의 추리대로라면 예삿일이 아닌 게 분명했다.

"아, 또 한 가지."

전화를 끊으려는데 박 실장이 급하게 덧붙였다.

"극장 안에서 총 맞아 죽은 놈 있잖냐."

"용의자라도 잡혔수?"

"뭐, 수사는 만날 그 자리야. 윗대가리 머리가 똥인데 밑에서 좆뺑이 치면 뭐 하냐. 하여튼 말하려는 건 그게 아니라 시체 두개골 안에서 뽑아낸 총알이 22구경이래."

"그게 뭐?"

"22구경 장점은 안주머니에 들어갈 만큼 휴대가 간편하고 특수 소음기를 달면 소리가 거의 안 나. 의식 안 하면 주변에서 못 느낄 정도래. 거기다 총알이 뇌를 관통하지 못해서 근거리에서 쏘면 무조건 즉사야. 뇌 속을 밀가루 반죽 휘젓듯 헤집어놓거든. 그런 이점 때문에 위력이 떨어져도 프로 킬러들이 즐겨 사용하지."

"그 말은……."

"장담컨대 이건 꼼꼼하게 계획된 살인이야. 아주 대범한 놈이지. 그리고 아직 진행형이고. 네가 감당 못 할 엄청난 사건이 백그라운드에 깔려 있을 거야. 그래서 발 빼라는 거다. 돈 몇 푼 벌겠다고 곁에서 깝죽대다 총알받이나 되지 말고. 난 듣기만 해도 겁난다야."

전율이 다시 올라왔다. 그와 동시에 보조개 팬 나미의 방긋 웃는 얼굴이 떠올랐다. 전화를 끊고 손바닥을 비비며 실내를 서성댔다. 도무지 진정이 안 됐다. 가지런하던 질서가 뒤죽박죽으로 변했다. 박 실장은 허튼소리 지껄이는 사람이 아니다. 분명히 새겨들을 필요가 있다.

담배를 빨고 싶어 미치겠다. 장에게 연락해 따따블을 주고라도 에쎄를 구해오라고 지시했다. 전화를 끊자마자 다시 벨이 울렸다.

"뭐야? 따따블 줘서라도 구해보라니깐."

"저 민영수입니다."

예의 그 차분하고 쉰 목소리가 들려왔다. 희한하게 오늘은 공포감이 함께 묻어왔다. 나답지 않게 당황했다. 양념 잔뜩 발라 어젯밤의 활약상을 전하려 했으나 타이밍을 놓쳐버렸다. 간신배처럼 말투만 빨라졌다.

"김정호 찾았습니다. 머무는 곳도 알아냈습니다."

민 사장은 그래요 하며 크게 기뻐했다. 보지 않아도 입가에 미소가 번지는 걸 느낄 수 있었다. 호텔과 객실 호수까지 불러주고 나니 내심 뿌듯했다. 그러나 민 사장 대답은 의외였다.

"그간 고생 많았습니다. 이제 그만 손 떼세요. 처음 얘기대로 나머지는 내가 알아서 처리하겠습니다."

당황스럽고 황당했다. 뒤통수를 맞은 기분이었다. 약간 떼쓰듯 달라붙었다. 말투는 더 빨라졌다.

"사람은 찾았지만 사건의 전말은 오리무중입니다. 이제 시작일 뿐입니다. 지금 사장님이 모르는 엄청난 일이 벌어지고 있어요. 시간을 조금만 더 주십시오. 어떻게든 제가……."

민 사장이 말허리를 낚아챘다.

"이젠 그럴 필요가 없어졌습니다."

"사장님, 김정호는 언제 뒈질지 모릅니다. 게다가 한국 경찰도 아직 갈피를 못 잡고……."

"황 선생님! 다시 말씀드리지만 그럴 필요가 없어졌습니다. 관광이나 하면서 한 며칠 즐기십시오. 급한 일 있으면 바로 귀국하셔도 상관없습니다. 돈은 약속한 기한까지 쳐서 드리다."

민 사장 말투는 군주의 명령처럼 단호했다. 전화는 일방적으로 끊어졌다. 돈은 지배자와 복종자의 관계를 분명하게 만들었다. 나는 움켜잡은 수화기만 노려봤다. 온몸에서 기운이 쫙 빠져나간다. 서울의 임대아파트 풍경이 떠올랐다. 컵라면과 소주병, 포마이카 상과 개수대의 음식찌꺼기, 908호 뚱보년과 담요의 퀴퀴한 냄새…….

뿌리째 뽑힌 박탈감이 몰려왔다.

의식이 정점을 넘자 목을 죄는 고통은 사라졌다.

대신 눈앞에 엄마의 환영이 보였다. 둥근 섬광이 그녀 주위를 환하게 밝혔다. 웃으며 날 오라고 손짓했다. 정말 엄마라면 손을 꼭 잡고 물어보고 싶었다. 콘크리트 바닥을 향해 추락하면서 무슨 생각을 했어? 결단을 후회하지는 않았어? 그 남자와 그 여자를 두고 떠나는 게 분하지 않았어?

그때였다. 이승과 저승을 분간할 수 없는 곳에서 단말마적 비명이 터져 나왔다. 얼굴에 차가운 물기가 튀었다. 마치 분무기로 뿌리는 느낌. 목의 압박이 조금씩 느슨해졌다. 식도가 넓어지고 공기가 흘러들었다. 심장이 다시 펄떡였다. 떠났던 생명이 돌아왔다. 눈을 뜨고 현실임을 자각하는 순간, 나는 다시 비명을 내질렀다. 갈색 모자가 마네킹 넘어가듯 나자빠졌다. 이마 한가운데 단검이 박혀 있었다. 놀라서 히뜩 뒤돌아보았다.

명이었다. 칼 던지기의 명수, 명이 문 앞에 서 있었다. 화가 단단히 난 얼굴로 날 쏘아보았다. 천천히 다가와 왼발로 갈색 모자의 가슴팍을 밟고 오른손으로 이마에서 단검을 뽑아냈다. 피가 역류하는 수도관처럼 솟구쳤다. 명은 바닥에서 탄피를 주워 주머니에 흘려 넣고 소파 밑에서 권총을 꺼내 건넸다. 싱크대에서 수돗물을 틀어 칼을 헹궜다. 서두르지 않으나 체계적이고 정교한 움직임. 마지막으로 문 앞에 서서 남은 흔적이 있는지 꼼꼼히 확인했다.

우리는 밖으로 나와 횡단보도를 건너 차에 올라탔다. 포드 머스탱 시동 소리가 천식 노인 기침처럼 탁하게 들렸다. 나는 조수석에서 몸을 웅크린 채 벌벌 떨었다. 차가 브루클린브리지에 진입하고 나서야 사물이 제대로 보이기 시작했다. 쇠꼬챙이가 박힌 듯 목이 욱신거려 침을 삼키기조차 힘들었다. 얻어맞은 손목은 부었고 시큰거렸다. 안 부러진 게 그나마 다행이었다.

얼굴의 끈적거림이 불쾌해 손바닥으로 문질렀다. 그러다 화들짝 놀랐다. 손바닥에 붉은 액체가 묻어났다. 급히 사이드미러를 보았다. 맙소사! 피범벅인 얼굴. 도살당한 짐승의 몰골이었다. 공포에 질린 눈자위만 유독 하얬다. 명이 처음으로 입을 열었다.

"병원에서 치료받을 생각 마. 죽은 놈 손톱 밑에 네 피부조직이 박혔을지도 모르고 머리카락이 바닥에 떨어졌을 수도 있어. 경찰이 DNA 분석자료를 들고 병원을 뒤지고 다닐 거야."

"……."

"넌 정말 한심한 애로구나. 그 상황에서 어쩜……."

명이 잔소리를 늘어놓으려는 순간 나도 모르게 소리쳤다.

"듣기 싫어. 그쯤 해둬. 나 무서워. 더 밟아. 밟으라고!"

명은 시선을 정면으로 꺾더니 입을 다물었다.
"더 밟으라니깐!"
내가 명령하듯 애원하듯 말해도 명은 들은 체 안 했다.
"과속하면 금방 눈에 띌 거야. 뉴욕은 사방이 감시카메라다. 위기일수록 침착해져 봐. 그걸 극복 못 하면, 넌 실격이야."
명은 차선도 안 바꾸고 규정속도를 유지했다. 대신 시디 케이스를 뒤져 음악을 틀어주었다. 나른한 곡이 흘러나왔다. 쳇 베이커의 「난 너무 쉽게 사랑에 빠져(I fall in love too easily)」. 명은 여전히 화난 얼굴. 그러나 말을 걸어온 걸로 나는 안심이 됐다.
해가 떨어졌다. 맨해튼이 조금씩 가까워졌다. 왼편에 자유의 여신상이, 오른편으로 엠파이어스테이트와 크라이슬러빌딩과 맨해튼브리지가 위용을 과시했다.. 누가 그랬다. 맨해튼은 어둠 속에서 빛날 때 제일 아름답다고.
초고층빌딩 작은 창에서 흘러나온 불빛들이 모여 하나의 불기둥을 만들었다. 불기둥은 하늘을 향해 솟아올랐다. 마치 외계 행성과 접속하는 거대한 통로 같았다. 포드 머스탱은 빠른 속도로 불기둥 아래로 빨려 들어갔다.
명이 무슨 말을 했는데 귀에 잘 들어오지 않았다. 예전에 이 다리 위를 달리면 세계무역센터 쌍둥이빌딩이 정면에 보였어. 9.11 테러로 그게 사라지니 허전해. 그런 감상적인 말을 했던 것 같다.
나는 무릎 위에 오른 손등을 펴놓고 물끄러미 살폈다. 새하얀 피부 위에 꼬물꼬물 뻗은 푸른 정맥. 타인의 손인 양 생경스러웠다. 믿어지지 않았다. 이 연약한 손으로 사람을 죽이다니.
다시 현장을 떠올렸다. 깨진 머리통에서 흐르는 걸쭉한 피가 마롯바닥에 그려내는 기하학적 무늬를 상상했다. 비현실적인, 그러나 분명 현실의 일이었다. 사람을 죽이는 일은 명의 말대로 간단하고 가까이에 있었다.

차는 다리를 건너 로어맨해튼에 진입했다. 도로는 한산했으나 명은 여전히 규정속도를 유지했다.

첫 임무는 완전히 실패였다. 바보처럼 굴다 죽을 뻔했고 뒤늦게 흥분했다. 복수엔 성공했으나 생각만큼 통쾌하지 않았다. 갈색 모자는 죽어 마땅한 사내, 죽어 마땅한 사내, 죽어 마땅한 사내. 마음속으로 수십 번을 외쳤다. 그렇게 세뇌라도 시켜 내 안에 죄책감이 싹틀 구멍을 틀어막고 싶었다. 2월 13일 목요일 밤이었다. 처음으로 살인한 날. 일생에서 가장 기억될 만한 하루가 분명했다.

일을 접고 서울로 돌아가야 하는 걸까?

화장실 양변기에 엉덩이를 까고 앉아 민 사장이 한 말을 따져보았다. 괘씸했으나 계약 위반은 아니었다. 따라서 여길 떠나느냐 마느냐는 전적으로 내 기분에 달린 문제였다. 손을 씻다 거울을 보았다. 눈빛이 퀭하고 수염이 꺼끌꺼끌한, 피로에 찌든 사내가 서 있었다. 그 초췌한 모습이 돌아가야 할 시간임을 일깨워주었다.

비가 그치고 건물들 사이로 안개가 꾸역꾸역 차올랐다. 아시아나항공에 확인해 보니 오후에 떠나는 인천행이 있었다. 말투로는 한국인인지 중국인인지 판단할 수 없는 여상담원은 기상 변화에 따라 이륙이 지연될 수도 있단다. 어쨌든 지금 출발하면 늦지는 않으리라.

가방에 짐을 쓸어 담고 있는데 장이 한국산 담배를 두 보루 사들고 왔다. 그는 단번에 눈치를 꼽았다. 허공을 보며 짧게 숨을 내쉬었다. 그리고 심사가 뒤틀릴 법한데도 묵묵히 가방 챙기는 걸 도왔다. 나답지 않게 많이 미안했다. 민 사장이 한 말을 우려먹었다.

"돈은 약속한 기한까지 넣어주마."

공항 가는 길은 쓸쓸했다. 빗물이 마르지 않은 아스팔트길이 더 착잡하게 만들었다. 나는 부상으로 후송당하는 병사처럼 조수석에 처박혔다. 핸들을 잡은 장도 입을 꾹 다물었다. 차는 시가지를 벗어나 공항 전용도로에 진입했다. 그때 박 실장의 전화가 걸려왔다.

"왜 자꾸 전화질이슈?"

"재밌는 얘기 하나 해주려고. 조금 전에 확인한 건데 말이다…… 민 사장이라고 있잖니. 네 의뢰인."

"이젠 아뇨. 방금 계약 끝났거든. 흐으."

"그 인간 지금 항주에 있다. 닷새 전에 출국했어. 그리고 호적 확인해 보니 그새끼 독자야. 살해당한 친형 따윈 없어."

표현 힘든 감정이 몰아닥쳤다. 홧김에 주먹으로 콘솔박스를 내리쳤다. 내 발작에 놀란 장이 급하게 차를 갓길에 세웠다.

"이런 씹새끼가. 그럼 바로 옆에서 전화질했단 얘기군. 어쩐지 서울에 연락할 때마다 없다 했더니."

그러나 따지고 보면 흥분할 이유가 없었다. 그가 어디서 전화질을 하던 그게 뭔 상관이람. 나에게 거처를 알려야 할 의무도 없고 계약은 이미 종료됐다. 그런데도 이상하게 열이 치받았다. 단물 빠진 껌 취급을 받았다는 불쾌감. 경찰에서 내쳐질 때와 똑같은 기분이었다. 목구멍에 고인 누런 가래를 끌어올려 재떨이에 뱉었다.

장이 슬며시 담배를 건넸다. 간절히 원하던 에쎄였다. 니코틴 향기가 콧구멍을 훑어 내리자 좀 진정이 됐다. 연기를 뿜어 올리며 장에게 진지하게 물었다.

"넌 이번 일 어떻게 생각하냐?"

별생각 없이 던진 질문이었다. 그냥 솔직한 대답을 듣고 싶었다. 그간 일방적으로 명령만 내렸지 장의 의견엔 무관심했다. 사실 나보다 훨씬 똑똑한 놈 아닌가. D를 찾아낸 것도 따지고 보면 그의 공이다. 장의 대답은 의외로 진지했다.

"한몫 챙기려면 떠나지 마십시오."

뭔 말인가 싶었다. 장은 핸들 위에 두 팔을 얹고 차근차근 자신의 논리를 펼쳤다.

"추측컨대 민 사장은 협박을 당하지 않았나 생각합니다."

"민 사장이? 누구한테?"

"당연히 뉴욕의 진실을 알고 있는 미용사 D겠죠."

뜻밖의 대답이었다. 나는 그런 가능성조차 생각 안 해 봤는데. 협박을 피해 도망쳐 온 D가 협박을 하다니.

"근거는?"

"D는 세 명의 사내가 연이어 피살된 걸 알고 있었습니다. 그 중심에 민 사장이 있다는 것도. 어떤 관계로 그들이 엮였는지 지금으로선 알 수 없지만 여러 사람 목숨이 오갈 만큼 엄청난 일인 것만은 분명합니다. 궁지에 몰린 D는 역공을 택했습니다. 되레 민 사장을 협박한 거죠. 증거 가지고 있다, 언론이나 경찰에 다 불어 버리겠다고요. 민 사장은 큰 부자니 한몫 단단히 뜯어내기로 작정한 거죠. 허를 찔린 민 사장은 대책이 필요했을 겁니다."

"그럼 민 사장이 날 고용한 이유는? 그게 이해 안 돼. 빤히 보고 있으면서 왜 날 미행 붙여? 난 킬러가 아니잖아."

"해결사는 분명 따로 있을 겁니다. 황 선생님을 고용한 이유는 첫째 경찰수사 상황을 주시할 필요가 있었기 때문이고, 둘째는 자신의 신변 보호를 위해서였을 겁니다."

"신변 보호?"

"황 선생님은 D를 감시했던 게 아닙니다. 민 사장의 신변을 보호했던 거죠. 구석에 몰리면 쥐도 고양이를 뭅니다. 어느 날 불쑥 D가 민 사장을 찾아가 칼부림 안 한다고 누가 장담할 수 있습니까. D의 움직임을 항시 알도록 선생님이 초병 역할을 맡았던 거죠. 킬러가 일을 끝낼 때까지 말입니다."

"그럼 민 사장은 처음부터 사건의 내막을 다 알고 있으면서 내게는 딴청 피운 거군. 세 명을 죽인 범인도 알고 있었고."

장은 여전히 핸들에 두 팔을 얹은 채 고개를 끄덕였다.

설득력 있는 시나리오였다. 사건의 본질을 나보다 더 깊이 깨치고 있었다. 그래도 이해 안 가는 부분은 왜 하필 나일까 하는 점이다. 이 바닥에는 심복처럼 부릴 수 있는 팔팔한 놈들이 널렸는데.

"사람이 셋이나 죽었습니다. 당연히 경찰수사 상황이 궁금했을 겁니다. 특히 현직이 아닌 퇴직 형사라면 정보를 넘겨도 양심의 가책 따위 못 느끼겠죠."

말문이 딱 막혔다. 창피함에 낯이 활랑거렸다. 장도 비웃을 정도로 나는 우둔한 형사였나. 그렇다. 그랬으니 끽소리 못 하고 조직에서 쫓겨났겠지.

문득 생각나는 게 있어 안주머니에서 수첩을 꺼내 뒤졌다. 손가락 끝이 떨렸다. 있다. 분명히 파란 볼펜으로 밑줄까지 그어놓았다. 휴보텍 중국 생약연구소. 항주 소재, 주소는 남산로. 전화번호도 있었다.

이어지는 장의 말투는 확신에 넘쳤다.

"당황한 민 사장이 어떻게든 D를 꼬드겼을 겁니다. 한국은 지금 너무 위험해. 경찰수사도 신경 쓰여. 주위에 소문내지 말고 조용히 중국으로 건너와라. 타협하자. 가게 하나 내줄 테니 증거와 바꾸자, 뭐 그렇게요. 벌써 접촉했는지는 알 수 없지만."

"그래서 그 연놈들 얼굴이 그렇게 환했던 거군……. 근데 민 사장이 위험을 무릅쓰고 여기까지 올 필요가 있었을까?"

"일종의 확인 본능 아닐까요? 깔끔한 마무리를 직접 보고 싶었겠죠."

나는 새 담배를 빼 물었다. 대구에서 D를 찾았다고 전화했을 때, D가 중국으로 도망쳤다고 난리법석 떨었을 때 민 사장은 내심 얼마나 비웃었을까. 얍삽한 새끼.

"그럼 우리가 할 수 있는 일이 뭐야? 한몫 챙기려면."

장은 담배 연기가 싫은지 창문을 내렸다. 공항으로 가는 차들이 굉음을 내며 줄줄이 스쳐갔다.

"증거를 빼앗아 민 사장을 협박해야죠. 그게 여의치 않으면 D를 협박하든가. 어느 쪽이든 돈 있는 쪽을 때려잡아야죠."

장의 대답은 늘 명쾌하다. 본능적으로 타고난 모사꾼이 있는데 장이 그랬다. 분명 먹힐 수 있는 시나리오였다. 돈도 챙기면서 민 사장 엿도 먹일 수 있는. 나는 호호 웃었다. 장도 똑같은 미소를 지었다.

"차 돌려!"

말이 떨어지기 무섭게 장은 차머리를 중앙선 너머에 밀어 넣었다. 앞 바퀴 한쪽이 살짝 들리며 몸이 옆으로 쏠렸다. 달려오던 공항 리무진버스가 경적을 울리며 쌍라이트를 번쩍였다. 장은 아랑곳하지 않고 카레이서처럼 차선을 넘나들며 다른 차를 추월해 나아갔다.

"일단 호텔로 가자."

이새끼가 날 가지고 놀았겠다. 오냐, 매운맛을 보여주마. 입술을 꽉 깨물었다. 깨진 이빨이 아랫입술을 찢고 말았다.

내 인생에서 최고로 기막힌 장면을 목격했다.

눈을 비비고 다시 봐도 낯익은 얼굴들. 이런 상황이 가능한 걸까 한동안 믿을 수 없었다.

6번 도로를 타고 북쪽으로 한 시간을 달려 뉴저지의 우드베리 아웃렛에 갔다. 프라다나 팬디, 버버리 같은 명품 할인숍이 200여 개나 들어선 교외형 쇼핑센터. 입구에 들어서자마자 저절로 인상이 찌푸려졌다. 매장마다 득실대는 일본인과 한국인.

명의 설명을 들으며 아이쇼핑을 즐기다 그녀를 봤다. 페라가모

매장 거울 앞에 서 있었다. 알이 큼직한 갈색 선글라스로 얼굴을 반쯤 가렸어도 금세 눈에 띄었다. 짙어진 화장과 길게 기른 머리칼. 실크류의 정장을 입고 앞이 뾰족한 굽 높은 구두를 신었다. 곁에는 젊고 건장한 동양인 사내가 종이백을 들고 보디가드처럼 붙어 다녔다. 여자는 사내의 엉덩이를 툭 치기도 하고 팔짱을 끼기도 했다. 비서 부리듯 연인 대하듯, 그렇게 애살스럽게 굴었다.

"아는 여자?"

명이 나와 그녀를 번갈아 보며 물었다.

"조금······."

"누구?"

"외숙모."

"근데 왜 알은체 안 해?"

"딴 여자처럼 느껴져서. 딸을 데리고 한국으로 돌아간 줄 알았거든."

"하하. 뉴욕을 떠나는 일은 쉽지가 않아. 부유한 사람들은 그들대로, 가난한 사람들은 또 그들대로 떠날 수 없는 이유가 있지."

"사실은 남자도 아는 사람이야."

"그래?"

"나 중학교 때 단짝. 뉴욕으로 이민 갔었거든."

"와우! 말도 안 돼. 로또 당첨확률보다 더 죽여주는 인연이군. 역시 세상은 좁단 말이야."

명은 양어깨를 들었다 내리며 감탄했다. 나는 옛얘기를 늘어놓으면 상심만 커질 것 같아 그냥 그 정도만 해두었다. 명도 큰 관심 없는 듯 더 캐묻지 않았다.

"나 방금 결심했는데 보험 따윈 안 들 거야. 그건 살아남은 자들만 해피하게 해."

"너 기분 많이 상했구나. 죽은 외삼촌 때문이야?"

나는 대답 대신 다른 질문을 했다.

"사람들은 왜 뉴욕을 못 떠나지? 살기 좋은 곳 많잖아. 덴버나 샌디에이고, 올랜도, 애너하임 같은데."

"그건 말이지……."

명은 입술을 씰룩이다 그만뒀다. 하지만 나는 안다. 이런 말을 하고 싶었던 게 아닐까.

뉴요커는 자신이 뉴요커라고 불리는 사실을 프라이드로 여겨. 가난한지 부자인지는 중요하지 않아. 여기서 한 달만 살면 교양인이 된 줄 착각하지. 테이크아웃 커피 들고 소호나 첼시의 갤러리를 폼 잡고 어슬렁대. 자신의 개가 공원에 똥 싸고, 신호등 무시하고 횡단보도 건너는 걸 낭만이라 여기지. 지하철 뒷골목의 낙서나 역겨운 오물 냄새도 뉴욕의 매력이라고 우겨. 웃기지 않니. 그런데 그 아이러니가 통하는 곳이 뉴욕이야. 풍요롭기 때문에 빈곤이 상대적으로 더 큰 비장미를 유발하는 곳이고 과거와 현재, 야망과 환멸, 느림과 빠름이 함께 얼룩져 있는 곳이지. 지금은 무슨 말인지 감이 안 오겠지만 세월이 지나면 그런 공허함의 매력을 알게 될 거야. 꼭 환각제에 취한 도시에 사는 그런 기분…….

기분이 심하게 우울해졌다. 기억 안 하려 해도 자꾸 동창 생각이 났다. 영원히 나의 우상으로 남았으면 좋았을 것을. 대충 살 거면 내 눈에 띄지나 말지. 아니 내 눈에 띄더라도 외숙모와 같이 있지만 말지.

명은 내 기분 상태를 알아채고 드라이브를 제안했다. 포드 머스탱을 타고 뉴욕을 세로로 관통했다. 사우스시포트의 부두에서 건설한 지 100년도 더 된 브루클린브리지를 올려다보았다. 갈매기떼가 머리 위로 날아들었다. 이스트 강의 강물은 꾸역꾸역 대서양으로 흘러들었다. 탁 트인 전경을 보자 기분이 한결 나아졌다.

명이 메이시스백화점에서 600달러나 주고 디지털카메라를 사주었다. 콤팩트한 은색의 캐논 최신형. 내가 살면서 받은 가장 비싼 선물이다.

"답답할 때마다 주변 모습을 담아봐. 그럼 행복한지 불행한지 알게 될 거야."

나는 명의 마음 씀씀이에 감동하며 고개를 끄덕였다.

인근 코리아타운 감미옥에서 설렁탕과 순대를 먹었다. 모처럼 맛보는 한국 음식이라 더 찡했다. 여종업원이 새로 산 카메라 셔터를 눌러주었다. 우리는 어깨동무를 하고 처음으로 사진을 찍었다.

공항 전용도로에서 차를 돌려 망호호텔로 왔다.

로비의 찻집에 앉아 글라스에 우려낸 용정차를 음미하며 불가피하게 방향이 뒤틀려버린 중국 여행에 대해 생각했다. 주사위는 던져졌다. 되돌리기에는 늦었다. 모든 수단을 동원해서 바뀐 목적지를 향해 미친개처럼 달려갈 수밖에.

《항주일보(杭州日報)》를 펼쳐 얼굴을 가렸다. 붉은색 제호 아래

바글바글한 한자들. 들여다본들 읽지를 못하니 커다란 컬러 사진만 멀뚱히 쳐다봤다. 사진 속의 기차역 대합실은 사람들로 빽빽하다. 매표소 앞에 늘어선 줄은 창자처럼 돌고 돌아 출입구까지 뻗었다. 몇몇 쉬운 한자에다 짐작을 보태 사진 설명을 풀어보니 춘절(春節) 귀향표 예매 행렬이었다. 전산예약 시스템이 미흡한 탓도 있겠지만 어쨌든 그 인파에 압도당했다.

중국의 춘절. 우리의 음력설이다. 기차에 몰래 올라탔다가 공안에게 끌려 나오는 장면을 해외토픽에서 심심찮게 봐왔다. 고향이 몇 날 며칠을 고생해서 가야 할 만큼 가치를 지닌 곳일까.

내 고향은 바다가 보이는 동해안 깡촌. 7번 국도가 도시로 이어지는 유일한 통로였다. 열아홉까지 살았지만 부모가 돌아가신 후 가본 적이 없다. 몇몇 친척이 살고 있어도 끌리지 않는다. 좋았던 것도 싫었던 것도 추억할 만한 흔적이 없어서겠지.

다시 글라스를 입으로 가져갔다. 가라앉지 않은 찻잎 하나가 입안에서 씹혔다. 그 떨떠름한 맛을 음미하다 목구멍으로 삼키는데 D와 시다가 모습을 드러냈다.

어젯밤에도 느꼈지만 참 이상했다. 긴장한 자들의 표정이 아니었다. 신혼여행 온 부부처럼 빨간 가방을 둘러메고 깔깔 웃었다. 정말 장의 추리대로일까. 벌써 민 사장을 만나 타협을 본 걸까. 둘은 한없이 편안한 걸음걸이로 내 앞을 스쳐갔다. 나는 신문을 반으로, 다시 반으로 접고 코트 단추를 채웠다.

그들이 탄 택시가 호텔을 떠나자마자 주차장에서 대기하던 장이 차를 갖다 댔다. 그리고 특별한 지시 없이도 알아서 택시를 쫓았다. 목돈을 만질 수 있다는 기대감이 그를 들뜨게 했나 보다. 사이드미러에 비친 호텔 전경을 보며 내가 물었다.

"이 호텔 좋은 데냐?"

"사 성급이니 최고급은 아니지만, 그래도 하룻밤에 800위안은 줘야 할 겁니다. 이곳 사람들한테는 호화로운 숙소죠."

앞서가던 택시가 속도를 내기 시작했다. 장은 액셀을 밟아 일정한 간격을 유지했다. 뜬금없이 지난밤에 본 풍경이 떠올랐다.

"있잖아, 공원에서 봤는데 말이다. 왜 이 동네에선 데이트할 때 여자를 남자 무릎 위에 앉히냐? 졸라 야하던데. 애무하는 것도 아니고. 니기미, 쳐다보는 놈 거시기 꼴리게시리."

"아하 그거요. 그냥 벤치 위에 앉히면 엉덩이 시리잖아요."

기껏 그런 이유였나. 허탈한 대답이었다. 피식 웃으며 바깥 풍경을 흘긋 보았다. 안개는 계속 차오르고 있었다.

중국에 온 지 1주일이 넘었다. 서른여덟 해를 살면서 이국땅에서 처음 새해를 보냈다. 고추기름도, 향채 냄새도 익숙해져 갔다. 특히 돼지고기를 술에 졸여 장조림처럼 만든 동파육은 배갈 안주로 딱 좋았다. 뭔 일이든 적응하기에 달렸다더니…….

택시 꽁무니를 주시하며 민 사장이 날 고용한 이유를 다시 따져보았다. 또 이번 일에서 손 떼라고 한 이유도 따져보았다.

첫 번째 질문은 아무래도 장의 추리가 맞지 싶었다. 그 가설이 아니면 헤헤 웃으며 쏘다니는 D를 설명할 수 없다. 내가 돌대가리였던 게다. 두 번째 질문은 민 사장이 반격의 준비를 끝냈음을 의미한다. 그건 킬러가 이곳 항주에 와 있다는 뜻. 한발 더 나아가면 D의 명줄이 오늘내일 한다는 뜻이다.

그나마 다행인 건 따로 놀던 의문들이 솜사탕 모이듯 한 덩어리로 압축됐다는 것이다. 상대할 적과 게임의 목적이 확실해졌다.
　그때였다. 옆 차선에서 도요타 밴 하나가 깜빡이도 안 넣고 끼어들었다. 장이 핸들을 꺾으며 급하게 브레이크를 밟았다. 몸이 앞으로 쏠리며 안전벨트가 어깨를 꽉 조였다. 아찔한 추돌 상황이었다. 밴 운전자는 선글라스를 낀 젊은 여자였다. 저런 쌍년이! 열 받은 장이 밴 꽁무니에 바짝 달라붙어 신경질적으로 경적을 눌러 댔다. 평소답지 않게 거칠었다. 아니다. 원래 한 성깔 하는 놈인지도 모른다. 그간 온순한 척, 착실한 척 날 속여왔는지도.
　택시는 남산로에 진입해 서호천지 근처에 멈춰 섰다. 어제 밤새 술을 마신 카페가 100미터쯤 전방에 보였다. D와 시다가 택시에서 내려 호수 쪽으로 걸어갔다.
　"쟤들 배 타려는 모양입니다."
　장이 말했다. 옆이 바로 서호선착장이었다.

　"쟤네들 배 타려는 모양입니다."
　선글라스가 선착장 옆에 도요타 밴을 세웠다. 나는 대답 없이 눈으로 택시에서 내리는 미용실 사내와 보조를 보았다.
　의뢰인에게서 연락이 온 건 오전 10시가 좀 지나서였다. 무능한 퇴직 형사가 그래도 밥값은 해냈다며 타깃이 머무르는 호텔을 알려주었다. 그리고 최대한 빨리 끝내주시오, 빨리. 숨넘어가듯 재촉했다. 확실히 의뢰인은 모든 걸 잃을까 봐 겁먹고 있었다.

선글라스가 바로 날 태우러 왔다. 우리는 망호호텔 건너편에 밴을 세워놓고 점심도 거른 채 대기했다. 상황을 봐서 어떻게든 날려버려야 할 분위기였다. 나 또한 질질 끌고 싶지 않았다. 자나 깨나 뉴욕에 돌아가고 싶은 마음뿐. 비가 그치고 안개 짙은 거리에 서 있자니 그리움이 더 간절했다.

점심때가 지나서야 미용실 사내가 모습을 드러냈다. 길게 묶은 머리에 호리호리한 몸매, 연갈색이 들어간 안경 렌즈. 안개가 시야를 흐려도 저토록 튀는 외양을 놓칠 순 없었다. 분명 그였다. 미용실에서 잔일하던 여자가 팔짱을 낀 채 착 달라붙었다.

둘은 호텔 정문 앞에서 택시를 잡아탔고 우리는 뒤따르기 시작했다. 유턴한 택시는 호빈로를 타고 내려갔다. 앞에서 사내 둘이 탄 황색 마티즈가 차선을 물고 깝죽대는 통에 몇 번이나 시야에서 놓칠 뻔했다. 생리통 앓는 여자처럼 나는 확실히 예민해져 있었다.

"신경 쓰여요. 추월해 버려."

선글라스는 바로 반응했다. 차선을 바꿔 속도를 올린 다음 곡예하듯 끼어들었다. 그러나 마티즈 운전사는 겁을 모르는 인간. 속도를 유지한 채 어디 한번 박아보자는 식으로 달려들었다. 조금만 늦었으면 충돌했을 만큼 아슬아슬한 차이. 열 받은 마티즈는 계속 뒤따라붙어 신경질적으로 경적을 눌러댔다. 하지만 우리는 그만 일에 신경 쓸 겨를이 없었다.

지난번 만남에서 의뢰인은 놀랄 만한 이야기를 꺼냈다. 분명 '텔로미어 실험'이라고 말했다. 텔로미어 길이를 인위적으로 조절할 수만 있다면 생명 연장도 가능하다고 했다. 이론상 그렇다 쳐도 실제 그게 가능한 얘길까? 임상 실험이 성공했다면 분명 세상이 뒤집힐 만한 사건이다.

한 가지 신경 쓰이는 건 명의 조직이 깊숙이 연관됐다는 점. 내가 하고 있는 일 또한 그 일의 연장선상에 있는 게 틀림없었다.

"어떡하죠? 매표소로 갔어요. 배 타려는 건 확실해 보이는데."

선글라스는 내 솜씨를 못 미더워하는 눈치다. 행여 타깃을 놓쳐버릴까 마음을 졸였다. 그러면서 입술을 깨물었다 풀었다 반복했다. 장담컨대 그녀는 앞으로도 A급 해결사는 못 될 것이다. 단 두 번의 만남에 버릇을 노출시킬 정도라면.

말투로 보아 조선족은 아니었다. 그렇다고 한국에서 온 것 같지는 않고. 혹시 북한? 그럴 수도 있다. 중국에는 북한 사람이 널렸다. 그러나 이곳에 오래 살았는지 도심지리는 물론 서호의 유람선 운행 시스템에 대해서도 훤했다.

5분쯤 후 나는 차문을 열고 나섰다. 귀까지 덮는 챙 없는 회색 털모자를 눌러썼다. 목에는 여느 관광객처럼 카메라를 걸었다. 품이 넓은 갈색 파카 안주머니에는 권총과 소음기가 들었다. 탄창은 하나 더 챙겼다. 한 발이면 족하지만 어떤 예기치 못한 위험과 맞닥뜨릴지 모르니. 예측할 수 없는 상황일수록 준비를 철저히 하라고 명이 가르쳤다.

한 번, 딱 한 번만 찬스가 와라. 그렇게 기원하며 선착장을 향해 걸었다. 새벽부터 내리던 비는 그쳤으나 안개가 심했다. 서호의 하늘빛과 물빛은 모두 짙은 회색이었다. 습자지에 투영된 풍경 같았다. 낯선 사내 둘이 마지막으로 배에 오르고 있었다.

유람선이 출발했다.

장과 나는 마지막으로 유람선에 올랐다.

황색 기와지붕을 올리고 붉은 기둥을 세워 정자 모양으로 꾸민 배는 중국 냄새가 물씬 풍겼다. 녹슨 엔진이 그르렁거렸다. 배는 선수를 서서히 틀더니 흰 물살을 남기며 호수 가운데로 나아갔다.

안개가 사위를 뒤덮었다. 희미한 윤곽만 살아 있는 저 멀리 산 능선은 겹겹이 농도를 달리하며 하늘과 맞닿았다. 반대편 언덕에 우뚝 솟은 거대한 석탑은 상륜부만 모습을 드러냈다. 마치 구름 위에 지어진 신전 같았다.

어릴 적, 동네 이발소 거울 위에 걸려 있던 동양화를 떠올렸다. 액자 속 풍경이 지금 여기를 베꼈다. 과장된 그림이 아니었구나. 처음으로 이곳의 황홀경에 감탄했다.

이름난 관광지라도 평일인 데다 한겨울, 날씨까지 궂어 배 안은 한산했다. 기껏 스무 명 내외. 선실에서는 서쪽 내륙의 오지마을에서 온 듯한 단체관광객이 입 안에 음식을 쑤셔 넣으며 떠들어댔다. D와 시다는 굳이 바람 찬 후미 갑판에 나가 앉았다. 하여튼 젊은 것들은 별나다.

마주 앉아도 D는 내 얼굴을 알아보지 못했다. 대구의 사우나 안에서 벌거벗은 채 한 번 스쳤을 뿐이다. 그 정도 눈썰미를 가진 이는 드물다.

"한국 분이시죠? 사진 좀 찍어주실래요?"

당황스럽게도 시다 여자가 먼저 말을 붙여왔다. 어떻게 알았을까. 내가 멍한 표정을 짓자 그녀가 애살스럽게 말했다.

"파크랜드, 한국 메이커잖아요."

나는 외투에 박음질된 로고를 보고 끌끌 웃었다.

카메라는 장이 받아 들었다. 둘은 어깨동무를 하고 볼을 맞대고 웃었다. 여자의 긴 생머리가 바람에 펄럭였다. 머리칼이 눈을 가리는 통에 장은 셔터를 한 번 더 눌러야 했다.

나는 담배를 물고 다리를 꼰 채 그 모습을 지켜봤다. 주둥이가 근질거려 미치는 줄 알았다. 새꺄! 너 서울 민 사장 알지? 뉴욕 가서 뭔 사고 쳤냐? 여기서 만났지? 얼마 준대? 뭐, 못 만났다고? 그럼 빨랑 토껴. 총 맞고 뒈지기 전에…….

장이 내 속마음을 읽었는지 손가락을 입에 갖다 댔다. 더 지켜보자는 의미였다.

지금 보니 장은 박 실장과 닮은 구석이 많다. 서두르지 않는 침착함과 예기치 못한 상황을 읽는 능력, 감정의 기복이 적고 폭력 본능을 제어하는 힘. 그것들은 타고나지 않았다면 반복된 훈련으로 얻을 수 없는 것들이다.

20분 정도를 달려 배가 섬에 닿았다. 선장이 마이크를 잡고 안내방송을 했다. 장이 낮은 목소리로 통역해 주었다. 30분 후에 두 번째 섬으로 출발한답니다.

돌로 세운 일주문에 붉은색으로 섬 이름이 새겨져 있었다. 호심정(湖心亭). 글자 밑에는 갖가지 동식물 모습을 양각으로 파놓았다. 섬은 크지 않았다. 특별한 구경거리도 없었다. 찻집과 박물관을 겸한 낡은 벽돌건물이 중앙에 서 있고, 물가 쪽으로 정자가 여럿 보였다. D와 시다가 어디론가 사라졌으나 신경 쓰지 않았다. 어차피 손바닥만 한 섬 안이므로. 장이 매점에서 캔커피를 사왔다.

"선생님, 별다른 징후는 없군요. 수상한 사람도 안 보이고."

그때 나는 섬 뒤편 벤치에 앉아 화보촬영을 지켜보고 있었다. 머리에 가죽띠를 두른 백발의 사진작가가 사각 렌즈가 달린 카메라 셔터를 눌러댔다. 정자를 배경으로 선 모델은 서양계집애. 네댓 살쯤 됐을까. 중국 전통 옷인 붉은 치파오를 입고 알록달록한 우산을 펼쳤다 접었다 반복했다.

일부러 오늘 같은 날을 택했나 보다. 안개에 뒤덮인 하늘과 호수는 모두 잿빛이라 맞닿은 경계가 모호했다. 그 속에서 원색의 치파오와 우산은 더 컬러풀해 보였다.

엉덩이가 큼직한 아이 엄마는 사진작가 뒤에 서서 딸의 자태에 감탄했다. 말투로 보아 프랑스인 같았다. 제 아이예요. 그렇게 으스대듯 뾰족한 코와 턱을 치켜들었다.

나는 모델 얼굴을 다시 뜯어보았다. 볼이 희고 포동포동했다. 짙은 황금색 머리카락과 긴 속눈썹은 인형처럼 예뻤다. 나미 얼굴이 겹쳐 떠올랐다. 증권사 자살사건이 없었다면, 내가 술에 안 취했더라면, 아내가 낙태수술을 받았다면 빛을 못 봤을 아이. 우울증. 그 단어가 또 마음을 걷어찼다. 가끔씩 혼자 이상한 말까지 내뱉는다고 들었다. 나쁜 년, 무슨 큰일을 하고 다닌다고 딸애를 그토록 방치했나.

언제나 그렇듯 불만은 아내를 향한 원망으로 귀결된다. 끝이 안 보이던 관계가 그녀의 도발적 결혼선언으로 막을 내리려 한다. 해피엔드가 아니더라도 상관없지만 막상 그런 식의 결말이 닥치자 몸이 부르르 떨렸다. 내 무능에, 질투심에 질식해 뒈질 것만 같았다.

D와 시다 여자가 깔깔거리며 다시 모습을 드러냈다. 이를 다 드러내는 큼직한 웃음, 정말 멋지고 부럽다. 그들에게 삶이란 그저 즐겁고, 자연스럽게 흘러가는 것 같았다.

팔짱을 끼고 서호선착장 끝에 섰다.

미용사를 태운 배가 시야에서 완전히 사라질 때까지 바라보았다. 호수와 안개. 마지막 무대의 배경으로는 꽤 근사했다.

의뢰인에 따르면 미용사가 협박을 해왔단다. 현금으로 5억 원을 주지 않으면 뉴욕 프로젝트에 관련된 증거물을 까발리겠다고. 둘은 내일 만나기로 했다. 아마도 사실이리라. 의뢰인이 나한테까지 거짓말할 이유는 없으니. 어쨌든 의뢰인은 내가 서둘러 해결해주기를 바랐다. 그러나 대범하게 협박하고 나설 정도라면 호락호락한 상대는 아닐 것이다.

매표소 옆 관광안내도를 손가락으로 짚어가며 살폈다. 서호 안에는 세 개의 섬이 있는데 유람 코스는 두 곳을 둘러보게끔 짜여졌다. 배가 동쪽 선착장에서 출발했으니 먼저 호심정에 갔다가 소영주(小瀛洲)를 둘러보고 남쪽 선착장으로 나올 것이다.

파카 주머니에 손을 넣어 흰머리원숭이를 쓰다듬었다. 간절히 기원했다. 도와주세요, 마지막입니다.

주위를 돌아보았다. 갈색 마고자 복장의 뱃사공들이 목에 허가

증을 걸고 호객행위를 했다. 나는 덩치 큰 콧수염 사내를 찍었다. 손짓으로 불러 100위안 지폐 열 장을 손바닥에 펼쳐 보였다. 지금은 찬바람 부는 정월 초다. 관광객이 줄어 배고픈 계절. 눈매가 부리부리한 마초 스타일의 얼굴에 미소가 번져 나왔다.

여자들은 남자의 첫인상을 중시한다. 나는 그 느낌을 꽤나 신뢰하는 편이다. 몸은 우직해도 계산에 밝아 보이는 타입이 이런 일에 최고다. 콧수염은 그 스타일에 부합했다. 나는 나룻배 끝에 앉으며 두 번째 섬으로 가달라고 부탁했다.

배가 워낙 작아 작은 너울에도 쉬이 쏠렸다. 유원지에 가면 구색으로 입혀주는 구명조끼조차 없었다. 시야까지 탁해 공포감이 엄습했다. 그러나 콧수염은 이력이 난 듯, 시선을 멀리 던진 채 목숨에 초연한 구도자처럼 노를 저어 나갔다. 아가씨, 걱정 마십쇼. 서호에 이 정도 안개가 끼는 건 흔한 일입니다. 그렇게 무언의 메시지를 보냈다. 그 침착함이 날 안심시켰다.

삐걱거리는 소리가 빨라질수록 배는 호수 깊숙이 빨려 들어갔다. 안개가 너무 짙어 옷에 닿으면 물로 변할 것 같았다. 이런 날씨에도 태연히 배를 띄우는 중국인들……. 안전 불감증일까, 낭만적 근성의 표출일까. 아무튼 베테랑 사공은 그새 흐린 시야를 뚫고 섬 선착장을 정확히 찾아냈다. 30분이 채 걸리지 않았다.

"애프터 서티 미니츠."

손목시계를 손가락으로 가리키며 내가 말했다. 그러고는 배를 섬 반대편에 갖다 대달라고 덧붙였다. 내 영어를 알아들었는지 알 수 없지만 콧수염은 호쾌하게 오케이를 외쳤다.

나는 붉은 나무로 만든 일주문을 통과해 섬 안으로 들어섰다.

그리고 그곳에서 아주 놀라운 풍경을 보았다. 섬 안에 또 호수가 있었다. 안내문에 따르면 1607년 명나라 때 만들어진 소영주 안에는 네 개의 작은 호수가 있다. 그러니 호수 안에 섬이 있고 섬 안에 호수가 있는 셈이다. 호수와 호수 사이는 좁고 낮고 굽은 다리로 이어놓았다. 옛날에는 귀족들이 종을 부리며 여기 살았단다. 외부와 단절된 낙원에서 왕의 호사를 누리는 기분이 어땠을까.

사위는 고즈넉했다. 노란 깃발을 줄줄 따라다니는 한 무리의 단체관광객뿐이었다. 이따금 가이드의 확성기에서 거친 억양의 광둥어가 흘러나왔다. 홍콩 관광객들은 그 설명에 귀 기울이며 서로의 얼굴을 향해 카메라를 들이대기 바빴다.

서둘러 섬 구석구석을 살폈다. 처마의 곡선이 날렵한 정자 안에 검은 돌비석이 보였다. 붉은 한자로 새겨놓은 삼담인월(三潭印月). 호수에 비치는 세 개의 달이라……. 좁은 돌다리를 휘돌아 정자와 누각, 찻집과 매점과 화장실을 차례대로 훑었다.

섬 중앙의 목조건물 벽에 높이가 3미터도 넘을 듯한 대형 거울이 붙어 있었다. 관광객을 위한 배려인지 알 수 없으나 뜬금없다 싶었다. 민속촌 안의 맥도날드처럼 뭔가 잘못 놓인 듯한 풍경. 원래 벽화가 걸렸던 자리가 아닐까.

그 거울에 내 모습이 잡혔다. 품이 큰 파카와 머리를 덮은 회색 털모자와 눈동자가 안 보이는 갈색 선글라스. 목에는 카메라를 걸었다. 영락없는 관광객이다.

배 들어올 시간이 다 됐다. 선착장을 향해 걸으며 밴에서 기다리는 선글라스에게 연락했다.

"30분 뒤에 호수 반대편에서 봅시다."

한 걸음 한 걸음을 의식할 만큼 몸에 긴장이 쌓였다. 긴 담장을 지나 대나무 숲길 끝에 왔을 때 뱃고동 소리가 들렸다. 흰 장막을 걷고 나오듯 유람선이 붉은 뱃머리를 들이밀었다. 미용사가 탄 배가 분명했다. 파카 안주머니에 손을 넣었다. 차가운 금속성의 감촉.

권총 손잡이를 꽉 움켜쥐었다.

안타깝게도 화보촬영을 마저 못 보고 떠나야 했다.

선착장 쪽에서 다급한 경적 소리가 울렸다. D와 시다, 장과 나를 태운 유람선은 두 번째 섬을 향해 출발했다. 선미 갑판에는 여전히 우리 넷뿐이었다. 시다가 다시 사진촬영을 부탁했다. 장이 점점 작아지는 섬을 배경으로 셔터를 눌러주었다.

"이야, 안개 때문에 정말 멋지게 나왔네. 꼭 뽀샵한 것 같아."

시다가 액정모니터를 보며 웃음 지었다. 의심 많아 보이는 D와 달리 그녀는 애교가 많고 싹싹했다. 아저씨 이거 드세요 하면서 초콜릿을 건넸다. 그 덕분에 D와도 몇 마디 대화를 나눌 수 있게 되었다. 내가 흘러가듯 물었다.

"항주에는 신혼여행 오셨나? 패키지 관광은 아닌 것 같은데."

시다가 까르르 웃었고, D는 경계를 안 푼 눈초리로 정색을 했다.

"신혼여행은 아니고 그냥 사업상……. 근데 선생님은 무슨 일로 오셨나요? 복장이 여행객 같지 않아요."

말문이 딱 막혔다. 모직 코트와 검은 구두와 가죽장갑이 관광지와 안 어울리긴 했다.

"친척을 방문하러 왔소이다."

나는 턱으로 장을 가리키며 어설프게 받아넘겼다. 그러나 하이에나 눈빛을 가진 D는 믿지 않는 눈치였다.

두 번째 섬, 소영주가 희미하게 모습을 드러냈다. 섬은 호심정보다 훨씬 컸다. 나무도 울창했고 여기저기 건물이 많았다. 호화롭게 꾸며놓은 군주의 별장 같았다.

"지금 어디에 묵고 계신가?"

나의 의도적인 질문에 D는 그냥 선배네 집이라고 둘러댔다. 우리를 의심하는 게 분명했다. 뭔가를 더 물어보고 싶은데 마땅한 질문거리가 생각 안 났다. 그때 장이 끼어들었다.

"저기 호수 끝에 보이는 탑에 가보셨나요?"

장이 손가락으로 10시 방향의 검은 물체를 가리켰다. 안개 때문에 기단과 탑신은 안 보이고 상륜부만 뾰족하게 솟았다.

"뇌봉탑(雷峰塔)이라고 합니다. 시간 나면 한번 올라가 보세요. 호수와 시가지가 한눈에 내려다보입니다. 야경은 더 멋지지요. 제가 아는 서호 풍경 중에서 감히 최고라고 말씀드릴 수 있습니다. 왕조현하고 장만옥이 나온 영화 「청사」의 전설이 흐르는 곳이기도 하고요."

"청사의 전설?"

"1000년 묵은 백사 소정이 갇혔던 곳이 바로 저 뇌봉탑입니다."

"선생님은 이곳 분이십니까?"

D가 특유의 가는 목소리로 물었다.

"조선족입니다. 가끔 한국 관광객 가이드도 하지요. 뭐 궁금한 거 다 물어보십시오. 하하."

역시 장이다. 분위기는 반전됐고 D는 금세 긴장을 풀었다.

배가 선착장에 도착했다. 내실에 탔던 중국인들이 서둘러 내릴 채비를 했다. 그들은 여전히 시끄러웠다. 비닐봉지에 담긴 만두 같은 걸 입 안에 쑤셔 넣고 우물거렸다.

나는 D의 발뒤꿈치를 내려다보며 배에서 빠져나왔다. 저새끼랑 조금만 더 친해지자. 밤에 술 한잔 때리면서 약간의 협박을 가하고 살살 구슬리면 사건의 전모를 캐낼 수 있으리라. 그 다음은 민 사장을 협박하는 것이다.

장이 날 보며 슬며시 웃었다. 아마도 나와 같은 생각을 한 모양이다.

배가 소영주 선착장에 들어왔다.

섬으로 올라오는 사람들을 한 명 한 명 살폈다. 서른 명도 채 안 됐고 딸린 여자까지 있으니 미용사는 금방 눈에 띄었다.

일단 둘의 뒤를 쫓아 발걸음을 옮겼다. 그들 행동에는 여유가 있었다. 내일 민 사장을 만나 돈 받을 생각에 들떠 있는 걸까. 되레 내가 초조해졌다. 등과 겨드랑이에 땀이 뱄다. 사방이 트인 공간이라 완벽한 기회 잡기가 그리 쉽지 않아 보였다. 서둘러 끝내야 한다는 압박감. 게다가 여기는 중국 땅이다. 공안에 잡힌다는 건 죽음을 의미한다. 명의 얼굴이 퍼뜩 스쳐갔다. 행여 다시 못 보는 일은 없겠지. 그럴 일은 절대 없어야 한다. 스스로를 다독였다.

둘은 능수버들이 무성한 산책로를 걸어 섬을 한 바퀴 돌았다. 청나라 벼슬아치 복장으로 갈아입고 기념 사진을 찍었다. 그들이 꾸물댈수록 나는 예민해져 갔다.

드디어 찬스! 현광사(賢光祠) 앞에서 여자는 기념품 가게에, 남자는 화장실에 들어갔다. 주저하면 늦는다. 명의 말대로 본능적 판단에 충실하자.

주위를 둘러봐도 의식할 만한 시선은 없었다. 단체관광객들은 섬 뒤편으로 우르르 몰려갔다. 몇몇 뜨내기 여행객만이 매점 의자에 앉아 지친 다리를 쉬고 있을 뿐.

화장실을 향해 성큼성큼 걸었다. 콘크리트 칸막이를 돌아들자 두 개의 입구가 나타났다. 좌측은 여자용, 우측은 남자용. 우측 나무문을 밀었다. 끼이익. 녹슨 스프링 소리가 들렸다. 실내는 서늘하고 어둑어둑했다. 선글라스를 껴서 더 그렇게 느껴졌는지도 모르겠다. 미용사는 변기 앞에 서서 지퍼를 내리고 있었다. 그 외에는 아무도 없었다.

나는 화장실 문고리부터 걸었다. 달깍. 경계를 풀고 있던 미용사는 금속성 소리에 히뜩 고개를 돌렸다. 우리는 동시에 눈이 마주쳤다. 그가 실눈을 치켜떴다. 동공에서 광채가 발했다. 당황스럽다는 표정을 지었다. 아마도 세 가지 사실을 동시에 떠올렸으리라.

하나, 여긴 남자 화장실이요. 둘, 당신 어디서 본 듯한데. 셋, 설마 민 사장이 보낸…….

나는 두 손을 파카 주머니에 꽂고 천천히 다가섰다.
"뉴욕, 참 좋은 곳이죠."
그 한마디는 미용사의 모호한 기억을 확실하게 일깨워주었다. 내 얼굴을 뜯어보더니 화들짝 놀랐다. 입에서 반사적으로 한 단어가 흘러나왔다. 슛, 커, 트. 그는 자신에게 닥친 위험을 감지했다. 눈을 내리깔고 내 얼굴 대신 불룩 솟은 주머니를 노려봤다.
참 어정쩡한 포즈였다. 그때까지 그의 길쭉한 성기에서 오줌발이 변기를 향해 떨어지고 있었다. 그 절박한 상황 속에서도 웃음이 나오려 했다. 천장 환기구로 한줄기 바람이 새어 들어왔다. 암모니아 지린내가 코끝을 쑤셨다.
"미……민 사장이 보냈군. 워, 원하는 게 뭐요?"
미용사는 아직 바지 지퍼를 올리지 못했다.
나는 시시콜콜 대응하기 싫었다. 그런 일은 관객을 지독히 배려하는 할리우드영화에서나 가능하다. 바로 권총을 뽑았다.
"제발, 이러지 마. 제발, 이러지 마!"
미용사가 절규했다. 가는 목소리로 울부짖는 하이톤의 비명은 끔찍했다. 그러나 나는 뉴욕에서 베트남 갱이 가르쳐준 교훈을 잊지 않았다.
"이러지 마! 절반을 줄게. 내일 민 사장한테 돈 받기로 했……."
절규가 죽었다. 소음기를 빠져나온 총알이 표적의 심장을 뚫었다. 타일 바닥에 탄피 튕기는 소리가 발사음보다 더 크게 울렸다. 옅은 화약 냄새가 났다. 미용사가 휘청거리며 다가오려 했다. 마치 나를 덮쳐버릴 듯한 기세. 검지에 힘을 주고 다시 방아쇠를 당겼다. 미용사는 두 팔로 허공을 휘젓더니 나자빠졌다. 뒤통수를 바닥에 쿵 찍으며 누웠다. 그러고는 움직이지 않았다.
 나는 참았던 숨을 토해냈다. 잠시 아찔했다. 한동안 그냥 서 있었다. 습관처럼 내려다보는 하얀 손등과 푸른 정맥. 여자의 손이고 킬러의 손이다. 여전히 낯설었다.
 그러나 이내 현실감을 회복했다. 나는 약해빠진 계집애가 아니다. 피가 바닥에 더 번지기 전에 시체를 칸막이 변기실로 끌고 갔다. 상체를 들어 좌변기 위에 앉혔다. 숨을 놓은 인간은 마른 체구라도 모래포대처럼 무거웠다. 문고리를 걸고 시체의 옷을 뒤졌다. 손에 피가 묻을까 조심스러웠다. 지갑과 여권과 호텔방 키를 주머니에 쓸어 담았다. 그 외에는 공안에게 추적당할 만한 물건이 없었다.
 "오빠! 정호 오빠! 안에 있어?"
 화장실을 나서려는데 밖에서 여자가 문을 쾅쾅 두드렸다. 맙소사. 일이 크게 꼬였다. 어쩔 수 없다.
 권총을 다시 꺼내 들었다.

 D가 화장실에서 10분째 나오질 않고 있다.
 뭔가 이상했다. 우리는 둘을 쭉 주시해 왔다. 현광사 앞에서 시다는 기념품 가게로, D는 화장실로 사라졌다. 그 사이 화장실에는 회색 털모자를 눌러쓴 여자가 들어갔을 뿐이다.
 "똥 누는 모양인데요. 자식, 변빈가?"

장이 키득거렸다. 우리는 매점 앞 플라스틱 의자에 앉아 담배를 물고 5분을 더 보냈다. 시다가 그새 기념품 가게를 둘러보고 나와 화장실 칸막이벽 앞에서 서성였다. 그녀도 신경 쓰이기는 마찬가지인 모양, 반복해 손목시계를 봤다. 그러다 더는 못 참겠는지 벽 안으로 사라졌다.

"남자 화장실에 쳐들어갈 모양인데요?"

장이 또 키득댔다. 그러면서 좀 생뚱맞은 질문을 했다.

"근데 선생님, 뽀샵이 뭔 뜻입니까?"

이번에는 내가 낄낄 웃었다.

홍콩 관광객으로 보이는 중년여성 둘이 화장실에 들어갔다가 금방 나왔다. 이제는 시다 여자까지 무소식이다.

"화장실에서 문 걸어놓고 그짓 하는 거 아닐까요?"

장이 다시 키득거렸다. 대구의 아파트 화장실에서 본 말라붙은 콘돔이 기억났다. 충분히 그러고도 남을 연놈들이다. 이국땅에서 그짓을 하면 색다른 경험이겠지.

시간이 자꾸자꾸 흘렀다. 뭔가 불길했다. 똥을 두 번 싸든, 그짓을 두 번 하든 충분한 시간이 지났다. 장이 날 쳐다봤다. 눈빛이 말하고 있었다. 뭔 일 터진 것 같은데요.

담배를 밟아 끄고 화장실을 향해 냅다 뛰었다. 장도 뒤따랐다. 콘크리트 칸막이벽을 도는 순간, 가슴팍에 딱딱한 물체가 쾅 부딪쳤다. 앞에 젊은 여자 하나가 외마디 비명을 지르며 주저앉았다. 아까 들어간 회색 털모자. 그녀 목에 걸렸던 카메라 케이스 끈의 고리가 빠지면서 케이스가 바닥에 떨어졌다. 살짝 열린 케이스 밖으로 디카가 비어져 나왔다. 나는 얼결에 카메라를 주워 건네며 아임 쏘리라고 말했다. 회색 털모자는 카메라만 낚아채 황급히 사라졌다.
"샤오지에, 덩이시아!"
장이 중국어로 아가씨 기다려요 하고 큰 소리로 외쳤다. 그러나 여자는 뒤돌아보지 않고 달렸다. 말을 못 알아듣는 걸로 보아 중국인은 아니었다. 그럼 한국인? 아니면 일본인?
남자 화장실 문을 밀치고 들어섰다. 실내는 빛이 안 들어 어둡고 썰렁했다. 누런 오줌 더께가 낀 소변기 앞에는 아무도 없었다. 변기실 세 곳 중 제일 안쪽만 닫혀 있었다. 인기척을 내며 노크를 해도 응답이 없다.
"선생님! 바닥."
장이 소리쳤다. 붉은 핏자국이 밀대로 민 자국처럼 변기실 안으로 이어졌다.
"씨팔. 대형 사고 났군."
덜컥 겁이 났다. 낯선 땅에서 살인사건에 엮이면 골치 아파진다. 게다가 여긴 사회주의 국가 아닌가. 마약 밀매에 가담한 한국인이 처형당했다는 뉴스를 심심찮게 들었다. 도망쳐야겠다는 생각이 퍼뜩 스쳤다.
장이 겁도 없이 창틀을 밟고 올라섰다. 몸을 기울여 천장과 변기실 칸막이 사이 공간에 목을 집어넣고 아래를 내려다보았다.
"흐아……"
장의 입에서 무거운 신음소리가 흘러나왔다. 몸을 지탱하고 있던 두 다리가 부들부들 떨렸다. 아마 시체를 처음 봤으리라.
"가…… 같이 온 여자까지 다, 당했어요."

"뭐!"

나 역시 창틀로 뛰어올랐다. 변기실 안은 이미 걸쭉한 피로 흥건했다. 좌변기에 퍼져 앉은 D의 두 눈동자가 허공을 노려봤다. 시다 여자는 엉덩이를 깔고 앉아 남자의 사타구니 사이에 머리를 파묻은 채였다.

"좀 전에 나랑 부딪친 여자, 어느 쪽 화장실에서 나왔는지 봤냐?"

장이 바닥으로 뛰어내리며 고개를 저었다. 구역증이 올라오는지 입 안의 거품을 소변기에 뱉었다.

"그 여자 짓이 분명해!"

나도 바닥으로 내려서며 외쳤다. 신물이 올라왔으나 꾹 참았다. 장 앞에서 약한 모습을 보이기 싫었다. 꼬여도 더럽게 꼬였구나. 그냥 오후에 한국으로 날라버릴걸. 키 작고 예쁘장한 남자로 생각했던 킬러가 여자라니. 당황스럽기까지 했다.

일단 회색 털모자를 쫓아 반대편 선착장으로 달려갔다. 섬 구경을 마친 홍콩 관광단이 일렬로 유람선에 오르고 있었다. 시선을 호수 멀리로 가져갔다. 둥둥 떠가는 검은 점 하나를 발견했다. 너무 멀어 정확하지 않지만 두 사람이 탄 나룻배였다.

"저기다!"

내가 손가락질하며 소리를 높였다. 그 순간 나룻배는 마치 타임머신을 타고 시간의 벽을 넘어간 것처럼 안개 속으로 사라졌다.

막막해 하고 있는데 장이 재촉했다.

"서둘러요! 유람선 타면 나룻배 따윈 금방 따라잡을 수 있습니다. 일단 공안들이 들이닥치면 돈이고 뭐고 다 끝이에요!"

장의 흥분한 목소리는 일을 포기할 수 없게 만들었다. 홍콩 관광객 틈에 파묻혀 유람선에 올랐다.

"그리고 이거……."

장이 손등으로 입가의 침을 닦으며 빈 카메라 케이스를 내밀었다.

"아까 여자가 부딪치면서 흘린 겁니다."

한쪽 쇠고리가 부서져 있었다. 속주머니에서 성냥갑만 한 딱딱한 물건이 나왔다.

"어, 메모리카든데요."

장이 눈빛을 반짝이며 말했다. 나는 끈으로 케이스를 둘둘 말아 외투 주머니에 쑤셔 넣었다.

"선생님! 어쨌든 사건 전모는 확실해졌습니다. 시간이 없어요. 곧 민 사장이 움직일 겁니다. 어서 증거를 확보해 조집시다."

장은 지폐 몇 장을 접어 선장에게 가서 속삭였다. 크르릉. 엔진 소리가 크게 한 번 울더니 갑자기 배의 속도가 빨라졌다.

화장실을 나오자마자 반대편 선착장을 향해 뛰었다.

내 눈은 정확했다. 콧수염 뱃사공은 보란 듯 약속을 지켰다. 날 다시피 나룻배에 올라탔다. 노 젓는 소리가 증기기관차처럼 다급하게, 그러나 규칙적으로 들려왔다. 겨드랑이가 땀으로 축축했다. 파카와 모자를 벗었다. 권총과 소음기는 콧수염이 눈치 채지 못하게 호수에 던졌다. 이 거대한 호수의 물이 마르기 전에는 발견 안 될 것이다. 행여 발견된다 한들 그땐 이미 게임 오버. 콧수염이 내 행동을 봤는지 못 봤는지는 모르겠다. 무슨 엄청난 일을 벌였구나. 그 정도만 짐작한 눈치였다.

참았던 숨을 토해냈다. 끝났다. 명령을 완수했다. 홀가분할 줄 알았는데 무언가 개운하지 않았다. 거기다 가슴팍이 심하게 아팠다. 화장실 앞에서 건장한 남자와 충돌했을 때의 충격이 뒤늦게 전해져 왔다. 온몸이 파르르 떨리는 느낌이었다.

배가 육지에 가까워지자 호수를 관통하는 긴 제방이 나타났다. 북송 때 이곳 지주로 온 소동파가 만든 소제(蘇堤)라고 언뜻 들었다. 길이가 수킬로미터는 돼 보였다. 남쪽 선착장은 그 소제 위에 만들어졌다.

그때였다. 갑자기 큰 너울이 밀려와 나룻배가 심하게 흔들렸다. 나는 중심을 잃고 엉덩방아를 찧었다. 바로 뒤쪽에 대형 유람선이 해적처럼 나타났다. 뱃머리에 사내가 둘 보였다. 본능적으로 위험을 감지했다.

"이런, 서둘러. 허리 업!"

사공에게 외쳤다. 배가 물살에 떠밀리듯 선착장에 닿았다. 제방에 올라서자마자 남쪽으로 달렸다. 외길을 따라 아열대 지방의 나무가, 짐승을 새긴 돌 조각상이, 오래된 정자가 꿈결처럼 스쳐갔다.

폭 좁은 아치형 다리 위에서 나란히 자전거를 타고 오는 젊은 연인과 맞닥뜨렸다. 두 자전거 사이를 파고들었다. 내 속도감에 지레 겁을 먹은 여자가 중심을 잃고 쓰러졌다.

안개 속으로 계속 뛰었다. 등에 멘 가방과 두꺼운 파카의 무게

감조차 느껴지지 않았다. 히뜩 뒤돌아보니, 허리까지 차오르는 안개를 헤치고 사내 둘이 추격용 로봇처럼 쫓아왔다. 하나는 뚱뚱하고, 하나는 자그만 사내. 퇴직 형사는 어느 쪽일까? 다른 하나는 누굴까?

숨이 점점 차올랐다. 심장이 펄떡거렸다. 이 속도로 얼마나 더 달릴 수 있을까. 시간이 지날수록, 거리가 좁혀지며 잡힐 것만 같았다. 권총을 버리는 게 아니었어. 난 왜 매사에 일 처리가 이딴 식일까. 과연 저들을 따돌릴 수 있을까. 제방의 끝은 너무 멀어 보였다. 뛰엇! 명의 얼굴이 떠올라 채찍질했다. 눈을 질끈 감고, 이를 깨물고, 팔을 저으며 내달렸다.

제방 초입의 주차장에 다다랐다. 좌우를 살피는데 도요타 밴이 스르르 굴러왔다. 조수석 문이 덜컥 열리더니 선글라스가 권총을 빼 들고 날 겨냥했다. 뭐야! 나는 화들짝 놀라 멈칫했다.

"고개 숙여요!"

동시에 총구가 불을 뿜었다. 잠시 시간이 멈춘 느낌.

총구가 다시 불을 뿜었다. 쫓아오던 사내들이 안개 밑으로 사라졌다.

"망호호텔로 갑시다! 시간이 많지 않아요!"

나는 차문이 닫히자마자 가쁜 숨을 고르며 재촉했다. 선글라스가 온몸으로 핸들을 꺾으며 액셀을 밟았다.

화장실의 시체가 발견되는 건 시간 문제. 여기 머물수록 위험성은 커진다. 뱃사공을 너무 믿은 게 아닌지도 후회스러웠다. 함께 날려버릴 걸 그랬나. 지금 후회하면 뭐 해. 젠장. 그렇다면 최선의 방법은? 최대한 빨리 여길 떠날 것! 어찌 됐건 D는 처리했다. 주어진 임무는 완수했다.

아시아나항공에 전화를 넣었다. 밤에 떠나는 비행기는 없었다. 가장 빠른 게 내일 오전 9시 15분발 에어차이나. 그나마 그것도 단체관광객 때문에 만원이었다. 답답해 하던 차에 선글라스가 끼어들었다.

"상해로 가세요. 힘껏 밟으면 두 시간이면 됩니다."

그 생각을 미처 못 했다. 그녀가 처음으로 마음에 들었다.

"사격 솜씨 장난 아니시더군요."

냉소적인 칭찬에 선글라스는 자존심 드센 얼굴로 어깨만 한 번 들었다 내려놓았다.

망호호텔 비상계단을 통해 7층으로 올라갔다. 703호실 문에 카드 키를 밀어 넣자 찰칵 소리가 들렸다. 청소를 막 끝냈는지 실내는 깨끗했고 옅은 방향제 냄새가 났다. 남녀 추리닝이 화장대 위에 개켜져 있었다.

빳빳하게 펼쳐놓은 침대 시트를 보니 돌연 구겨버리고 싶은 충동에 사로잡혔다. 그 하얗고 티끌 없는 평면이 나를 불안하게 만들었다. 침대 끝에 털썩 주저앉았다. 시트에 깊고 검은 주름이 마른 땅 갈라지듯 파였다. 잠시 그렇게 앉아 호흡을 골랐다. 가슴팍은 여전히 시큰거렸다.

옷장을 열어 바퀴 달린 여행가방을 뒤졌다. 대부분이 옷가지였다. 가방 측면에 붙은 주머니의 지퍼를 열자 스프링이 달린 다이어리가 한 권 나왔다. 후루룩 넘겨보았다. 제대로 찾았다. 의뢰인이 그토록 걱정하던 증거물. 가슴 안 깊숙이 찔러 넣었다.

텔로미어…… 텔로미어……. 복도를 걸어 나오며 반복해 읊조렸다. 타월이 가득 실린 카트를 밀고 오던 청소부가 미소로 인사했고 나는 고개를 틀어 외면했다.

　대기는 여전히 희뿌연했다. 서울에서도, 뉴욕에서도 이렇게 짙은 안개는 본 적이 없다. 출발하는 밴의 사이드미러에 호텔건물이 그림자 신전처럼 잡혔다. 다 끝났구나. 그제야 실감났다.

　그때 선글라스가 말을 걸어왔다.

　"목에 걸었던 카메라 어쨌나요?"

　카메라? 나는 파카 주머니에서 은색 디카를 꺼내 흔들어 보였다. 바닥에 떨어뜨렸으나 다행히 부서지지 않았다. 명의 정성이 담긴 선물. 절대 잃어버릴 수 없다.

　"케이스는요?"

　케이스? 맙소사! 딴 일에 정신 팔려 잊고 있었다. 심장이 철렁했다. 케이스 때문이 아니었다. 메모리카드!

　선글라스가 갓길에 급하게 차를 세웠다. 태도가 차갑게 돌변했다. 감추고 있던 예리한 날이 본색을 드러냈다.

　"사장님한테 알려야겠어. 당신 실수 때문에 우리까지 다칠 순 없잖아. 뭐 실력 짱짱한 해결사라고? 당신은 싸구려야. 그리고 걔네들, 아까 소형차 타고 뒤에서 깝죽대던 인간들이야. 그때 알아봤어야 했는데. 칫!"

　여자가 휴대전화를 꺼내 단축키를 눌렀다. 귀 밖으로 가는 신호음이 흘러나왔다. 나는 당황했다. 의뢰인 귀에 들어간다는 건 계약 파기. 그건 곧 명의 작전 실패로 귀착된다.

　어떻게 이 위기를 넘길까. 시간이 없다. 상황을 반전시킬 최대한 빠른 판단을 해야 한다.

발목에 찬 호신용 단도를 뽑아 선글라스 옆구리를 쑤셨다. 컥! 방심하고 있던 여자의 콧등과 입술이 일그러졌다. 칼을 더 깊숙이 박아 넣고 비틀었다. 그 순간 전화가 연결됐다. 의뢰인의 목소리가 다급하게 흘러나왔다.

"여보세요, 여보세요? 어떻게 됐나?"

나는 천천히 그녀의 손아귀에서 휴대전화를 빼냈다.

"접니다. 뉴욕에서 온……."

"당신이 왜 이 전화를……."

"마지막 사내는 깨끗하게 보냈습니다. 그런데 문제가 생겼습니다. 선생님이 보낸 여자가 큰 실수를 했어요. 쓰레기 형사에게 내 소지품을 빼앗겼습니다. 나까지 위험에 몰아넣고 죽어버렸다고요. 상황이 좋지 않습니다."

의뢰인은 끄응 하고 깊은 한숨을 토했다. 나는 이마의 땀을 손등으로 닦으며 살포시 위로했다.

"그렇다고 너무 걱정하진 마세요. 임무는 끝났지만 한 배를 탄 이상 제가 마무리하죠."

후우. 의뢰인이 이번에는 안도의 한숨을 쉬었다. 나는 야릇한 희열을 느꼈다. 순간의 재기로 일단 다급한 불은 껐다.

벗겨진 선글라스가 핸들 밑에 떨어져 있었다. 고개를 돌려 처음으로 그녀의 맨 얼굴을 봤다. 깜짝 놀랐다. 왼쪽 눈알이 없었다.

밴의 앞문이 갑자기 열리더니 선글라스 여자가 총을 겨눴다.

총구의 방향을 확인했을 땐 이미 늦은 것 같았다. 아니 늦었다. 정적을 깨는 단발음. 거의 동시에 앞서 달리던 장이 장난감 병정처럼 픽 넘어갔다. 총구가 이번에는 나를 겨눴다. 나는 무장해제 상태. 사방에 엄호물도 없었다. 본능적으로 길바닥에 엎드렸다. 한 발이 머리맡의 보도블록에 맞고 튕겨 나갔다. 전신이 불길에 그을린 느낌. 오른쪽으로 뒹굴었다. 타탕! 다시 두 발이 발치에 날아들었다. 군대 시절과 형사 시절, 별별 잔혹한 장면을 봐왔지만 솔직히 총격전은 처음이었다. 무서웠다. 전율을 느꼈다.

타이어 마찰음이 공기를 찢었다. 밴이 급하게 안개 속으로 사라졌다. 망할! 총이 있었으면 뒤꽁무니에 한 방 갈겨주련만.

포복으로 장에게 다가갔다. 총알이 머리를 꿰뚫어버렸다. 검은 피가 바닥을 서서히 적시고 있었다. 선생님, 나 말예요, 돈 벌어서 폼 나게 살고 싶었어요. 이런 유치한 유언조차 들을 수 없었다.

일이 걷잡을 수 없이 커져버렸다. 온몸의 맥박이 팔딱거렸다. 총소리를 듣고 사람들이 몰려오겠지. 공안에게 끌려갈지도 모른다. 살인범으로 몰리면 어떡하나. 말도 안 통하는 나라에서 나는 나를 지켜낼 수 있을까.

냉정하게 판단했다. 장은 장, 돈은 돈, 목숨은 목숨. 산 자는 살아야 한다. 혼자라도 살아야 한다. 발딱 일어나 주위부터 둘러보았다. 다행히 CCTV 설치구역은 아닌 듯했다. 오가는 이도 안 보였다.

널브러진 장을 내려다봤다. 악의라고는 없는 인간. 그의 소박한 욕심이 화를 불렀다. 이렇게 허무하게 죽다니…….

일단 시간을 벌어야 했다. 사체의 신원이 밝혀지면 내 존재는 금방 노출된다. 장의 소지품을 다 꺼내 들고 주차장을 빠져나왔다. 6차선 대로가 보였다. 길을 건너 일부러 5분 정도 걸어 내려간 다음 택시를 세웠다. 목적지가 안 떠올라 얼결에 항주 기차역을 댔다. 다행히 기사는 짧은 영어를 알아들었다.

버려두고 온 장의 시체가 계속 마음에 걸렸다. 4년 전, 조폭 칼에 찔려 죽은 양 선배 얼굴이 겹쳐 떠올랐다. 그때도 드라마 같은 상황이라 생각했건만 지금은 그때보다 더했다. 쌍! 주먹을 불끈 쥐고 어금니를 악다물었다.

항주 기차역에 내려 정문으로 들어갔다. 대합실을 둘러보고 화장실에서 소변을 갈기고 후문으로 나왔다. 횡단보도를 건너 인파에 파묻혀 계속 걸었다. 중국은행(中國銀行) 입간판 앞에서 재빨리 뒤돌아보았다. 미행은 없었다. 목숨이 걸린 일이라 행동 하나하나가 조심스러웠다. 의지와 상관없이 나는 어느새 살인용의자가 돼버렸다.

다시 택시를 잡아타고 수첩에 '西湖天地'라고 적어 기사에게 보여주었다. 낯익은 길을 달려, 낯익은 카페 앞에 택시가 멈췄다. 오늘 새벽, 술에 취해 여기서 노래 부를 때까진 행복했는데…….

호수 주위는 평온했다. 섬 안 화장실의 참상이 아직 뭍에 전해지지 않은 모양. 주위를 경계하며 주차해 둔 마티즈에 키를 꽂았다.

시내를 몇 번 돌아 절강대학 도로표지판을 찾았다. 그제야 진정이 됐다. 사건현장을 벗어났다는 안도감. 호흡이 일정해졌고 몸의 떨림도 멎었다. 슬프게도 내 몸은 내가 죄인인 양 반응했다.

30여 분을 헤맨 끝에 대학교 인근 모퉁이의 원룸을 찾았다. 현관문을 걸어 잠그고 상해의 고교 동창 K에게 전화부터 걸었다. 장이 죽었어. 총에 맞았어. 손쓸 틈도 없었다고, 씨팔! 나는 자초지종을 설명했다. 날 엮을 생각 마. 다 너희 둘의 일이다. K의 목소리는 의외로 싸늘했다. 개새끼 돈 좀 벌더니 더럽게 쪼네. 주둥이나 꾹 다물어주라. 서운한 맘에 나는 그렇게 받아쳤다.

컴퓨터를 켰다. 인터넷 사이트 접속기록과 이메일을 삭제했다. 하드디스크도 깨끗하게 비웠다. 공안의 수사 실력을 알 순 없으나 조만간 여기를 덮치리라.

문득 생각나는 게 있었다.

외투 주머니에서 카메라 케이스를 꺼냈다. 메모리카드에 저장된 파일은 모두 마흔두 장. 컵라면에 물을 부어놓고 컴퓨터 스페이스 바를 툭툭 두드렸다. 모니터에서 한 장씩 넘어가는 사진들은 요상하고 섬뜩했다. 왜 이딴 걸 찍었을까. 아무리 개인의 취향이라지만 꼭 보관해야 할 만큼 의미 있는 사진들일까. 카메라 주인, 즉 킬러는 특이 성향의 여자가 분명했다.

첫 번째 사진은 외국의 한 식당. 두 여자가 둥근 테이블에 앉아 어깨동무 포즈를 취했다. 두 번째는 격투기 체육관 전경. 샌드백이 덩그러니 걸려 있는 낡은 도장이다. 마찬가지로 배경이 외국이었다. 다음 장에는 콘크리트 바닥을 뒹구는 검은색 비닐봉지가 나왔다. 그리고 쇼윈도 안에 전시된 의수와 의족, 또 광화문의 망치를 든 거인상이 지나갔다.

다음 사진을 보는데 목구멍에 가시 같은 게 턱 걸렸다. 씹고 있던 면발이 기침과 함께 튀어나와 모니터에 달라붙었다. 아스팔트 위에 내동댕이쳐진 붉은 치마를 입은 여자. 기억난다. 지난 12월 종로, 나는 그 사고현장에 있었다. 시체를 향해 카메라 렌즈를 들이대던, 세상 어리석게 산다고 면박을 주고 싶던 그녀가 킬러였다니. 과거 같은 시각과 장소에 공존했다는 기이함에 섬뜩한 한기를 느낀다.

스페이스 바를 계속 두드렸다. 서점 앞에서 서성이는 최 사장, 뉴욕 마천루와 노을 사진이 흘러갔다. 결혼식장 풍경도 있었다. 키 작은 동양인 신랑과 뚱보 깜둥이 신부. 그 조합이 왠지 위태로워 보였다.

마지막 색 바랜 여자 사진은 예사롭지 않았다. 볼이 두툼하고 입술은 약간 비뚤어지고 머리는 단정하게 묶었다. 그녀의 엄마일까? 갸름한 눈매가 꽤나 닮았다.

문득 궁금하다. 아내를 안 만났다면 내 인생은 어찌 흘러갔을까. 주식투자자가 분신만 안 했어도 달리 흘러갔으리라. 삶이란 어찌 보면 덧셈처럼 단순하고 한편으로는 기하학처럼 복잡하지만, 문제는 내 의지대로 안 움직인다는 것이다. 니미럴.

창가에 밤이 왔다. 벽시계를 보며 장의 짐을 챙겼다. 냉장고와 쓰레기통을 싹 비워 비닐봉지에 담았다. 수건으로 문고리와 컴퓨터 자판과 수도꼭지와 냉장고 손잡이의 지문을 꼼꼼히 지웠다.

담배를 비스듬히 물고 원룸을 나섰다. 이젠 혼자다. 주어진 시간은 기껏 이틀. 그때까지 결론을 못 내면 돈이고 나발이고 무조건 떠야 한다.

피우던 담배를 어둠 속에 내던지고 차에 시동을 걸었다. 가야 할 곳은 명확하다. 사건의 교집합에 민 사장이 있다. 지도를 보며 마티즈를 남산로로 몰았다. 휴보텍 생약연구소 정문이 보이는 곳에 차를 갖다 댔다. 길쭉한 2층짜리 흰 건물, 몇몇 창가에서 불빛이 흘러나왔다. 안전벨트를 풀고 몸을 낮춰 뻗치기에 들어갔다. 길에 버리고 온 장이 두고두고 마음을 걸어찼다.

새 담배를 빼 무는데 정문이 열리고 벤츠 한 대가 튀어나왔다. 민 사장이 직접 운전대를 잡았다.

흔적을 남기는 실수는 살아남은 킬러의 수치!

명이 무능하다고 비웃지나 않을까. 사실 생사의 문제보다 그런 평가가 더 두려웠다. 조용히 메모리카드를 회수해야 한다. 그건 형사와 한판 부딪쳐야 함을 의미한다. 이왕 이렇게 된 일, 겁은 나지 않았다. 갑작스런 상황 변화에 두서없이 허둥대긴 했지만 의지는 집요했다.

마음이 바빠졌다. 형사를 찾을 방도부터 떠올렸다. 총격전 상황을 꼼꼼하게 복기했다. 걔네들, 아까 소형차 타고 뒤에서 깝죽대던 인간들이야. 칫! 생전의 선글라스 목소리가 재생됐다.

남산로의 선착장 앞.

밴 안에 숨어 기다린 보람이 있다. 예상대로 검붉은 얼굴에 짧게 친 머리, 은퇴한 권투선수처럼 다부진 체격에 후줄근한 코트를 걸친 형사가 나타나 주차해 뒀던 황색 마티즈를 몰고 사라졌다. 이제는 내가 쫓는 자다.

형사는 조심성이 많아서인지, 지리를 몰라서인지 시내를 한참 돌다가 대학가 인근의 고급 빌라 안으로 들어갔다. 아지트인 듯했다.

사이드브레이크를 당겨놓고 호텔에서 회수한 다이어리를 운전대 위에 펼쳤다. 미용사는 꼼꼼했다. 날짜별로 세세하게 메모를 해놓았다. 글씨도 여자 필체처럼 또박또박했다. 서술어가 생략됐으나 이해하기 어렵진 않았다.

  1월 24일: 서울에서 첫 미팅. 발탁된 사람은 모두 넷. 계약서에 서명. 시술에 따른 부작용은 전적으로 본인이 책임진다는 부분이 찝찝. 그러나 M사장이 신뢰를 준다. 비밀 준수 재차 당부.

  2월 3일: 믿을 수 없는 사실을 보다. 두 편의 비디오를 보고 내 판단을 확신. 그것은 생명의 기적. 뉴욕 일정 잡힘. 어차피 인생은 짧은 것. 후회는 없다.

  2월 21일: 뉴욕 도착. 사흘 입원. 기본적인 신체검사. 영어가 잔뜩 적힌 서류에 사인.

  2월 27일: 마취 상태에서 깨어나니 이미 이틀 경과. 통증 없었으나 시술과정 기억 안 남. 기분 이상함. 아마도 심리적인 것인 듯. 간호사와 말 안 통해 애먹음.

  3월 4일: 옆 병실에 나이 든 흑인여자. 라틴계도 서너 명. 그들 얼굴에서 미소를 보았음.

  3월 10일: 이상 증후 없음. 의사도 경과 양호하다고 함. 같이 온 사람들과 맨해튼 나들이. 첼시에서 옷 몇 벌 구입. 150달러 주고 산

찢어진 리바이스 맘에 듦. 카페에서 흑맥주. 다음 주 귀국 예정.

.

.

7월 14일: 뉴욕에 같이 간 J, 설악산의 호텔에서 죽은 채 발견. 혹시? 그럴 리 없다. 단순 심장마비일 것이다.

9월 2일: 어제 저수지에서 S시체 떠오름. 뉴욕 동행자 중 둘이 사망. 분위기 수상. M사장에게 연락. 웃어넘김. 그러나 뭔가 미심쩍다. 다행히 몸에 부작용 없고 가벼워진 느낌.

12월 3일: 서점 운영하는 C사장, 극장에서 총 맞아 죽음. 의심할 여지없음. 무섭다. 대체 무슨 일이 벌어지고 있는 걸까. 내가 선택할 길은. 돈? 목숨? 당하고 있을 수만은 없다. 이판사판 인생.

12월 5일: M사장에게 편지 보냄. 내 제안을 받아들일지 의문. 미용실은 빠른 시일 내 그만둘 수밖에.

메모는 거기까지였다. M사장은 당연히 의뢰인 민 사장을 의미했다. 다이어리 뒷장에는 사진이 한 장 끼워져 있었다. JFK공항에서 찍은 네 명의 낯익은 얼굴들. 짧은 숨을 훅 내쉬며 다이어리를 덮었다.

생명 연장…….

허황되고 미련한 꿈이었다. 설사 과학적으로 가능한 일이라 하더라도 이 힘든 세상 뭐 그리 오래 살고 싶었을까. 첫 번째 사내는, 두 번째 사내는, 세 번째 사내는, 마지막 사내는 수명에 집착할 만큼 이 땅의 삶이 재미있었던 걸까. 나의 엄마는 주어진 생명도 다 소진하지 못했거늘. 그리고 아이러니하게도 그 생명 연장의 꿈이 그들을 죽음으로 몰아넣었다.

어둠이 깔릴 무렵, 형사가 다시 모습을 드러냈다. 영영 떠나는 사람처럼 큰 짐을 트렁크에 던져 넣었다. 마티즈는 여러 번 길을 잘못 들었다가 호반의 흰 건물 앞에 멈춰 섰다. 후미등이 꺼졌으나 형사는 내리지 않았다.

며칠 전에 와본 낯익은 건물. 나도 적당히 떨어진 갓길에 차를 세우고 상황을 예의 주시했다. 비린 피 냄새가 코로 스며들었다. 뒷좌석 바닥을 봤다. 신문지 아래, 심장이 멎은 선글라스가 잠들어 있다. 여전히 궁금했다. 그녀의 정체는? 눈알은 어디서 잃어버린 걸까?

수십 개의 홍등이 내걸린 굽은 골목을 걸었다.

항주 외곽 지역의 정교촌(丁桥村). 길 여기저기 쓰레기더미가 악취를 풍기고 곤궁한 가게들이 늘어선 오래된 동네였다. 오늘은 무슨 잔칫날인지 전통 복장을 한 주민들로 복작댔다. 민 사장을 시야에서 놓칠까 괜히 조급해진다.

앞서서 바쁜 걸음을 걷던 민 사장이 2층짜리 붉은 벽돌건물 안으로 사라졌다. 계단 입구에 무림정신소(武林征信所)라는 팻말이 걸려 있다. 백열등 불빛 아래 사람 그림자가 창가에 어른거렸다. 분위기로 판단했을 때 홍신소나 인력공급업체 같았다. 민 사장은

10분쯤 후 사무실을 내려와 되돌아 걷기 시작했다.

눈치 안 채게 뒤를 밟으며 민 사장에게 전화를 걸었다. 전화를 받지 않아 여러 차례 재발신 버튼을 눌러야 했다. 마침내 저음의 쉰 목소리가 들려왔다.

"누구요?"

"안녕하십니까. 황입니다. 오늘 큰 사고를 치셨더군요. 쬐끔 걱정이 돼서 말입니다."

능글거리는 목소리로 나는 한껏 이죽댔다. 민 사장은 바짝 경계심을 품었다. 걸음을 멈추고 한쪽 손으로 귀를 막았다.

"뭔 말이오? 우리 거래는 끝난 걸로 아는데."

"그야 압죠. 뭐 관광이나 즐기려고 항주에 죽치고 있습니다."

"신사는 못 되는 양반이군."

"호호, 비리 짭새가 하루아침에 개과천선하겠습니까. 그렇게 따지면 사장님이 서울에 계신 척 연기하는 것도 매너 있는 행동이라고 할 수 없지요. 오늘 안개 죽여줬지 않습니까?「카사블랑카」 마지막 장면 같던데."

전화 저편에서 가는 숨소리만 잡음처럼 흘렀다. 그러다 한순간 반말이 튀어나왔다.

"너 지금 협박하냐? 프로가 아니라 완전 호래자식이로군."

"아이고, 서운합니다. 협박이라뇨. 사장님이 직접 하신 일도 아닌데 뭐 큰일이야 있겠습니까. 다만 제가 사건의 전말을 알고 있고 재밌는 사진도 몇 장 가지고 있으니 공안에 전화 한 통 때려볼까 합니다. 전 경찰이었잖습니까. 불의는 그냥 못 지나치는 성미라서. 호호……. 게다가 데리고 다니던 놈이 죽어버렸습니다. 사장님이 고용한 애들한테요. 개 집에 위로금이라도 한 뭉치 던져야 입막음이 되지 않겠습니까? 이건 엄연한 살인사건입니다. 그러기 전에 사장님께 상의를 드리는 게 예의가 아닌가 해서."

"당신이 중간에서 훼방 놨다고 들었는데? 그러게 왜 끼어들어! 덕분에 우리 쪽도 한 명 죽었다고. 그 뒤처리 때문에 어딜 다녀오는 길이야. 지금 머리가 복잡해 터질 것 같아. 젠장."

"그쪽 사정은 제 알 바 아니고 제가 본 사실만 말씀드리는 겁니다."

"계약은 끝났잖아!"

나는 바로 맞받아쳤다.

"그러니 내 비위 건들지 말았어야지!"

민 사장은 멈칫했다. 팽팽한 침묵이 흘렀다. 갑자기 전화기에서 노랫소리가 흘러나왔다. 고개를 들어 전방을 살폈다. 아이들 한 무리가 큰 소리로 합창하면서 민 사장 곁을 지나고 있었다. 동요 같기도 성가 같기도 한, 단순한 리듬이 반복되는 노래였다. 묘한 두근거림이 일었다.

민 사장은 전화기를 오른손으로 바꿔 쥐고 다시 걷기 시작했다. 노래하는 아이들이 내 쪽으로 다가왔다. 나는 당황해 손바닥으로 휴대전화를 막고 담벼락에 바싹 붙어 섰다. 민 사장이 퉁명스럽게 말했다.

"원하는 게 뭐야?"

"좀 크게 쓰셔야겠습니다. 대신 평생 주둥아리에 재봉틀 박겠습니다. 불알 두 짝 찬 놈으로 그것만은 약속드립죠."

"그걸 어떻게 믿어?"

"안 믿어도 할 수 없고, 뭐."

"당신을 믿고 중국에 보낸 게 실수였어. 내가 잔머리를 너무 굴렸어. 그런 식으로 처리하는 게 아니었는데……. 뒤통수나 치는 비겁한 새끼."

"그야 사장님이 판단하신 일입죠."

민 사장은 끙끙거리며 침중한 어조로 말했다.

"좋아. 구체적으로 말해. 딱 한 번뿐이야."

"흐흐, 당연합죠. 원하는 바는 간단합니다. 미용실 사내에게 줄 돈가방을 저한테 넘기시면 됩니다. 배달방법은 다시 연락드리죠."

민 사장은 어깨를 늘어뜨린 채 골목을 빠져나갔다. 따라가려다 그만두었다. 굳이 무리할 필요가 없었다. 희열로 가슴이 벅찰 줄 알았는데, 심장이 벌렁벌렁댈 줄 알았는데 그냥 담담했다.

과욕이 불행을 부른다. 그 교훈을 나는 잘 안다. 민 사장을 두 번 협박하는 일은 없으리라. 죽는 날까지 비밀을 가져가리라. 그게 내가 사는 길이다. 내일 오전 첫 비행기로 날아버리면 만사 오케이. 그제야 가슴이 쿵쾅거렸다.

안개가 서서히 도시를 빠져나가고 있었다. 마티즈를 세워둔 공터를 향해 걸으며 밤하늘을 올려다봤다. 별은 하나도 없었다.

"움직이지 마!"

어둠을 꿰뚫는 단호한 명령. 내 목소리는 자신감에 차 있다. 차

문을 열려던 형사가 그 자리에 굳어버렸다. 천천히 얼굴을 돌리며 나직이 내뱉었다.
"누구냐?"
나는 대답 대신 엄지로 베레타의 안전장치를 풀었다. 딸깍. 그 소리를 듣고 형사의 상체가 움찔했다.
동네 어귀 공터에는 폐타이어와 철근, 목재더미가 곳곳에 쌓여 있었다. 거기다 여기저기 무질서하게 주차된 차량들. 방범등 하나 없어 음울한 범죄현장을 연상시켰다. 저 멀리 골목길을 따라 내걸린 홍등이 하나의 선이 되어 옅게 비칠 뿐이었다.
형사와의 거리는 대략 4미터. 밑동이 굵은 고목의 그림자 속에 숨어 표적을 조준했다. 나는 형사의 윤곽을 볼 수 있지만 빛을 등진 형사는 나를 전혀 볼 수 없다.
"머리 위로 손 올려."
어정쩡한 자세로 서 있던 형사가 순순히 지시에 따랐다. 얼굴 표정을 서로 못 본다는 게 이럴 땐 도리어 편하다. 절제된 감정으로 담담하게 처리하리라.
"꼭 찾아야 할 물건이 있어. 난 당신이 그 물건을 가지고 있다고 확신해. 묻는 말에 대답……."
"민 사장이 고용한 킬러로군. 한국인인가?"
형사가 허연 입김을 뿜으며 말을 잘랐다. 대범한 척 호기를 부려도 목소리가 살짝 떨렸다.
"묻는 말에만 대답해. 내가 찾는 건……."
형사가 다시 말허리를 잘랐다.
"아시오? 우리가 벌써 세 번이나 만났다는 걸."

이건 무슨 소린가. 저자와 세 번이나 봤다고? 언제, 어디서, 왜 만났단 말인가.

"혹시 지난겨울에 말요, 대구에 다녀오지 않았소?"

나는 시체처럼 누워 사흘을 보낸 중급호텔 침대를 떠올렸다. 지독히 추웠다는 기억만 남아 있는 갑갑한 여행지.

"참, 종로에서도 스쳐갔더군. 인연이 어찌 이리 묘한지."

나는 그 말뜻을 이해할 수 없었다. 여전히 감이 잡히지 않았다. 억센 말투가 다시 날아왔다.

"빨간 치마를 입은 멋쟁이 아가씨였는데 참 안타깝더라고. 죽은 사람 얼굴도 아름다울 수 있다는 걸 처음 알았소. 교통사고 말이오."

붉은 치마? 교통사고? 그 말을 듣는 순간 의문이 온수에 설탕 녹듯 풀렸다. 입을 아, 벌렸다. 총을 쥔 손이 부들거렸다. 우리가 이미 과거의 같은 시각, 같은 장소에 존재했다는 기이함. 땀 한줄기가 등골을 타고 흘러내렸다.

"당신이 찾는 물건이 이게 아닐까 싶소만."

형사가 대범하게 오른손을 허리께까지 내렸다.

"멈춰!"

지시를 무시하고 형사가 바지 주머니 속에 손을 쑥 집어넣었다.

"멈추라니깐!"

방아쇠를 당겼다. 쨍! 마티즈의 오른쪽 헤드라이트가 깨졌다. 형사는 화들짝 놀라면서도 무언가를 꺼내 내 쪽으로 던졌다.

나는 시선을 정면에 고정한 채 천천히 무릎을 굽히고 앉아 손으로 흙바닥을 더듬었다. 메모리카드가 분명했다.

"저장된 사진은 다 그대로 뒀소이다."

형사는 칭찬을 기대하는 학생처럼 덧붙였다.

"설마 카피해서 당신 컴퓨터에 심어놓은 건 아니겠지?"

"이봐, 아가씨. 당신 사생활 따윈 관심 없소. 나는 내 목숨과 돈만 지키면 돼. 그건 당신도 마찬가지 아니요? 어차피 목숨 내놓고 사는 판에 우리끼린 이렇게 총 겨눌 필요 없잖소."

"그건 내가 하고 싶은 말이야. 서호에서 왜 날 뒤쫓았지? 날 붙잡아 의뢰인 협박하고 한몫 뜯어낼 심산이었나? 아님 그 잘난 형사 본능이 발동하셨나? 의뢰인 뒤통수나 치는 인간을 어떻게 믿어? 쓰레기 형사양반!"

말문이 막히는지 형사는 침묵했다. 쉬이잉. 쇠톱 울음 같은 음산한 소리를 내며 강풍이 불었다. 머리 위 나뭇가지가 흔들렸다. 바닥의 마른 잎이 휩쓸려 일어났다. 손등이 얼어 총을 왼손으로 바꿔 잡았다.

그때 어디선가 웅성거리는 소리가 들렸다. 소리가 점점 커졌다. 아이들 한 무리가 노래를 부르며 공터로 몰려왔다. 행여 들킬까 나는 숨을 죽였다. 형사도 자세를 낮추고 두 다리를 벌린 채 움직임을 멈췄다.

전방의 승합차에 애들이 소란스럽게 올라탔다. 시동이 걸렸다. 헤드라이트가 번쩍 켜졌다. 순간 정면에서 쏘는 불빛이 내 두 눈을 찔렀다. 하얀 빔은 점점 강해졌다. 시야를 완전히 상실했다.

실눈을 떴을 땐 벌써 육중한 형사가 허공을 날아왔다. 빨랐다. 마치 먹잇감을 덮치는 치타처럼. 어찌 대응할지조차 판단 안 설 정도로 순식간의 일. 나는 방아쇠를 마구 당겼다.

처음에는 외지인의 금품을 노리는 깡패려니 했다.

그래서 그냥 지갑만 털어주고 보내버리자 싶었다. 그러나 어둠 속의 여자는 한국어를 했고, 총을 지녔고, 살기를 뿜었다. 민 사장이 고용한 킬러였다.

총구멍이 뚫린, 뇌수가 흐르는 장의 두개골이 생생하게 오버랩 됐다. 정신이 번쩍 들었다. 온통 살아야겠다는 생각. 목숨이 간절해지기 시작했다. 대박이 눈앞인데 여기서 뒈지면 너무 허망하다. 혀로 이빨 끝을 문질렀다. 여전히 까칠했다. 막판까지 꼬이는 인생이라니. 개지랄.

여자는 나무 그림자 안에 숨어 총을 겨누고 있다. 언제 총알받이가 될지 모른다는 공포. 안대를 쓴 사형수의 심정이랄까.

그러나 한 가지는 확실했다. 목적을 가지고 있는 만큼 금방 쏘지는 않을 것이다. 그리고 그 목적은 아무래도 메모리카드 같았다. 거기에 실린 그녀와 그녀 주변 사람들의 얼굴이 알려질까 두려운 것이다. 어떤 식이든 시간을 끌어야 한다. 나는 서서히 압박해 가는 방법을 잘 안다. 으르고 달래서 이야기의 방향을 튼 다음 방심한 틈을 노려야 한다. 영하의 날씨라 총을 쥔 손은 금세 감각이 둔해질 것이다. 자극적인 맞대응은 절대 금물.

그런 생각을 하고 있는데 세상 모르는 여자가 속을 뒤집어놓는다.

"의뢰인 뒤통수나 치는 인간을 어떻게 믿어? 쓰레기 형사양반!"

어린 계집한테 받는 모욕은 목숨 구걸보다 더한 수모. 기분 더러웠다. 낯이 뜨겁게 달아올랐다. 차라리 어두워서 다행이었다.

갑자기 여자를 붙잡고 싶어진다. 무릎을 꿇려 사과를 받고 싶어진다. 늘 그렇듯 충동적이다. 술에 절어 살았어도 계집애 하나 제압 못 할 정도로 약해지진 않았다. 나는 강력계 형사였다. 온몸이 일어서는 긴장감. 신경이, 근육이, 뼈마디가 꿈틀댄다.

여자의 목소리로 방향과 거리를 가늠했다. 1시 방향으로 세 발짝 정도. 쉽지는 않겠지만 충분히 해볼 만하다. 타이밍 싸움이다. 촉수를 세우고 두 발을 벌리고 서서 기회를 노렸다.

음산한 소리를 내며 강풍이 스쳐갔다. 뒤쪽에서 애들 떠드는 소리가 들렸다. 차에 오르는 소리가 들렸다. 시동 거는 소리가 들렸다.

동시에 헤드라이트가 번쩍였다. 여자 얼굴이 환하게 드러났다. 사냥꾼의 급습에 당황한 토끼처럼 겁에 질린 백지장의 얼굴. 불빛을 피해 눈을 찡그렸다. 내 몸은 본능적 판단에 따라 저절로 움직였다. 두 발짝을 뛰어, 세 발짝째 다이빙하듯 날았다. 여자의 상체를 덮쳐 그대로 밀면서 자빠뜨렸다. 성공했다는 안도감을 느끼는 순간, 총성이 연달아 울렸다. 흡! 통증이 오른쪽 허벅지를 관통했다. 몸 깊은 곳에서 열이 확 올라왔다.

상해로 향하는 첫차가 고속도로를 달린다.

새벽이다. 차창에 단발인 여자 얼굴이 투영됐다. 죽은 미용사가 자른 예쁜 커트는 그새 어정쩡한 길이로 자랐다. 더 길러야 할까, 잘라야 할까 고민해야 할 딱 그 길이.

두 눈동자가 두 눈동자를 노려본다. 동공은 광채를 잃었다. 죽은 자의 부패한 눈알 같다. 날 이토록 오래 쳐다본 적이 있었던가. 자기가 가장 무서울 땐, 자기가 낯설어 보일 때. 고개를 틀어 회피한다.

고속버스 뒷좌석에 퍼져 앉은 나는 적에게서 도망치는 패잔병. 최하위 레벨에도 못 끼는 무능한 킬러. 최악의 드라마를 찍고 떠난다. 나약함과 우둔함에 속상함을 넘어 분노를 느낀다. 내 머리통에 총구를 대고 방아쇠를 당기고 싶은 심정이다. 지난밤의 잔혹사가 다시 뇌리에서 살아 날뛴다. 기억하기 싫은 기억일수록 더 또렷해진다.

형사는 겁을 모르는 저돌적인 사내였다. 날 덮치자마자 팔꿈치로 가슴팍을 내리찍었다. 퉁퉁한 몸이 그토록 날렵하리라곤 상상 못 했다. 내 배에 올라앉아 두 팔목을 움켜잡고 취조하듯 물었다.

"네 인생도 참 불쌍타. 몇 살이나 먹었나?"

거액의 현상금이 붙은 살인범을 체포한 양 말투가 희열에 차 있었다. 그는 벗어날 수 없는 태산처럼, 차돌처럼 높고 단단했다. 나는 눈을 감고 더듬거렸다.

"잘난 체 말고 그냥 날 쏴."

힘없는 목소리가 바람에 흩어졌다. 삼키지 못한 침이 입 주위로 흘러내렸다. 형사가 피식 웃었다.

"주둥이는 아직 살았구나. 걱정 마. 난 사람 안 죽인다. 이래 봬도 경찰이었어. 알잖아."

형사는 입술을 비틀며 내 얼굴을 빤히 내려다봤다. 아물지 않은 옛 상처라도 떠올린 걸까. 갑자기 뭔가에 북받친 듯 크흐흐, 애매한 탄식을 뱉었다. 웃음도 울음도 아니었다. 붙잡고 있던 내 손목을 풀었다. 허리를 펴고 일어나더니 바지를 툭툭 털고 코트 깃을 세웠다. 도망가려면 가보라는 식으로 한 발짝 비켜섰다. 총알이 스친 듯 한쪽 다리를 살짝 절뚝였다.

"다시 내 앞에 얼굴 내밀지 마. 그 실력으로 나다닐 생각도 말고. 진짜 야쿠자라도 만났다면 넌 분쇄기에 갈려서 물고기 밥으로 뿌려졌을 게야."

나는 두 손으로 땅을 짚고 무릎을 꿇은 채 꿀꺽 침을 삼켰다.

"흑백 사진 속의 여자는 누구냐? 입술 삐뚤어진 여자 말이다. 네 엄마라도 되냐? 맞나 보네. 까놓고 말해 그 여자 때문에 보내주는 거다. 평생 가슴 아파할까 봐. 자식이 어미보다 먼저 죽는다면 비극이지. 물론 제 딸년 못 떼어내 안달하는 여자도 있다만…… 그냥이다. 씨팔. 나 원래 그런 놈 아닌데. 너 오늘 정말 재수 땡잡았어. 내 맘 변하기 전에 가라. 다시 보지 말자. 알았냐? 너 하나 날린다고 내 인생 뭐 달라지겠니. 씨팔."

형사의 뇌까림 속에는 원망과 체념이 교차했다. 꼭 나를 향해 말하는 것도 아니고 제 안으로 삭이는 것도 아니었다. 뜻밖의 행동이 기묘하게 느껴졌다. 행여 마음이 바뀔까 용기를 내 곁을 지나가는데 거친 목소리가 다시 붙들었다.

"민 사장에게 전해. 신뢰는 신뢰에서 나온다고."

나는 무언가에 잔뜩 짓눌린 기분으로 뛰었다. 뒤통수가 뜨거웠다. 머리채가 통째로 뜯기고 몸 안의 피가 공기 중으로 증발할 것 같은 공포. 더 빨리 나아가고 싶었지만 몸은 한없이 느리다. 발걸음은 리듬을 잃어 따로 놀고, 두 눈은 검은 허공을 헤맨다.

명의 경고가 다시 스쳤다. 넌 천성이 여려. 그 우유부단함이 언젠가 일을 망칠 거야. 낭만이니 추억이니 하는 것들은 사람을 나약하게 만들지. 감정을 거세시켜. 그게 널 지키는 길이다.

나는 충고를 또 거슬렀다. 사진 파일을 왜 지우지 않았던가. 뭘 그리 자랑하고 싶었나.

슬며시 뒤돌아봤다. 어둠 속의 형사는 보이지 않았다. 왜 날 그냥 보냈을까? 호전적이던 인간이 일순간 돌변했다. 정말 엄마 사진 때문일까? 명의 충고는 어쩌면 그에게도 적용되리라.

차창 밖으로 동이 텄다. 농촌 풍경이 미끄러지듯 밀려 지나갔다. 불과 30분을 달려왔을 뿐인데 사방은 전혀 다른 분위기. 떠나온 항주는 신천지였다. 10분, 10분을 달릴수록 경제발전의 속도는 1년, 1년씩 퇴보했다. 추수가 끝난 논바닥은 황량하고 간간이 스쳐가는 마을 구옥들은 폐병 걸린 노인네들만 남은 폐광촌을 연상시켰다.

터미널에서 산《항주일보》를 펼쳤다. '서호 화장실에서 남녀 시체 발견'이라는 제목으로 기사가 크게 났다.

단순 사실만 전할 뿐 공안의 수사 상황에 대한 내용은 안 보였다. 검열이 심한 이 나라 특성상 신원 파악을 못 한 것인지, 누락된 것인지는 판단이 안 선다.

상해 포동(浦東)공항.

대기시간 없이 아시아나항공의 인천행 티켓을 구했다. 허공을 둥둥 떠가는 비행기 안에서도 불안의 끈을 놓을 수 없었다. 이 모든 사실을 명에게 보고해야 할까. 그럴 순 없다. 나에 대해 실망할 것이다.

목이 탔다. 태극기와 오성홍기 표찰을 가슴에 단 중국인 스튜어디스가 건네는 생수를 단번에 들이켰다. 허리를 쭉 펴고 눈을 감고 긍정적으로만 생각하려 애썼다.

마침내 기장의 착륙 안내방송이 흘러나왔다. 뚜, 뚜, 뚜, 뚜. 규칙적인 신호음. 고막이 막혀버린 양 먹먹했다. 머리가 어질어질했다. 형사 팔꿈치에 찍힌 가슴이 심하게 시큰거렸다. 호흡이 곤란할 정도였다. 아무래도 단순 타박상은 아닌 모양이다.

기체가 지상으로 뚝뚝 떨어졌다. 발밑의 거대한 활주로. 내가 태어난 나라인데도 반갑지 않았다. 일을 끝내도 개운하지 않았다. 여러 이질적 감정들이 묘하게 공존했다. 나락으로 떨어지는 기분. 아…… 아…….

순간 바퀴가 출렁거렸다.

인천공항을 빠져나오는데 휴대폰이 울었다.
"정혜진 씨 교통사고로 사망하셨습니다."
항주에서 에어차이나를 타고 도착한 시간이 12시 20분쯤. 수화물 벨트컨베이어에서 짐을 찾아 자동문을 막 통과하는 찰나였다. 나는 카트를 멈추고 전화를 받았다. 나이 든 여경의 목소리는 한

치의 빈틈도 없이 사무적이어서 어떤 질문도 할 수 없었다.

오늘 새벽, 아내가 몰던 차가 올림픽대로 커브길을 달리다 중앙선을 넘어 마주 오던 승합차와 충돌했다. 에어백은 터지지 않았고 그녀는 그 자리에서 숨졌다. 원인은 브레이크 파열. 흔하디흔한 교통사고였다.

휴대폰을 귀에 댄 채 공항청사 위 하늘을 올려다봤다. 시야가 트여 무척 파랬다. 국적을 알 수 없는 비행기 하나가 토끼구름 위를 검은 새처럼 날아갔다.

기분이 묘했다. 가슴이 철렁 내려앉거나 특별히 슬프거나 하진 않았다. 그냥 뭔가가 허했다. 좋든 싫든 8년을 살았다. 그런 사람이 현실에서 사라진다는 건 어쨌든 낯선 일. 그 낯설음보다 나미에게 어떤 식으로 엄마의 죽음을 알려야 할까, 그 걱정이 더 앞섰다. 눈에는 어느새 눈물이 맺혀 있었다. 놀랐다. 의지와 상관없이 흐르는 눈물이라니. 한참을 그 자리에 서 있어도 현재의 내 감정에 대해 어떤 결론도 내릴 수 없었다. 그새 토끼구름의 위치가 조금 옮겨졌고 국적 불명의 비행기는 시야에서 사라졌다. 허벅지가 따끔거렸다. 그 얕은 통상이 현실 상황임을 일깨워주었다.

빈소는 대학병원 장례식장에 차려졌다. 잡다한 일은 대행업체가 알아서 처리했다. 처제가 영정 앞에서 심하게 흐느꼈을 뿐 특별한 사건은 없었다. 그 와중에 저승의 아내에게 미안하게도, 블랙 투피스를 입은 처제가 죽여주게 섹시하다고 생각했다.

나미는 한쪽 귀퉁이에 엎드려 바비인형의 옷을 입혔다 벗겼다 했다. 엄마의 죽음을 실감 못 하는 건지, 제 딴에는 슬픔을 이겨내기 위한 행동인 건지 가늠할 길 없었다. 어떻게 소문을 듣고 옛 동료들이 하나둘씩 다녀갔다.

"자네에게 안 좋은 일이 너무 많네."

간살쟁이 반장은 아직도 직장 상사인 양 주둥이를 놀리며 내 어깨를 두드렸다.

조 경감이 깊은 밤 슬그머니 나타났다. 그는 딴 사람보다 더 많은 부의를 하고 더 오래 머리를 조아려 절을 했다. 날 바라보며 슬픈 표정을 지어 보였다. 시간이 흘러도 변한 건 없었다. 정말이지 저 인간의 낯가죽을 도려내고 싶다. 그가 의례적인 대사를 던졌다.

"황 형사, 상심이 크더라도 힘을 내."

황 형사? 흐흐, 듣기 역겨웠다. 나는 그에게 조용히 다가가 귓구멍에다 한방 먹여주었다. 나직이, 웃으며, 마디를 끊어서.

"좆 까."

조 경감의 시뻘건 얼굴을 보니 맘고생의 체중이 좀 씻겨 내려갔다. 너무 통쾌해 혼자 화장실 변기에 앉아 실실 웃었다. 상주가 조문객 앞에서 웃음을 흘릴 수는 없는 노릇.

화장을 치르고 나니 몇몇 행정절차와 잡다한 일들이 꼬리에 꼬리를 물고 괴롭혔다. 나는 까칠하게 방치된 맨 얼굴로 그것들을 처리해 나갔다. 그리고 세 명의 남자를 차례대로 만나야 했다.

맨 먼저 교통조사계 소속 경찰이 다녀갔다. 나는 제복을 벗었지만 분명 그들의 패밀리. 초짜 순경은 선배님, 의뢰적인 질문입니다를 수차례 반복하고 진짜 의례적인 질문만 던지고 갔다.

아내가 가입한 생명보험회사 사고조사원은 키가 크고 핸섬한 데다 눈빛이 날카로웠다. 흰 와이셔츠 위의 붉은 넥타이가 묘한 경계심을 일으켰다. 시시콜콜 캐물으며 연신 수상쩍다는 눈빛을 날린다. 한 건 해내겠다는 의지가 눈에 보일 정도였다.
"아무래도 이상하단 말입니다. 브레이크, 그게 말입니다. 그렇게 쉽게 터지지 않습니다."
나는 지쳐 있었다. 대책 없이 깐죽대는 걸 듣고 있자니 속이 뒤집혀 버럭 소리를 질렀다.
"보슈! 죽은 사람 갖고 장난치지 맙시다."
살기가 밴 고함은 바로 분위기를 압도했다. 강력계 형사에게 이 정도 액션은 예삿일이다.
"나는 아직 아내를 잃은 슬픔에 있소. 그리고 사고가 났을 때는 일 때문에 중국에 갔었고. 그리고 브레이크가 의심스러니, 그딴 말은 내뱉지도 마쇼. 이런 일은 증거로 말해야 하는 거 아뇨? 보험사 일이 애들 소꿉장난도 아니고. 씨팔, 당신네 사장 만나서 얘기해 보리라."
주먹으로 탁자를 내리쳤다. 핸섬한 조사원의 안색이 하얗게 질렸다. 고개를 갸웃하면서도 수억 원의 생명보험금 수혜자 앞에 어떤 증거도 내밀지 못했다.
인생은 참 아이러니야. 이런 경우를 두고 하는 말 같았다. 아내는 실적을 올리려고 자신의 이름으로 보험을 여럿 들어두었다. 나는 사고가 있고 나서야 그 사실을 알았다. 보험사에서 의심할 만도 했다. 사망시 수익자는 그냥 법정상속인이었다. 그때 다른 놈팡이가 생각 안 났던 걸까? 하다못해 나미 이름이라도 적어놓던지. 하긴 자신의 죽음을 전혀 예감 못 했겠지. 왜 몰랐을까. 그렇게 한 치 앞도 안 보이는 게 인생인 것을.
세 번째 남자를 만났다. 놈은 약속시간보다 10분 늦게, 왼쪽 팔목에 깁스를 한 채 광화문의 한 호텔 커피숍에 나타났다. 아주 질이 나쁜 새끼. 이놈에 비하면 앞의 둘은 양반이다.

미로처럼 가지를 뻗은 재래시장 샛골목.
눈이 녹으면서 길바닥은 구정물로 질척거렸다. 다닥다닥 들러붙은 키 낮은 간판을 10여 분째 훑고 있다. 찌르릉 벨소리에 뒤돌아보니 과일상자를 무리하게 쌓은 짐자전거가 길을 틔워달라고 아우성이다. 생선전의 비린내와 대폿집에서 파전을 붙이는 식용유 냄새가 코를 찔렀다. 유쾌하지 않은 냄새가 또 날 불안하게 만든다.
골목길 끝에 섰다. 주머니에서 메모지를 꺼내 친척언니가 불러준 상호를 다시 확인했다. 미진분식. 제대로 찾았다. 분식점은 눈앞에 있었다. 가슴이 콩닥거렸다.
용기를 내 들어가 보기로 했다. 내가 피해야 할 이유는 없었다. 당당하게, 도도하게, 냉소적인 미소를 머금고 그 사람 앞에 서야 한다.
점심시간이 지나서인지 십여 개의 테이블 중 두 자리에만 손님이 앉았다. 주위를 살피며 구석에 자리를 잡았다. 홀에도 주방에도 그의 모습은 보이지 않았다. 맥이 탁 풀렸다.
"주문하시겠어요?"
중년의 여자가 플라스틱 물컵을 탁자 위에 올려놓았다. 그녀 얼굴을 빤히 올려다보았다. 꾸미지 않았지만 근본이 고운 얼굴이었다. 키가 크고 콧대는 높고 목소리는 부드러웠다. 이마를 다 드러낸 쪽진 머리는 식당일에 어울리지 않게 귀태가 폴폴 났다. 그렇지만 나쁜 여자다. 아주 질이 나쁜 여자. 남의 남편을 홀린 여우 같은 계집.

만둣국 한 그릇을 다 비울 때까지 그는 나타나지 않았다. 더 기다려볼까 하다가 계산을 치르고 분식점을 나섰다. 운명이려니, 이게 운명이려니 생각했다. 언젠가는 만나겠지. 못 만난다고 해도 할 수 없고. 차라리 잘됐다. 괜한 만남으로 엄마 생각이 더 사무칠까 솔직히 두렵기도 했다.

시장통을 걸어 나오는데 오토바이 엔진 소리가 났다. 잡아끄는 어떤 힘에 저절로 뒤돌아보았다. 아! 거기 그가 있었다. 은색 철가방을 들고 분식점 안으로 들어갔다.

정확히 5년 만이다. 엄마의 장례식에도 안 나타났던 남자. 머리숱이 눈에 띄게 줄었고 어깨가 구부정하고 더 늙어 있었다. 그도 이제 쉰 살이 넘었다. 이렇게 후미진 동네에서 식당이나 하려고 모녀를 내팽개치고 달아났나.

의외로 그는 활기차게 움직였다. 야채상자를 번쩍 들어 주방으로 나르고 서빙을 하고 주문전화를 받고 배달을 다녀왔다. 짬이 나자 자판기에서 커피를 두 잔 뽑아 카운터의 여자와 마셨다. 여자가 농담을 했는지 계산대에 두 팔을 괸 채 잇몸이 드러날 만큼 크게 웃었다. 그 모습이 노망한 영감처럼 추했다. 그만 해, 제발! 내가 속으로 외칠 때마다 그는 커피를 홀짝이며 더 크게 웃었다.

참을 수 없었다. 그들을 쏘아보며 분식점 간판 밑에 적힌 번호로 전화를 걸었다. 감사합니다, 미진분식입니다. 카운터의 여자가 차분하게 전화를 받았다. 나는 바로 끊어버렸다. 여자가 머리를 갸웃거렸다. 재발신 버튼을 눌렀다. 여자가 받으려는 걸 그가 수화기를 낚아챘다. 예, 미진분식입니다. 아, 저음의 굵직한 목소리, 잊을 수 없는 그 목소리.

"뒈져버려!"

나는 발악하듯 고함쳤다. 그가 히뜩 내 쪽을 쳐다본 것 같았다. 나는 도망치듯 재래시장 샛골목을 달렸다. 흰 운동화에 구정물이 튀어 올랐다. 볼을 타고 가는 눈물이 흘러내렸다.

미치겠다. 그가 행복해 미치겠다. 차에 치여 콱 뒈지던지, 중풍에 걸려 똥오줌 질질 싸지 않고 왜 행복하냐고! 엄마는 저승에서 대체 뭘 하는 거야!

큰길이 나오자 걸음을 멈추고 손끝으로 눈물을 훔쳐냈다. 호흡을 가다듬었다. 그 순간 참으려 했는데도 더 굵은 눈물이 폭포수처럼 쏟아졌다. 멈추려 해도 멈출 수 없는 지경. 꺼이꺼이 숨을 쥐어짜며 통곡했다. 행인들이 날 쳐다봤다. 붕어빵 가게 총각도, 신문가판대 아줌마도, 핫도그를 든 유치원 꼬마도.

나는 두 주먹을 쥐고 고개를 떨군 채 인도 한가운데 서 있었다. 세상은 분명 잘못됐다. 어떻게 그 인간이 행복할 수 있는가. 권총을 가져왔더라면 그의 숨통을 끊어버렸을 텐데. 만약 그럴 용기가 없다면 내가 죽어버리는 건데. '교통사고 다발지역'이란 노란 팻말 앞에서 달려오는 차 앞으로 뛰어들면 그만인 것을.

횡단보도 신호등이 붉은색으로 바뀌었다. 다리를 심하게 저는 장애 노인 하나가 미처 건너지 못하고 중앙선에서 허둥댔다. 역시

나 몇 초도 참지 못하고 빵빵대는 경적 소리. 그 소리에 깨달았다. 그래도 내가 살아야 하는 이유. 바로 명이 있기 때문이다.

별 다섯 개짜리 호텔 커피숍에 앉아 있자니 불편했다. 젊고 미끈한 웨이터의 세련된 몸가짐에 주눅이 들었다. 마치 덜 마른 속옷을 입고 있는 기분이다.

치과의사는 왼쪽 팔목에 깁스를 하고 나타났다. 아내가 사고를 당할 때 조수석에 있었고, 여름이 오기 전 결혼을 약속한 사람. 나하고 동갑이라는데 훨씬 어려 보였다. 얼굴은 윤이 나고, 중키의 몸에 살이 도톰했으나 뚱뚱하다는 느낌은 들지 않았다. 옷차림부터 부티가 질질 흘렀다.

"날 보자고 한 이유가 뭐요?"

나는 노골적으로 적대감을 드러냈다.

"그냥 한번 만나뵙고 싶었습니다. 혜진이와 8년을 산 사람이 누군지."

그러면서 빙긋 웃었다. 나를 깔보는 것 같아 그 웃음이 불쾌했다. 아니꼽고 지저분한 새끼. 있는 놈 특유의 무례함까지 가졌구나.

"기껏 그거요? 날 여기까지 불러낸 이유가."

오렌지 주스를 벌컥 들이켜며 쏘아붙였다.

"궁금하지 않으세요? 혜진이가 선생님과 결혼한 사연."

무슨 말이 하고 싶은 걸까. 벌써 8년이나 지난 일을, 돌이킬 수 없는 일을. 그러나 치과의사는 내 기분에 아랑곳없이 눈을 내리깔고 회상에 잠겼다.

"혜진이의 임신…… 우연히 알게 됐습니다. 화가 나서 당장 애부터 지우라고 했죠. 불결하다며. 그 한마디가 걔 자존심을 확 긁은 모양입니다. 날 쏘아보며 그랬어요. 오빠 그 정도 인간밖에 안 돼? 애 낳아서 잘살 테니 두고 봐. 그땐 그냥 오기로 그러는 줄 알았습니다."

치과의사의 목소리가 갈라졌다. 헛기침을 두 번 하더니 생수로 목을 축였다

"걘 그런 애예요. 난 그런 고집스러움을 좋아했지요……. 냉정하게 판단했으면 아무 일도 아닌 일을 내가 너무 심하게 자극했나 봅니다. 이렇게 떠날 줄 몰랐네요. 다 내 잘못입니다."

치과의사가 침울한 표정을 지었다. 나는 당황했다. 담배를 피우고 싶었지만 금연구역이었다.

"의사선생. 당신 말뜻을 이해할 수 없군요. 뭘 잘못했다는 건지, 왜 그런 얘길 지금 늘어놓는지. 어차피 다시 합치기로 한 마당에. 내 속 뒤집어놓으려고 작정하고 나오셨구려."

"작년 가을에 혜진이 전화를 받았습니다. 많이 취했더군요. 오빠 늦지 않았지? 나 돌아가고 싶어. 미래 없이 사는 건 죽음이야. 그렇게 말했어요. 그때야 나는 깨달았죠. 우리는 아직 사랑하고 있구나."

"지금 뭔 불륜드라마 쓰시오?"

"내가 경솔했어요. 그때 순결을 잃었으니, 애를 떼라니, 그런 식

으로 말만 안 했어도 우리 삶은 어긋나지 않았을 겁니다."
 나는 주스를 다시 머금었다. 치과의사가 내 눈을 쏘아보며 힐난했다.
 "형사양반, 당신이 나빴어. 혜진이 미래를 완전히 망쳤다고. 당신이 죽인 거나 마찬가지야. 게다가……."
 "이런 씹새끼가!"
 나는 참지 못하고 벌떡 일어섰다. 입 안의 오렌지 주스가 흰색 실크 셔츠에 튀었다. 치과의사 양미간이 구겨졌다. 손수건을 꺼내 옷을 쓱쓱 문지르며 얄밉게 웃었다. 놈의 안경 렌즈에 어쩔 줄 몰라 허둥대는 내 몰골이 비쳤다. 흥분한 나머지 나는 그만 이로 입술을 씹고 말았다. 비린 듯 단 피 맛이 혀끝에서 번져왔다.
 치과의사가 뭐라 더 쇼킹한 말을 내뱉었는데 이미 이성을 잃은 후였다. 어느새 주먹은 놈의 얼굴 앞까지 날아가 있었다. 안경이 튕겨 나가고 의사새끼는 그대로 의자와 함께 넘어갔다. 그가 탁상보를 붙잡은 탓에 잔과 꽃병이 끌리며 바닥에서 깨졌다. 옆 테이블 외국인 남녀가 화들짝 놀라 서둘러 자리를 떴다. 지배인과 웨이터가 뛰어왔다. 치과의사는 손으로 바닥을 짚고 퍼져 앉은 채 선전포고를 했다.
 "폭행죄로 고소할 거야! 감옥에 처넣을 거라고!"
 "맘대로 해, 새꺄. 아가리 닥쳐!"
 나는 탁자를 타 넘어가 구두 굽으로 치과의사 가슴팍을 찍었다. 발바닥에 푹신한 듯 딱딱한 감촉이 실려왔다. 치과의사가 꿈틀거렸다. 다시 복부를 갈겼다. 웨이터가 달려들어 뒤에서 끌어안았다. 나는 거친 숨을 몰아쉬며 외쳤다.

"이 사이코 돌팔이 변태새끼야!"

치과의사가 지지 않고 대꾸했다. 냉소적인 눈빛만은 여전했다.

"혜진이는 당신보다 날 더 좋아했어. 그건 확실해. 날 더 좋아했다고 이 쓰레기 짭새야. 내가 이긴 거야. 내가 이긴 게임이라고!"

나는 피가 섞인 가래를 놈의 얼굴에 뱉었다. 그리고 확신했다. 내 판단이 옳았어. 양심의 가책 따윈 느낄 필요 없어. 역시 그랬어. 아내와 난 세월이 쌓여도 어울릴 수 없는 사람이었어. 나의 선택, 영원히 후회하지 않겠어.

"배드뉴스야."

명이었다. 국제전화는 밤늦게 걸려왔다. 뉴욕으로 가져갈 짐을 챙기는 중이었다. 반가움을 내색을 할 시간도 없이 침울한 소식을 전했다. 말투는 빠르지 않았으나 전장의 통신병 같은 긴장감이 서려 있었다.

"어젯밤 총격전에서 발을 다쳤어. 지금 FBI에 쫓기고 있다. 당분간 숨어 지내야 할 것 같아. 맡은 일만 정리되면 바로 뉴욕을 떠날 거야. 한 달이 될 지, 1년이 될 지 모르겠어. 주위 상황이 너무 안 좋아. 체육관도 폐쇄됐단다."

그 말은 내가 갈 곳이 없어졌음을 의미한다. 대체 무슨 일이 터진 걸까. 나의 귀환 따윈 안중에도 없을 만큼 다급한 사건일까. 명을 다시 못 볼지도 모른다는 불안감에 울먹였다.
 "갑자기 왜 그래요? 무슨 문제야? 차근차근 말해 봐. 뭐가 뭔지 헷갈려."
 명이 긴 숨을 내쉬었다. 침묵이 흘렀다. 그리고 작정한 듯 긴 이야기를 시작했다.
 "개와 사람과 거북이의 평균 수명이 왜 다른지 아니? 그건 '노화의 시계'라고 불리는 텔로미어의 길이가 다르기 때문이야. 텔로미어는 구두 끈 끝에 덧댄 플라스틱처럼 염색체 양 끝 부위에 붙어 수명을 조절하는 DNA조각이지."
 거기까지는 나도 아는 상식이었다. 그 다음부터는 공상과학소설에 나오는 이야기처럼 믿기지 않아 침묵한 채 듣기만 했다. 전화기 저편 명의 목소리는 마치 법정의 증언 테이프처럼 딱딱했다.

 1962년 미국의 생물학자 레너드 헤이플릭은 세포가 분열할 때마다 텔로미어가 조금씩 짧아지는 것을 관찰했다. 즉 몸의 노화가 진행될수록 텔로미어가 닳아 결국 죽음에 이르게 된다는 것이다. 그건 역으로 텔로미어의 분열만 멈추게 하면 노화를 지연시킬 수 있단 말이기도 하다.
 존재조차 알려지지 않은 제3세계 의과학자 집단은 실로 엄청난 발견을 했다. 바로 텔로미어 길이를 인위적으로 늘리는 방법을 찾아낸 것이다. 실험용 벌레인 꼬마선충 실험에는 진작 성공했으나 인간을 대상으로는 처음이었다. 복잡한 기술적 문제를 요약하면, 특수 호르몬제를 주입해 텔로미어의 연소를 막는 텔레머라제(telomerase)라는 효소 생성을 촉진하는 원리였다. 명도 이 부분에 대해서는 더 자세히 설명하지 못했다.

명의 보스는 의과학자 집단과 비밀 계약을 맺었다. 임상 실험 장소를 제공하고 성공하면 2억 달러에 모든 기술을 넘겨받는 조건이었다. 불확실한 기술을 돈으로 바꾸는 일. 의과학자들에게도 만족스러운 거래였다. 그들은 테러단체와 연관된 무슬림. 명예보다 돈을 더 필요로 했다. 그 돈으로 미국 제국주의와 싸우는 모국을 위해 무기를 살 것이었다.

철저한 보안 속에 임상 실험이 진행됐다. 전 세계에서 성별과 인종, 나이에 따라 선별된 마흔 명이 뉴욕에 모였다. 지원자들은 주로 병약한 독신자들. 뒤탈을 우려해서였다. 한국인도 네 명이 포함됐다.

민 사장이란 사람이 이번 프로젝트에 어떤 경로로 엮였는지는 확실치 않았다. 바이오 제품을 생산하고 수출하는 회사의 오너이다 보니 우연이든 고의든 접촉이 됐으리라. 실험을 지원하는 대가로 향후 한국이나 아시아 시장의 지분참여? 뭐, 그런 시나리오가 아닐까 싶다. 장사치인 그는 비밀 프로젝트의 사업성을 잘 알았다. 젊어진다는데 어느 누가 거부할까. 유전자복제처럼 생명윤리 논란도 없었다. 확실히 명의 조직과 무슬림 의과학자, 한국의 민 사장 모두 원원 할 수 있는 시나리오였다.

문제는 로드리게스라는 성을 가진 쿠바계 미국인이 플로리다에서 급사하면서 시작됐다. 그는 회춘시술을 받고 두 달 만에 암으로 죽었다. 바로 부작용. 세포분열을 억제시키면 유전자 시스템을 망가뜨려 암세포같이 고장 난 세포를 활성화시킨다는 사실을 의과학자들은 간과했다. 아니다. 애초부터 성공확률이 떨어지는

데이터를 조작해 명의 보스를 감언이설로 녹였는지도 모르겠다. 의과학자들은 감시원을 다 죽이고 CCTV의 테이프를 챙겨 다시 땅 밑으로 사라졌다.

명의 조직은 이 일로 심각한 위기를 맞았다. 의과학자들을 추적하는 일과는 별개로 뒷수습이 만만찮았다. 플로리다의 한 상원의원에게 제보가 들어갔다는 정보가 들려왔다. 자존심이 짓밟힌 보스는 이빨을 빠드득 갈며 명령했다. 증거가 될 만한 건 모조리 없애버려!

총책을 맡은 명이 바빠졌다. 속전속결! 정상 가격의 세 배를 주고 특급해결사 다섯을 고용했다.

일단 미국 내 거주자부터 제거해 나갔다. 그나마 다행인 건 피실험자들을 소그룹별로 관리해 로드리게스의 죽음을 서로 몰랐다는 것. 비밀 유지 의무도 잘 준수했으며 방문한 해결사들을 왕진 온 의사인 양 환대했다.

해결사들은 총질 대신 부검해도 드러나지 않는 인도산 약물을 이용해 심장마비사로 조작했다. 거처를 샅샅이 뒤져 하찮은 증거물까지 파기했다. 그렇게 마흔 명 중 스물한 명이 사라졌다. CNN의 금발 여기자가 잠깐 의심을 제기했으나 곧 수면 아래로 가라앉았다.

보스는 그제야 안도의 숨을 쉬었다. 전 세계에 흩어진 열아홉 명의 제거작업이 다시 시작됐다. 한국의 네 명을 비롯해 나머지도 하나씩 죽어 나갔다. 한둘만 빼놓고는.

이야기를 끝낸 명은 숨을 몰아쉬었다. 쿨럭쿨럭 기침을 했다.

부상이 심각한 모양이다.

"지금 어디에요? 병원에는? 힘들면 여 영감한테라도 가봐."

"내 몸은 내가 알아서 해. 죽을 정도는 아니니 걱정 마."

"나 모레 뉴욕으로 떠나요. 조금만 기다려줘. 체육관에서 기다릴게. 같이 도망가요. 이름 바꾸고, 얼굴 바꾸고, 방콕이나 홍콩 같은 데 숨어버려요. 쉬운 일만 골라서 해도 먹고사는데 지장 없을 거야."

"체육관은 안 돼. 경찰감시 때문에 위험해. 대신 올 여름 등대구경 가기로 한 곳에서 만나자. 기억하지? 사흘 뒤에 그곳에서……. 보고 싶다. 꼭 와야 해. 꼭."

가슴이 벅차올랐다. 감동했다. 명은 그 위기 상황에서도 나를 버리지 않았다. 목이 메어 더 이상 아무 말도 못 했다.

마라톤 풀코스를 뛰고 나면 이런 기분일까.

온 힘을 쏟은 직후의 달콤한 탈진감. 나는 그 탈진감을 오래오래 즐겼다. 중국을 다녀오고, 아내의 장례를 치르고, 주변이 정리되자마자 두꺼운 커튼을 쳐놓고 밀린 잠을 잤다. 경찰에서 떠난 후 잔 가장 깊은 잠이었다. 사람을 만나지도, 걸려온 전화를 받지도 않았다.

그 사이 한 일이라곤 카메라를 반납하고, 슈퍼에서 즉석 밥과 김치와 캔맥주를 잔뜩 사고, 밀린 관리비를 내러 큰길가 은행에 다녀온 게 전부였다. 심심하면 케이블에서 코미디 재방송을 보며 킥킥대고 그것도 지겨우면 신문의 사건기사를 살폈다. 하굣길에 실종된 의정부의 한 여고생이 두 달 만에 발가벗겨진 채 주검으로 발견됐다. 현장에서 콘돔이 나와 성폭행당한 후 살해됐을 가능성이 크단다. 혹시 인근 부대 군인이나 낚시꾼들 소행이 아닐까? 그간 유일하게 뇌세포를 자극하는 사건이었다.

추운 계절이라 아파트 복도는 휑했다. 은둔생활을 깨는 방해물은 없었다. 908호 뚱보여자도, 개 짖는 소리도 안 보이고 안 들렸다.

며칠 전, 치과의사의 고소장이 날아들었다. 예상은 했지만 그의 무모함에 놀랐다. 그러나 소는 곧 취하될 것이다. 그는 무엇보다 명예를 중시 여기는 의사니까.

책상 서랍 깊숙이 모셔둔 '보이스펜'을 꺼내 재생 버튼을 눌렀다. 자신감 가득한 놈의 음성이 흘러나왔다. 마지막 한마디는 들을 때마다 나를 모멸감에 빠뜨린다.

형사나리, 지금에야 하는 얘긴데 말이오. 난 남의 아내를 뺏고 싶었어. 짜릿하잖아.

마치 사이코 환자의 독백 같았다. 뒤이어 우당탕거리는 잡음이 뒤섞였다. 내 주먹이 놈의 면상에 박힌 순간이리라.

난 녹음 테이프를 치과의사에게 보낼 예정이다. 그래도 안 통하면 그의 이름과 병원 상호를 인터넷에 올려버릴 거다. 실직당하고 이혼 위기에 몰렸습니다. 아내는 그놈과 함께 있다 죽었구요. 그 상황에서 어찌 평정심을 유지할 수 있겠습니까. 수많은 댓글이 날 옹호해 주리라. 만에 하나 일이 뒤틀려 법정까지 가더라도 합의 따윈 없다. 그딴 일에는 이골이 났다. 교도소에서 몇 달 개기는 건

일 축에도 못 낀다. 더 혹독한 시간도 살았다. 칼에는 칼, 총에는 총이다. 치과의사, 넌 형사를 너무 우습게 봤어. 새꺄.

이제 자리를 박차고 일어날 시간이 왔다. 밀린 일들을 처리해야 한다. 커튼을 열어젖혔다. 밖은 아직 우중충한 날의 연속. 그러나 20일 정도만 더 있으면 3월이다. 영국 시인 나부랭이의 말이 아니더라도 봄은 온다.

방치해 뒀던 집 전화 자동응답기에는 스팸메일 쌓이듯 온갖 목소리가 가득 차 있다. 어떻게 알았을까. 수령할 보험금을 서해안 땅에 투자하라는 부동산컨설팅사의 오 실장이라는 여자는 사흘 내내 난리다. 집요함을 넘어 거의 협박 수준. 돈에 목숨 걸고 산다는 것, 진절머리가 났다.

메시지를 지우고 있는데 전화가 왔다. 찍힌 번호를 보니 처제였다. 받을까 말까 고민하다 그냥 내버려뒀다. 언니 사망보험금 쪼개 먹자고 하진 않겠지만 좋은 얘기 안 하리란 건 뻔했다. 응답기가 켜짐과 동시에 냉기 서린 목소리가 흘러나왔다.

주변 정리됐으면 그만 나미 데려가시죠?

달랑 그 한마디. 싸가지 없는 년. 조카를 보관한 물건 다루듯 하다니. 장례식 때 본 섹시하고 도도한 모습이 언뜻 떠올랐다 사라졌다.

경제신문에 휴보텍의 코스닥 등록에 대한 기사가 민 사장 얼굴 사진과 함께 실렸다. 약속한 돈이 세 개의 통장에 분산돼 꽂혔다. 어쨌든 나는 부자가 됐다. 아내의 보험금은 덤이다. 액수의 단위가 실감이 안 나 동그라미를 열 번 이상 확인했다.

극장 살인사건과 관련된 추가 언론보도는 없었다. 또 그렇게 하나의 사건이 미궁에 빠졌다. 참, 불면증이 어느 순간 사라졌다. 마음만 잘 다스리면 낫는 병이라더니. 동네 앞 애송이 의사 새끼, 완전 돌팔이는 아닌 모양이다. 총알이 스친 허벅지 상처는 곪았다가 딱지가 앉더니 저절로 아물었다. 흉터쯤은 기분 좋은 징표로 간직하리라. 깨진 이빨 끝도 어느새 매끈하게 다듬어져 있었다.

 책상 서랍에서 사진을 꺼냈다. 공항의 네 남자는 여전히 웃고 있다. 세로로 세 번, 가로로 세 번 찢어 화장실 변기에 넣고 물을 내렸다. 그들 목숨처럼, 사진은 소용돌이와 함께 사라졌다.

 이제 두 가지 일이 남았다.

 흥신소 박 실장을 만나야 한다. 그리고 수없이 찢어져서 곪은 내 안의 상처를 아물게 해야 한다.

 신도시 전철역 앞 광장.

 겨울과 봄 사이 찰나의 계절. 잔잔한 물결에 밀리듯 계절이 가고 계절이 오려 한다. 쌀쌀함 속에서도 잔광은 투명하고 고왔다.

 자취를 감췄던 소년들이 다시 인라인스케이트를 신고 놀았다. 온몸을 배배 꼬며 바닥에 늘어놓은 컵 사이를 아슬아슬 빠져나갔다. 한 무리는 앞사람의 허리를 잡은 채 크게 원을 그리며 돌았다.

 나는 롯데리아 2층에 앉아 광장을 내려다봤다. 두 달여 만이다. 모서리에 걸려 있는 텔레비전에서는 더 이상 노랑머리 여가수의 뮤직비디오를 볼 수 없었다. 지난 연말 그녀는 이관왕을 차지하고 휴식에 들어갔다. 대신 오인조 미소년 밴드의 신곡이 흘러나왔다.

광장 건너편 서점이 있던 자리에는 대형 문구점이 들어섰다. 극장은 경영난을 이기지 못했는지 문을 닫았다. 영화 포스터 천이 찢긴 채 빌딩 외벽에서 너덜거렸다.

메츠 모자를 눌러쓴 옆자리의 마이클이 꽤 심각하다. 나의 간청에 마지못해 예까지 따라왔지만 자리가 불편해서가 아니었다. 그도 지지난밤 뉴욕의 총격전 이야기를 들었다. 작별인사의 자리치고는 상황이 너무 안 좋았다.

"왜 메츠 모자를 썼어요? 양키스는 어쩌고."

"앞으로는 메츠를 믿어볼까 해. 영원히 신뢰를 주는 건 없더라고."

기분 탓인지 농담이 경구처럼 들렸다.

"이걸 한번 읽어봐."

마이클이 외투 주머니에서 구겨진 종이를 꺼냈다. 《뉴욕포스트》 인터넷판 기사를 출력한 것이었다.

FBI는 지난 12일 새벽 뉴욕의 마피아조직 일제소탕에 나서 감비노와 제너비즈 등 5대 가문의 중간 보스와 주요 조직원 등 예순두 명을 체포해 뉴욕 지부로 압송했다고 밝혔다. 이 과정에서 총격전이 벌어져 FBI요원 한 명과 신원미상의 여성 조직원 등 모두 일곱 명이 목숨을 잃었다. 켈리 린치 연방검사는 이들이 브루클린 연방지법에서 살인과 주가조작, 무기밀매 혐의에 대한 인정신문을 받게 될 것이라고 밝혔다. FBI는 콜롬보 가의 조직원 한 명에게 비밀 도청장치를 부착해 지난 2년 간 수천 시간분의 내부 대화 내용을 녹취해 온 것으로 전해졌다.*

"어떻게 된 거죠?"
"새 나간 정보를 이용해 한밤중에 떼거지로 덮친 모양이야. 다행히 보스는 피신했어. 확실한 건 생명 연장 실험과 이번 일과는 관련이 없어. FBI에서 예전부터 벼르고 있었던 모양이야. 보스도 실험 사실만은 감추고 싶어 해. 그게 발각되면 조직은 완전히 재건 불능이다."
"명의 소식은 들은 게 있나요?"
"전혀. 어디 있는지, 얼마나 다쳤는지도. 조직이 맡긴 일은 신의 명령처럼 받드는 사람이니 알아서 잘 하겠지."
그러면서 마이클이 내 양어깨를 꽉 잡았다. 목소리를 낮추고 고저 없는 톤으로 말했다. 면접 보는 구직자처럼 가늘게 떨렸으나 진정성이 있었다.
"내일 꼭 떠나야겠니? 한두 달 기다리다 상황이 진정되면 가는 게 어때?"
무언가를 말하고 싶은데 말할 수 없는 자의 눈빛. 느닷없다 싶었다. 그는 공과 사를 철저히 구분하는 사람이다.
"가야 해. 어서 달려가 명을 위로해 주고 싶어."
"갈 곳도 없잖아?"
"명과 같이 당분간 숨어 지낼까 해요."
"한 번만 더 생각해 볼 수 없겠니?"
나는 고개를 크게 저었다. 마이클이 공기 중에 풀풀 날릴 것 같은 퍼석한 웃음을 지었다.

"어쩔 수 없구나. 행운을 빌어."

마이클이 털북숭이 손을 내밀었다. 나는 고마웠다는 인사를 두 번이나 하며 손을 맞잡았다.

미소년 밴드의 노래가 다시 들린다. 뜨거운 아픔을 이겨내는 건 또다시 꿈꿀 수 있기 때문이라고 외쳐댄다.

금요일 오후 늦게 흥신소 박 실장을 만났다.

그의 사무실이 있는 홍대 근처의 바였다. 통화는 자주 했으나 마주 본 지는 넉 달도 더 됐다. 그와 매듭지어야 할 건이 여럿이다. 그러니 내키지 않더라도 꼭 봐야 했다.

박 실장은 점퍼와 운동화를 벗어 던지고 허리가 잘록한 검정 양복과 가죽 질감이 그대로 살아 있는 밤색 구두를 신고 나왔다. 얼굴은 두둑하게 살이 올랐다. 손목에는 혈액순환에 좋다는 음이온 팔찌를 꼈다. 목소리는 여전히 쾌활했으며 직원을 여섯이나 부리는 사장답게 자신감이 묻어났다.

그러나 왠지 둔해 보인다는 느낌……. 직장을 그만두던 시절의 절박함도, 민완 형사 시절의 날렵함도 사라진, 마치 교배용 경주마 같다는 느낌……. 잘나가는 부동산중개소 사장 닮았소, 라고 말하면 서운해 할까.

"형님, 요즘 일이 짭짤한가 보오?"

우리는 칸막이가 있는 구석 소파에 퍼져 앉아 느릿느릿 술을 마셨다.
 "왜 있잖아. 도청용 휴대전화 카피해 주는 거. 하루에 한 건꼴은 의뢰가 들어와. 남편은 마누라를, 마누라는 남편을 못 믿는 시대다. 게다가 중국 등지로 첨단기술 빼내려는 산업스파이까지 날뛰니 수요가 넘치게 마련이지."
 "그것도 간통 관련이네. 세상 돌아가는 꼬라지가. 흐흐. 떼인 돈 받아주는 일은 안 하슈?"
 "새끼가 듣자듣자 하니까. 내가 무슨 조폭이냐?"
 그는 그냥 웃어넘겼다. 나는 점퍼 안주머니에서 흰 편지봉투를 꺼내 탁자 위에 올려놓았다.
 "액수는 아마 맞을 거요."
 "수표야?"
 "걱정 마쇼. 추적받을 일 없을 테니. 세 번 빨았소. 확실하게."
 박 실장은 피식 웃으며 봉투를 양복 안주머니에 쑤셔 넣었다. 만찬 뒤의 포만감 가득한 미소. 공범의식에 나까지 낯이 붉어졌다.
 "넌 중국까지 가서 목돈 좀 땡겼냐?"
 대답하고 싶지 않았다. 침묵이 불편해 양주 스트레이트 잔을 단번에 들이켰다. 목울대가 싸했다. 다시 한 잔을 따라 마셨다. 몸 구석까지 취기가 번져 나갔다.
 "근데 형수님은 잘 계시우? 하긴 매일 돈뭉치 던져주는데 어느 여편네가 바가지 긁을까. 그쵸?"
 나는 반격하듯 조롱기 깃든 웃음을 날렸다. 박 실장의 양미간이 일그러졌다. 서둘러 말꼬리를 돌렸다.
 "다른 데 가서 한잔 더 할래? 싱싱한 계집년 빨가벗고 나오는

데서 말야. 이거 하나 생겼거든."

박 실장이 새끼손가락을 들어 흔들었다.

"아뇨. 됐수다."

나는 고개를 저으며 술병을 들어 마지막 잔을 채웠다.

"새꺄! 세상 재미있게 살아라. 너무 범생이처럼 굴지 마. 돈만 있으면 양아치처럼 살아도 누가 뭐라 안 그래. 나 경찰에서 잘린 거 이젠 후회 없다. 형사과장 씹새, 지금도 애들 들들 볶고 있겠지. 그런다고 범인이 나 여기 있소 하고 잡히냐. 수사력도 없는 좆 같은 새끼가. 난 말야, 애들이 더 불쌍해. 그 팔팔하던 녀석들이 개처럼 뛰어다니다 시들고 다치고 죽고 국가보상금도 안 나오고……. 내 발바닥의 굳은살과 구린내는 지금도 안 빠져. 각질제거 크림으로 빡빡 문질러도 말이지. 지금 생각하면 어떻게 그 갑갑한 조직에서 버텼나 싶어. 자긍심? 좆 까라 그래. 경찰에 비리가 많은 건 다 이유가 있다고. 하긴 너 같은 곰탱이가 그걸 알겠니."

타산적이던 얘기가 갑자기 감성적으로 흘러갔다. 불쾌감이 가슴 밑바닥을 훑고 갔다. 속으로 외쳤다. 그런 식으로 변명 마쇼. 선배는 어쨌든 쓰레기요.

"너 지금 무슨 생각하는지 맞춰볼까?"

박 실장이 갑자기 눈을 부릅떴다.

"날 쓰레기 취급 마. 쓰레기는 이렇게 깔끔하게 일 처리 못 해."

심장이 한순간 멎었다. 넘겨짚는 감각만은 여전했다. 취조실에서 피의자 족치듯 위압적이다.

"그리고 하나 더 말할까."

나는 흠칫했다.

"너도 변했다. 그러니 내가 쓰레기면 너도 쓰레기야. 내가 걸레면 너도 걸레고. 원래 추하게 변해가는 건 본인들이 못 느껴. 그게 조금씩 아주 조금씩 혼을 갉아먹거든. 흐으."

받아칠 말이 생각 안 났다.

"최근 네놈 변신을 보면 무서워 소름이 다 끼친다. 넌 원래 소심해도 착실한 놈이었잖니. 곰탱이처럼."

무능하다는 말을 꼭 저런 식으로 표현해야 할까. 비꼬는 듯 들려 속이 거북했다. 둘 사이에 외줄을 타는 것 같은 긴장감이 흘렀다. 그러나 견딜 수 없는 쪽은 역시 나였다. 애써 미소 지으며 벌떡 일어섰다. 어쨌든 이쪽 계통에 몸을 담갔으니 언제 박 실장의 도움을 빌려야 할지 모르는 처지. 타산적으로 움직여야 한다.

나는 머리를 깍듯이 숙인 다음 뒤돌아섰다. 혼자 잘난 척하지 마쇼. 한마디 쏘아주고 싶었지만 입 밖에 내지 않았다. 그건 선배에 대한 최소한의 예의. 박 실장이 육포를 앞니로 뜯으면서 내 등에다 말했다.

"세상 사는 비결 의외로 간단하더라. 재능을 돈으로 바꾸는 방법을 진작 몰랐을 뿐이야. 난 사업 확 키울 자신 있다. 내가 부리는 애들 다 일류야. 이 바닥에서 알아주는 놈들이라고. 누구 마누라 보낸 솜씨 깔끔했지 않냐. 보험사에서도 아마 찍소리 못 했을걸."

가슴에 바위가 쿵 떨어졌다. 인내심이 한계를 넘고 말았다. 뒤돌아서 눈알에 힘을 주고 쏘아보았다.

"선배가 초짜로군. 진짜 프로는 목에 칼이 들어와도 의뢰인의 비밀을 입 밖에 내지 않지요."

몸을 휙 돌려 밖으로 나왔다. 기분은 엿같은데 날씨는 정말 상쾌했다. 알록달록 이른 봄옷 차림의 대학생들을 보니 내게도 저런 시절이 있었나 싶다.

박 실장과의 계산을 마지막으로 일은 다 끝났다. 좀 허무했고 여전히 찜찜했다. 사람 목숨을 매개로 돈을 번다는 것. 끈끈하던 관계에 틈이 생긴다는 것. 그래도 한때 우리는 목숨을 걸고 달리던 파트너였는데……

술기운이 남았는데 날이 훤해 갑자기 싸돌아다니고 싶어졌다. 빈 택시를 기다리며 휴대폰에서 단축번호 1을 지웠다.

이 땅에서 아내의 흔적이 다 사라졌다.

흰 바탕에 붉은 띠를 두른 등대가 절벽 끝에 솟아 있다.

나선형 계단을 돌아 전망대에 올랐다. 2월의 바닷바람은 매서웠다. 게양대의 성조기가 찢어질 듯 휘날리고 색깔만 봐도 오한이 느껴지는 검푸른 바다는 큰 낙차로 출렁거렸다. 낚시와 서핑으로 이름난 휴양지라도 지금 이 계절, 평일 해변은 을씨년스럽기만 하다.

롱아일랜드의 땅끝 마을 몬톡(montauk).

뉴욕에 도착하자마자 맨해튼 펜 역에서 기차를 타고 동쪽으로 세 시간을 달려왔다. 기찻간에서 명이 혼자 떠나버리지 않을까 조

바심을 내면서도 그 땅끝의 상징성을 곱씹었다. 거긴 바다의 시작점이기도 하니까. 나름대로 그런 긍정적 의미를 부여했다.

MP3 이어폰을 귀에 꽂고 한 30분 기다렸을까. 다이애나 크롤의 「올모스트 블루(almost blue)」를 듣고 있는데 주위 공기가 부자연스럽게 흔들리는 걸 느꼈다. 히뜩 뒤돌아보았다. 세상에, 연기처럼 소리 없이 명이 와 있었다. 환영이 아니었다.

내가 이 세상에서 가장 사랑하는 여자, 가장 존경하는 여자. 명이 두 팔을 벌리고 거기 있었다. 나는 달려가 와락 안겼다.

반년 만의 해후. 며칠 전 총격전 탓인지 그녀는 많이 변했다. 화장기 없는 얼굴은 헬쑥했다. 곪아 터진 입술에는 까만 딱지가 앉았고 파마의 컬은 다 풀려 바람 부는 대로 흩날렸다. 몸에서 소독약 냄새가 났다. 눈자위에는 핏기가 스며 있었다. 제일 슬픈 건 말기암 선고를 받은 환자처럼 생기를 잃은 표정. 괜찮아, 괜찮아, 다 괜찮아질 거야. 나는 그녀를 다시 꼭 껴안았다.

"홍과 디오는 괜찮나요?"

내가 안부를 물었다. 명은 감정을 제거한 사람처럼 담담했다.

"죽었어."

가슴이 울컥했다. 뒤돌아서 대서양을 바라보며 슬픔을 추스르려 애썼다. 명이 다리를 끌며 곁에 다가와 쿨럭, 기침을 하더니 낯선 이야기를 끄집어냈다.

"예전 체육관에 첸징이라는 여자애가 있었다. 네 또래의 중국애였어. 일을 아주 잘했지."

나는 옷장 속의 붉은 꽃무늬 원피스를 떠올렸다. 왜 이 상황에서 오래된 타인의 얘기를 꺼내는지 감이 안 잡혔다.

"그녀는 지금?"

"네가 오기 석 달 전쯤, 라스베이거스의 카지노 주차장에서 총 맞은 채로 발견됐어. 내가 시킨 일을 하다 당했지. 도장에서 수련하며 함께 2년을 살았는데……. 너는 아직 조직에 대해, 그리고 나에 대해 모르는 게 많아."

"그런 얘기는 다음에 해요. 우린 지금 멀리 떠나야 해. 아무리 생각해도 홍콩이 좋겠어."

"할 일이 남았어. 보스의 명령을 아직 다 수행하지 못했거든. 생체 실험 사실만은 절대 드러나선 안 돼. 모든 증거가 사라질 때까진 못 떠나."

명은 충혈된 눈을 치켜뜨며 단호하게 말했다.

"아직도 남았어?"

"한 명."

명이 이를 깨물었다. 피곤이 몰려오는지 엄지와 검지로 콧등을 잡고 꾹 눌렀다. 힘들어 하는 그녀를 돕고 싶었다.

"내가 끝내버릴게. 대체 누구죠?"

명은 차갑게 웃다 흘러가는 농담처럼 말했다.

"바로 너."

냉장고 냉동실을 열었다.

신문지에 싸인 얼음덩어리는 쇳덩이처럼 단단했다. 롯데백화점 쇼핑백에 담아 엘리베이터를 탔다. 1층 수위는 라디오를 틀어놓고 태연히 졸고 있었다. 밥값도 못하는 영감탱이. 나이가 들면 주위의 눈총 따위 무감각해지는 모양이다. 임대아파트에 산다고 수위마저 세입자를 아래로 취급하는 것 같아 영 불쾌했다.

주차장에 나오니 신형 금빛 그랜저가 눈부셨다. 오전에 영업소 직원이 달려와 번호판을 달고 키를 넘겨주고 갔다. 운전석에 앉아 선글라스를 쓰고 키를 꽂았다. 역시 시동 소리가 부드러웠다. 액셀을 지그시 누를 때마다 차는 경쾌하게 튕겨 나갔다. 운전석 등받이에서 벗겨내지 않은 비닐이 바스락대도 뭐 괜찮았다. 확실히 돈은 짜증을 관용으로, 불편함을 편리함으로 바꾼다.

나는 새 차가 자랑스럽다. 평범한 샐러리맨이 마흔 살 이전에 3000CC급 차 몰기가 쉬운가. 부모 잘 둔 연놈들은 빼고.

강변북로를 타고 워커힐을 지나 양평 쪽으로 달렸다. 평일 대낮이라 도로는 뻥 뚫렸다. 라디오 볼륨을 한껏 높여도 음색은 갈라짐 없이 한 줄로 쭉 뽑혀 나왔다. 송대관이「유행가」를 신나게 불러 제낀다. 뽕짝뽕짝 반복되는 리듬이 지금 내 기분처럼 시원했다.

베트남 처녀와 결혼하세요. 2000건 실적. 성사금 후불.

국도변 곳곳에 내걸린 현수막을 보다 결혼이 저토록 무리해서 해야 할 만큼 가치 있는 일일까 따져보았다. 절대 아니다. 결혼해서 행복하다고? 그건 미친년놈들이 무를 수 없어서 지어낸, 자위가 반쯤 섞인 헛소리에 불과하다.

양수리를 좀 지난 삼거리에서 핸들을 오른쪽으로 꺾자 숲길이

나왔다. 촘촘한 나뭇가지 그물이 하늘을 덮었다. 그 사이로 새 들어온 햇빛이 보석알처럼 반짝였다. 쭉쭉 뻗은 참나무 사이 길을 1킬로미터 정도 더 들어가자 작은 콘크리트 다리가 보였다. 다리 아래 하천은 저기 앞쪽에 보이는 북한강으로 흘러들었다. 강변에는 원색 지붕의 카페들이 늘어서 촌을 이루었다.

다리 위에 차를 멈추고 사이드브레이크를 당겼다. 밖으로 나와 좌우를 둘러봤다. 낯선 시선은 없었다. 트렁크를 열어 쇼핑백을 꺼냈다. 그새 얼음이 녹아내려 봉투 아랫부분이 축축하다.

얼음덩어리를 쇼핑백 밖으로 꺼내자 찢어진 신문지 틈새로 허연 털이 드러났다. 4년 된 말티즈는 눈을 빠끔 뜬 채 중국산 봉제인형처럼 굳었다. 더 만지작거리면 물컹물컹해져 손에 비린내가 밸 것 같다. 서둘러 다리 난간으로 가져가 멀리 던졌다. 풍덩. 여러 겹의 원을 남기며 수면이 부서졌다. 얼음덩어리는 물속으로 가라앉았다.

쇼핑백을 찢어 손의 물기를 닦으며 생각했다. 몸이 녹아 부풀면 흰둥이의 사체가 떠오르겠지. 누군가 그것을 발견한다 해도 애통해 하거나 수상히 여기거나 하지 않을 것이다. 미친놈이 아니고서야 경찰에 신고하는 일 따위 없을 테고. 어쩌면 하천 바닥에서 썩어 물고기 밥이 될지도 모르겠다.

주먹 아랫부분으로 다리 난간을 탁탁 내려쳤다. 이제 아무도 두렵지 않다. 아무도 부럽지 않다. 방해물은 모두 제거되었다. 삶의 변두리에서 서성일 필요가 없다.

차를 몰고 강변 쪽으로 더 들어갔다. 숲길은 카페가 늘어선 대로로 이어졌다. 그중 흰색의 둥근 벽돌지붕이 눈길을 잡아끌었다.

카페 이름이 '푼타 아레나스'. 길고 낯선 이름이라 소리 내 한 자씩 발음해 봤다. 푼. 타. 아. 레. 나. 스.

자갈 깔린 마당에 차를 세우고 줄담배가 피우고 싶어 야외 테이블에 앉았다. 주문을 받으러 온 주근깨 웨이터에게 물었다.

"가게 이름이 뭔 뜻이오?"

"칠레에 있는 남미 최남단 도시의 이름이랍니다. 남극 가려면 꼭 거쳐야 한다고 들었어요. 우리 사장님이 오지여행을 좋아하시거든요. 그래서 카페 이름을 그렇게 지으셨답니다."

실크처럼 부드러운 바람, 성능 좋은 스피커의 음악, 은박지처럼 빛나는 강물, 그리고 따뜻한 커피. 봄 채비를 하는 교외는 평화로웠다.

트렌치코트 깃을 세운 중년여자 하나가 물가 벤치에 반듯하게 앉아 강을 굽어봤다. 참 귀태 나는 모습이어서 나는 눈을 떼지 못했다. 저 여자는 무슨 사연을 품고 평일 낮에 홀로 왔을까. 결혼생활에 문제가 있는 건 아닐까.

그런 상상을 하다 이내 접었다. 이제 타인의 삶에 간섭하지 않으려 한다. 마누라를 사시미칼로 쑤시든, 보험 사기를 치든, 자해 공갈단을 만들어 달리는 외제 차에 뛰어들든, 그건 그네들의 일. 성공하면 한평생 떵떵거리며 살 것이고 실패하면 감옥에서 썩어가겠지. 공평하게 주어진 생, 자기 꼴리는 대로 살고 자기가 책임지면 되는 것이다. 어차피 사회는 동물의 왕국이다.

물새떼가 강 건너편 숲에서 편대를 이뤄 날아올랐다. 하루하루 봄이 다가오는 느낌이다. 내 마음은 휴가 첫날처럼 편안하다. 생전 처음 느끼는 홀가분한 자유. 중국에서의 일은 다 잊었다.

머릿속에 여러 이미지가 급습했다.

아랫배를 스쳐간 칼날. 양키 스타디움 뒤편의 병원, 혼수 상태로 사흘을 보낸 침대. 옆 병실의 라틴계 여자, 인도산 독약, 플로리다의 청문회, 엉덩이의 둥근 반점, 그리고 텔로미어……

의심의 끝은 끔찍했다. 명이 날 임상 실험에 이용하다니. 처음부터 그럴 목적으로 접근했던 걸까.

말문이 막혔다. 가슴이, 숨이 막혔다. 내장이 조여들고 어지럼증이 몰려왔다. 눈앞이 잿빛에서 검은색으로 변했다. 한 손으로 이마를 누르며 비틀거렸다.

떠오를 수 없는 해저에 갇힌 느낌. 이어지는 명의 말은 하나도 들리지 않았고 아무것도 판단할 수 없었다.

희한하게 제니 얼굴이 떠올랐다. 못 본 지 수년이 흘렀다. 진짜 혓바닥에 피어싱을 했을까. 지금에야 알 것 같다. 자신의 나약한 의지로는 감당 못 할, 이러지도 저러지도 못 할 순간 온몸에 구멍을 뚫어버리고 싶은 기분. 슬프다. 명이, 명이, 어떻게 나를, 나를……

우리 사이에 퍽퍽한 침묵이 고여간다. 나의 힘으로는 깰 수가 없다. 마주 보는 고통만이라도 피하고 싶었다. 계단 쪽으로 걸음을 옮겼다.

"멈춰."

명이 뒤에서 어깨를 잡아끌었다. 나는 몸을 비틀며 뿌리쳤다. 페인트칠이 벗겨진 138계단을 후들거리며 내려와 등대 밖으로 나왔다.

거친 북풍이 외투 자락을 들었다 놓았다. 얼굴을 할퀴고 심장을 때린다. 아, 인내할 수 없는 고통의 정점. 결국 머릿속이 폭발한다.

휘적휘적 바닷가로 내려갔다. 납작한 돌이 깔린 해안을 따라 앞만 보고 걸었다. 빠각빠각, 돌들의 마찰음이 불쾌한 소리를 낸다. 명이 두 손을 바지 주머니에 넣고 조용히 뒤를 따른다.

한참을 걸어도 자갈밭이 계속됐다. 숨결이 흐트러지고 다리에 기운이 빠진다. 물기 있는 큰 돌멩이를 잘못 디뎌 히끄덕 미끄러졌다. 그대로 주저앉아 버렸다. 일어날 의욕도, 이유도 없었다. 사지를 벌리고 누웠다. 등짝에 냉기가 전해져 왔다.

눈동자를 왼쪽에서 오른쪽으로 굴렸다. 절벽이, 하늘이, 바다가 차례대로 비쳤다. 눈을 치켜떴다. 분사되는 태양빛에 눈을 찡그렸다. 대열에서 이탈한 갈매기 한 마리가 검은 그림자가 되어 태양 위를 선회했다.

명의 발자국 소리가 점점 가까워지더니 내 발끝에서 멈췄다. 나는 숨을 죽이고 억지로 미소를 지었다.

"이제 내 인생은 어떻게 되는 거야?"

명이 쿨럭, 기침을 하더니 품속에서 총을 꺼냈다.

"내 인생 어찌 되냐고!"

참았던 숨을 꺼억 토해냈다. 눈물은 다 메말라버렸다.

명이 안전장치를 풀고 나를 겨눴다. 초췌한 여자의 몰골. 그러나 시뻘건 눈빛만은 살아 번득였다. 여태 보아온 눈빛이 아니라 살의를 품은 고집스런 눈빛. 싸늘한 목소리로 말했다. 아침인사처럼 늘 듣던 말.

"말했잖니. 이 세상 아무도 믿지 마라. 너 자신 외에는."

나는 납득할 수 없어 고개를 흔든다. 쪼그라든 목소리로 애절하게 항의한다.

"이건 아냐. 우리 사이가 이럴 수는 없어. 내가 당신을 얼마나 사랑하는지 잘 알잖아."

명의 눈이 짧게 깜박이더니 무리에서 이탈한 갈매기를 좇는다.

"지금도 남자들을 혐오하니? 너는 아버지와 외삼촌이 남긴 상처를 내게서 위로받고 싶어 했어. 나는 널 보듬어주려고 노력했고. 그렇지만 그게 사랑은 아니지 않니?"

명은 단호하게 사랑이 아니라고 했다. 어떤 연민도 안 느껴지는 한마디는 나를 생사의 문제보다 더 큰 절멸감에 빠뜨린다.

바지 주머니에서 흰머리원숭이 열쇠고리를 끄집어냈다. 명은 간절한 기도가 쌓이고 쌓이면 소원이 이루어진다고 했다. 이 순간 뭔가를 간절히 빌고 싶었다. 그러나 아무 생각이 안 났다. 살고 싶어요, 그 흔한 말조차도.

아릿한 슬픔이 몸속에 차오른다. 추억을 하나씩 씻어낸다.

명을 처음 만나던 날이 떠올랐다. 온화한 미소와 자상한 말투, 균형 잡힌 몸매와 신기의 무예……. 그녀의 모든 것이 좋았다. 캄캄했던 내 삶을 환히 밝혀주리라 믿었다. 믿음이 맹신으로 아로새겨졌다.

그래서 잊으려 해도 잊을 수가 없다. 미워도 미워할 수가 없다. 엄마를 사랑했고 그만큼 명을 사랑했다.

지금 이 순간 나를 괴롭히는 건 죽음의 공포가 아니다. 버림받은 자의 슬픔. 그 하나뿐.

디밀어진 총구를 노려보았다. 그러고는 눈을 꾹 감아버렸다. 파도소리, 갈매기 울음소리가 이명처럼 들렸다.

이 세상 아무도 믿지 마. 너 자신 외에는.

명, 그녀의 수많은 가르침 중 그 말 하나만은 진실이었다.

생의 마지막 숨을 내쉬었다. 스물넷의 영혼을 토해냈다.

총소리가 아주 가까이서 울려 퍼졌다.

폭설이 도시를 삼켰다.

2월의 눈으로는 30년 만에 최대 적설량입니다. 아침뉴스의 인형같이 생긴 기상캐스터가 남산 산책로에서 깜찍하게 말했다. 뒤이어 차 뒷 바퀴가 눈밭에 빠져 공회전하는 대관령의 도로 풍경을 보여주었다.

베란다에 나가 바깥을 살폈다. 눈은 지금도 떨어진다. 하늘하늘 낭만적으로…….

외근 형사 시절, 추위보다 더 짜증났던 게 눈과 비다. 하지만 피부로 접촉하지 않고 그것들을 감상한다면 낭만적인 소품이 분명했다. 그렇다. 이젠 그냥 즐기면 된다. 돈이 상황을 움직이고 사물은 시각에 따라 가치가 달라지는 법. 아직도 형사질을 했다면 오늘 아침 죽기보다 출근하기 싫었을 텐데. 지금은 어서 눈밭을 누비고 싶다.

열흘 전 임대아파트를 떠나 일산 신도시로 이사 왔다. 방 세 개짜리 38평형은 딸과 둘이 살기에 충분히 넓었다. 조금 낡기는 했지만 단지는 더없이 조용하고 나무에 둘러싸인 호수가 지척이다. 전철역과 대형 할인점도 걸어서 5분밖에 안 걸렸다. 길 하나만 건너면 분위기 끝내주는 칵테일 바도 널렸다.

소소한 집안일은 1주일에 세 번 파출부를 불러 해결했다. 정신병을 앓는 서른 살짜리 아들과 산다는 노파는 청소와 빨래를 후딱후딱 잘도 해치웠다. 밑반찬 만드는 솜씨도 웬만했다. 다 마음에 들었다. 긴 한숨소리만 빼고는.

싱크대 위 선반의 화분에 눈이 갔다. 원래는 제라늄이 심겨져 있었으나 지금은 텅 비었다. 중국에서 돌아왔을 때 잎이 바싹 말라 있었다. 이사하던 날, 다른 짐짝은 쓸어버려도 이것만은 왠지 가져오고 싶었다. 봄이 오면 화원에 가져가 새 생명을 심어야겠다.

늦잠 자는 나미를 깨워 얼굴을 씻겼다. 비누칠해 주는 두툼한 손이 안 익숙한지 간지럽다며 키득거렸다. 모자 달린 빨간 외투를 입히고 세일러문 장화를 신겨 현관을 나섰다.

다행이다. 나미는 엄마 잃은 슬픔을 잘 견뎌주었다. 엄마가 외출한 집 안에서 그간 얼마나 외로움에 떨었는지 알 순 없으나 잘 견뎌주었다.

일시적인 현상이에요. 행동양식에 큰 변화가 없으니 꾸준히 치료받으면 완치될 겁니다.

간헐적인 우울증 증세가 걱정돼 소아정신과에 데려갔더니 자상한 여의사는 내 걱정을 다 받아주었다. 그 처방을 듣고 나니 마음이 놓였다.

엘리베이터 안은 밝고 청결했다. 곰팡이 냄새도 안 나고 중국집 스티커도 안 붙었다. 이웃은 다 교양인들. 주차할 자리를 두고 고성이 오가는 일도, 분리수거 안 된 쓰레기를 몰래 버리는 일도 없다. 옆동 56평형 꼭대기 층에는 톱가수 장나라가 산다. 그저께 아침, 커다란 외제 밴에서 내리는 걸 봤다.

호수공원은 평일 아침인데도 눈 구경 나온 인간들로 붐볐다. 이 사람들, 출근을 안 해도 다 먹고 살 수 있나. 이런 상황에 맞닥뜨릴 때마다 허탈해진다. 눈사람 만들고, 가족 사진 찍고, 출출하면 인근 요릿집에서 배 채우고. 이렇게 멋진 삶이 있는 걸, 그렇게 사는 사람들이 이렇게 많은 걸. 나는 양미간을 찡그리며 공휴일도 못 챙기고 달려온 날들을 더듬어보았다.

"나미야, 아빠랑 사니까 좋아?"

딸애의 손을 꼭 쥐고 내가 물었다.

"응, 좋아."

나미는 두 눈을 크게 뜨고 주저 없이 대답했다. 그러면서 까르르 웃었다. 한쪽만 패는 보조개. 눈물 나게 예뻤다.

"아빠 이제 돈 많다. 나미가 원하는 거 다 해줄 거다."

"정말?"

"그럼 정말이지. 우리 약속할까?"

"그럼 한밤중에 도둑 잡으러 안 가?"

"응, 나미랑 매일 놀려고 그만뒀지. 진짜로."

"아빠, 그럼 나도 부탁이 있어. 이제부터 욕하지 마. 욕하면 나쁜 사람이야."

나는 멋쩍어 고개를 숙였다. 딸애와 새끼손가락을 걸고 있자니 눈시울이 뜨거워졌다. 수년째 사랑에 목말랐던 아이. 삐뚜름하게 안 나가고 참 잘 커주었구나. 이런 유치한 말장난이 주는 즐거움을 예전엔 몰랐었다. 아빠와 살고 싶다는 말을 들었을 때 솔직히 감동 먹었다. 참으로 고맙구나.

눈이 점점 더 쌓여갔다. 발을 내디딜 때마다 신발이 파묻혔다. 하지만 날씨는 포근했다. 해가 나면 바닐라 아이스크림처럼 쉬이 녹을 눈이었다.

늑대만 한 시베리안허스키 두 마리가 주인이 탄 자전거를 끌고 가다시피 스쳐갔다. 개가 씩씩댈 때마다 주둥이에서 허연 입김이 뿜어져 나왔다. 개의 발자국, 가늘고 긴 자전거 바퀴 흔적. 직업 본능은 어쩔 수 없나 보다. 그것들을 관찰하며 범죄현장을 떠올리다니.

중앙광장을 향해 걷는데 나미가 업어달라고 했다. 행복에 겨워하는 얼굴. 나도 행복하다. 참말로 행복하다. 처음 누려보는 정돈된 삶. 이제 인생을 그냥 즐기면 되는 것이다.

그때 나미가 잠꼬대하듯 등 위에서 말했다.

"걱정 마. 아빠가 엄마 죽인 거 아무한테도 이야기 안 했어. 진짜."

느슨해져 있던 신경들이 한꺼번에 파르르 요동쳤다. 섬뜩한 기운이 온몸에 싸하게 번져갔다. 이야기를 잘못 들었나 싶어 서둘러 나미를 바닥에 내려놓았다. 내 심장 뛰는 소리가 큼직하게 귀를 때렸다. 천진난만한 딸애 얼굴이 한순간 무서웠다. 제발 잘못 들은 말이었으면 좋겠다. 그 순간 나미는 눈을 똥그랗게 뜨며 확인이라도 시키듯 또박또박 말했다.

"엄마 없어도 괜찮아, 우리끼리 행복하자."

이사 오기 전날 밤, 술에 만취해 떠벌렸던 박 실장과의 통화가 떠올랐다. 박 실장의 집요한 돈타령에 짜증을 내다 보니 순간 애기가 튀어나와 버렸다. 작은 방의 나미는 잠든 줄 알았는데 설마 그걸 들은 걸까?

"엄마가 나빴어. 처음 보는 아저씨를 데려와 새아빠가 될 사람이라고 말했어. 나는 진짜 아빠가 있는데도 말이지. 그치?"

나미는 두 팔을 벌리고 내 품에 파고들었다. 까르르 웃으며 천진스런 얼굴을 볼에 비벼댔다.

"아빠! 나 너무 좋아, 행복해."

갑자기 호수 한가운데서 회오리바람이 일더니 머리칼을 헝클어놓고 달아났다. 머릿속이 고장 난 로봇 회로처럼 삐걱대기 시작했다.

두 다리가 딱딱하게 굳어 움직일 수 없었다.

〈끝〉

작품 해설
상처받은 자들, 그 불길한 희망

백휴 (추리문학평론가)

작품을 읽는 것은 궁극적으로 작가의 세계관을 들여다보는 것이다. 추리문학이라고 예외일 수 없다. 다만 형식의 압도성과 배제할 수 없는 틀로 인해 그것이 제한을 받거나 재미라는 수용가치에 의해 표면상 부차적인 것으로 밀려날 뿐이다.

우린 흔히 트릭의 기발함에 기대어 애거서 크리스티의 작품을 평가하지만, 도시에서 시골로의 도피라는 주제 하에 탐정 푸아로와 미스 마플의 관계, 무대장치가 갖는 의미, 『죽은 자의 어리석음』이 왜 대표작으로 간주되어야 하는지 등을 통해 그녀의 독특한 세계관을 유추해 볼 수 있다.

그런 이유로 작품 개개는 언제나 작가의식의 파편인 셈이다. 따라서 독자들에게는 작품 전체(Oeuvre)를 읽는 습관이 요구된다. 물론 그것은 바쁜 현대인에게 쉽지 않은 일이다.

신인의 경우, 작품 수가 적기 때문에 세계관이 여실히 드러나지 않는다. 그러나 앞으로 지속적인 작품 활동을 통해 작가가 펼쳐 보일 세계관의 변화무쌍함을 기대한다면, 섣부른 예단은 작가를 이해하는 데 오히려 방해가 될 수 있다.

그럼에도 불구하고 본 작품 이전에 창작한 몇 편의 단편 추리소설을 통해 최혁곤이 보이고자 했던 세계관의 단초를 읽어내는 것은 무익하지 않을 것이다. 「남자는 지금 1호선에 있다」에서 「초이는 이제 파타야로 간다」, 「그녀는 돌아온다」, 「8월 13일 가고시마 흐림」을 거쳐 「모텔 앞 삼거리 사건」에 이르기까지 도합 다섯 편. 주인공은 각각 조직폭력배와 흥신소 사장, 기자와 킬러, 노숙자와 여배우 등으로 다양하다. 내용적으로도 기자라는 개인적 경험이 진하게 바탕에 깔린 작품이 있는가 하면, 재치 있는 상상력이 깔끔하게 잘 정돈된 문체와 태국·일본 같은 색다른 배경에 얹혀 발휘된 작품까지 스펙트럼이 넓다. 흥미로운 것은 이런 다양성 속에서도 몇몇 특징들이 최혁곤 고유의 개성과 색깔로 드러난다는 점이다.

첫째, 영화적 상상력이 풍부하다. 스크린에 수없이 노출된 세대답게 특정 상황을 영화적 감수성으로 처리한다.

> 서울 사는 당신 마누라가 보낸 선물이오. 이딴 대사는 지금 무의미하다. 그건 관객을 지독히도 배려하는 할리우드 영화에서나 볼 수 있는 미덕.
>
> ──「초이는 이제 파타야로 간다」중에서

「초이는 이제 파타야로 간다」에 나오는 주인공의 이 독백, 다시 말하면 이런 형태의 묘사가 주목을 끄는 것은 흔히들 386세대라 일컬어지는 전 세대가 느꼈던 리얼리티의 두께를 현저히 감소시키기 때문이다. 이것은 실재(實在)를 이해하는 방식을 달리함으로써 세계관의 변화를 반영하거나 반영하려 시도한다.(너무 추상적인 얘기라 상세한 부연 설명이 필요하지만, 논의의 전개에 방해가 될 것 같아 생략한다. 다만 최혁곤 식의 영화적 상상력은 키치세대가 흔히 그러하듯 큰 틀에 있어 '정보의 과잉'과 관계가 있는 듯 보인다. 정보의 과잉은 모든 것을 상대화시키므로 '리얼리티의 두께를 감소시킨다.'는 말은 우리가 몸소 체험한 진짜 현실과 영화 속 가상현실의 경계선이 차츰 흐려진다는 뜻이기도 하다.)

둘째, 완결된 이야기 구조를 지향하기보다는 끝나지 않은 이야기 혹은 여운이 남는 이야기를 선호한다. 상대적으로 완결성이 강한 「8월 13일 가고시마 흐림」에서조차 파국적 상황에 처한 킬러에게 희박하긴 하지만 탈출할 일말의 가능성이 부여된다. 「그녀는 돌아온다」에서 아내가 돌아오기를 간절히 바라는 기자의 믿음은 왠지 믿음으로 끝날 것 같은 암시를 통해 묘한 뉘앙스를 풍긴다. '그녀는 돌아온다.'를 '그녀는 아마 돌아오지 않을 것이다.'로 해석하고픈 유혹을 느끼게 만드는 것이다.

셋째, 미완결인 이야기 구조와 작가가 창조하고자 하는 캐릭터의 운명이 떼려야 뗄 수 없는 관계를 맺고 있다. 꿈은 언제나 좌절되고 헛된 희망으로만 남는다. 「남자는 지금 1호선에 있다」에서 주인공은 맹인악사가 되어 지하철을 전전하지만 여전히 브라질의 빛나는 태양을 떠올린다. 또한 「모텔 앞 삼거리 사건」에서 노숙자 최대수의 '삶에 대한 욕망'은 예기치 못한 운명의 장난 앞에 물거품이 될 위기에 처한다. 이처럼 미완결된 이야기 구조와 캐릭터의 좌절된 꿈은 적절한 조화를 이루면서 이야기의 전달효과를 극대화시킨다.

새삼스럽게 이야기하자면 작가와는 잘 아는 사이다. 가칭 '추리문학연구회'라는 모임을 결성해 꽤 많은 작품을 읽고 토론해 온 지 벌써 여러 해가 흘렀다. 처음 만난 것은 2000년 가을 어느 출판사에서 마련한 강연회장에서였는데, 뒤풀이까지 이어진 이날의 만남에서 느낀 첫인상은 작가의 추리문학에 대한 열정이 남다르다는 것이었다. 이는 괜한 공치사가 아니다. 작가가 그날 씁쓸한 어조로 "추리소설 읽고 쓰는 일을 직업으로 가질 수 있다면 얼마나 행복할까요."라고 말했던 것이 기억난다.

최근 작가는 소설 읽기에 게을러진 나에게 텐도 아라타(天童荒太)의 『고독의 노랫소리』와 요코하마 히데오(横山秀夫)의 『사라진 이틀』을 권했다. 두 작품 모두 단박에 작가의 「모텔 앞 삼거리 사건」을 떠올릴 정도로 형식상의 공통점이 있다는 것을 알아챌 수 있었다.

주인공을 하나가 아니라 여럿 두는 것, 즉 시점(視點)을 분산시키는 것. 그것은 독자의 초점을 흐리게 함으로써 주인공을 없애버리는 역효과를 낳는다. 그 결과로 소설을 읽을 때 느끼는 전통적 가치인 '몰입의 즐거움'이 훼손될 위험성이 발생한다.

그렇다면 작가의 선택은 새로운 가치에 무게를 둘 수밖에 없는데 그 가치란 것은 시점의 분산을 통해서만 달성될 수 있는, 작가의 고유한 세계관을 드러내 보이는 것일 터이다. 따라서 서울역에 사는 노숙자 최대수의 인생은 독립적으로 이해될 수 있는 것이 아니라 미국에서 날아온 스티브 김의 인생과 교차할 때 비로소 이해될 수 있다. 스티브 김의 인생 또한 마찬가지다. 최대수의 인생을 떠나서는 그의 인생을 이해할 수 없다. 이것을 밑받침하는 인식은, 인간은 인간 사이의 관계망 속에서, 다시 말해 사회 지평 내의 위치를 통해서 파악될 수 있다는 철학이다.

사정이 이렇다면, 사회 지평 내에서의 인간관계망의 기초 단위가 무엇인지 묻고 싶어진다. 작가의 대답은 단호해 보인다. 가족, 가족이라고!

주식투자 실패(당시 증권사 직원이 스티브 김이다.)가 가족의 해체로 귀결된 최대수에게 새 삶을 얻고자 하는 욕망이 생기자마자 떠오른 것은 역시 가족이었다.

> 잊고 있던 사람들의 얼굴이 떠올랐다. 집 나간 아내와 일곱 살이 됐을 딸.
>
> ——「모텔 앞 삼거리 사건」 중에서

앞서 최혁곤 작품의 특징으로 거론되었던 '미완결된 이야기 구조'와 '좌절된 꿈'은 '가족의 해체'라는 개념에 수렴될 수 있다.

'이야기는 왜 완결되지 않는가?'라는 물음엔 해체된 가족이 아직 복원되지 않았기 때문이라고 대답할 수 있으며, 나아가서 '해체된 가족은 왜 복원되지 않는가?'라는 물음엔 까닭에 꿈은 언제나 좌절로 끝나거나 꿈으로만 남는다라고 말할 수 있다.
　이 주제는 그의 첫 장편인 본 작품에 그대로 이어진다. 주요 등장인물의 대부분이 가족의 해체 내지는 죽음에 직면해 있는데, 그 면면을 살펴보면 다음과 같다.
　듀오 주인공의 한 축인 여자 킬러는 열여덟 살이라는 나이에 아버지의 외도와 어머니의 자살이라는 가족의 느닷없는 붕괴를 경험한다. 그리하여 미국 뉴욕으로 건너가 외삼촌 집에 몸을 의탁하는데, 외숙모에게 폭력을 일삼던 외삼촌마저 갑작스럽게 사망해 갈 곳 없는 처지로 전락하게 된다.
　주인공의 다른 축인 퇴물 형사 황재복 또한 가정을 지켜내지 못한 인물로 그려지고 있다. 이혼한 아내는 외국계 보험사 영업을 하고 있으며, 초등학생인 딸은 우울증을 앓고 있다.
　보조 등장인물들 역시 예외는 아니어서 술집의 강 마담은 혼자 아들을 키우는 이혼녀이고, 영화관에서 살해당하는 서점 사장은 성격장애로 두 번이나 결혼에 실패했다. 심지어는 바람을 피우다가 아내에게 성기를 잘린 여관 주인도 등장한다. 한마디로 이들은 해체되거나 붕괴된 가정의 잔해 같은 인물들이다.
　이런 인물들의 입을 통해 냉소와 비아냥, 증오와 복수의 감정을 토해낸다.

　　　늘 느끼지만 세상 참 엿같다.
　　　　　　　　　　　　　　　　　　　　　　—본문 중에서

　　　그러다가 자괴감에 빠져들어 삶이 측은하고 허망해지면,

증오니 복수니 그딴 것들, 다 부질없이 느껴졌다. 그냥 대충 살면 되는 것을.

———본문 중에서

이렇게 힘에 부쳐하다가 끝내는 자포자기의 심정이 되고 만다.

이제 타인의 삶에 간섭하지 않으려 한다. (……) 공평하게 주어진 생, 자기 꼴리는 대로 살고 자기가 책임지면 되는 것이다. 어차피 사회는 동물의 왕국이다.

———본문 중에서

그래서일 것이다. 삶의 전망은 낙관적이지 않다. 인간의 존엄성에 대한 내적가치를 상실한 인물들은 불투명한 미래 앞에 전전긍긍하며, 외적 가치인 '돈'에 쉽게 집착한다. 여자 킬러에게 끊임없이 들려오는 명(명은 스승이자 출중한 킬러이기도 하다.)의 목소리는 불안감을 해소하려는 강박관념으로 보이며, 퇴물 형사 황재복은 약속한 돈이 세 개의 통장에 분산해 꽂히고 나서야 불면증에서 헤어난다.

가족의 완전 복원을 포기한 황재복에게 행복한 삶, 정돈된 삶은 넉넉한 돈이 지탱하는 삶뿐이다.

작가는 본 작품을 스릴러(thriller)라고 했다. 스릴러니 서스펜스니 하는 분류가 일반 독자들에게 불러일으키는 혼란을 감안해 잠깐 설명해 보자. 먼저 우리가 쓰는 '탐정소설'과 '추리소설'이라는 말은 일본인들이 만든 용어 내지는 번역어라는 점을 주목해야 한다.

원래 일본 추리문학계에서는 탐정소설이라는 용어를 쓰다가 1950년대 후반 기초 한자를 정할 때 정(偵)자가 빠지자 탐정이 밀정(密偵)이라는 부정적 이미지를 지녔다며 추리소설로 그 명칭을 바꾸었다. 따라서 탐정소설(이에 대해서는 탐정이 등장하지 않는 에도가와 란포의 「인간 의자」가 탐정소설이냐는 물음 등이 제기될 수 있는데, 그것은 용어 정의상의 문제로 상세한 설명은 하지 않겠다.)은 온전히 추리소설인 셈이다.

왜 하필 추리(推理)로 바뀌었는가는 고증이 쉽지 않은데, 마테오 리치가 쓴 『천주실의(天主實義)』에 다음과 같은 용례가 있어 소개한다.

仁義禮智, 在推推理之後也(인의예지, 재추리지후야.).

뜻은 도리를 추론하고 난 후에야 인의예지가 있다는 것인데, 여기서 추리는 사명(司明) 곧 이성(reason)의 행위이다. 그런데 리(理)는 동북아 사유에서 형이상학적 개념으로 쓰였으므로, 경험을 중시하는 추리소설과 잘 맞지 않는 측면이 있다.

각설하고, 잊지 말아야 할 것은 추리소설(광의의 의미)은 가장 포괄적인 상위 개념이라는 것이다. 따라서 아무 조건도 달지 않고 본 작품이 스릴러냐 추리소설이냐고 묻는 것은 어불성설이다. 왜냐하면 스릴러는 추리소설의 하위 개념(장르)이기 때문에 비교 대상이 될 수 없는 탓이다. 다만 양차 세계대전 사이에 유행했던 애거서 크리스티와 존 딕슨 카 유의 추리소설(협의의 의미로 흔히 클래식으로 지칭되는 것들을 가리킨다.)과는 본 작품이 전혀 다르다고 말할 수 있다.

앞서 지적한 것처럼 추리소설의 하위 장르를 분류하는 것은 그것이 가져오는 여러 편리에도 불구하고 되레 혼동만 부채질할 우려가 있다. 물어보자. 스릴러와 서스펜스의 차이는 무엇인가? 우리는 금방 명쾌한 대답을 찾기 어렵다. 그도 그럴 것이 문제 자체가 분류를 위한 분류인 측면이 강하기 때문이다. 다만 수많은 분류작업을 통해 나름대로 경험을 축적한 일본 추리문학계의 얘기는 경청할 만하다.

추리문학평론가 기타카미 지로(北上次郎)은 '서스펜스'와 '스릴러' 외에도 '서스펜스 스릴러', '모험 스릴러', '모험 스파이 소설' 같은 복잡다기한 분류의 함정에 빠지지 않기 위해선 단순하게 생각할 필요가 있다고 제안한다. 그에 따르면 사건의 와중에 있는 인간의 심리를 주로 그리면 서스펜스고, 인간의 행동을 주로 그리면 스릴러다. 그렇다면 이 기준에 따라 「그녀는 돌아온다」는 서스펜스로, 「모텔 앞 삼거리 사건」은 스릴러로 보면 무방할 것이다.

본 작품 또한 심리보다는 행동에 초점을 맞추고 있으므로 작가의 말처럼 스릴러라고 보는 것이 타당하다. 따라서 이 작품이 주는 재미는 독자가 소설을 읽어 내려갈 때, 수수께끼의 해결보다는 얼마나 긴박감을 느낄 수 있느냐에 달려 있다고 해도 과언이 아니다.

본 작품에는 앞서 단편 추리소설의 특징으로 언급되었던 점이 고스란히 스며 있다. 그 외에 몇몇 소설적 장치도 거의 가감 없이 옮겨왔다. 가령 황재복을 보면 「초이는 이제 파타야로 간다」의 최 실장이 떠오르고, "이 세상 아무도 믿지 마라. 너 자신 외에는."이라는 명의 대사는 "자신 이외엔 아무도 믿지 말라고 형님이 늘 강조하셨지 않습니까?"라는 맹인 악사의 대사를 닮았다.
　따라서 본 작품의 세계관 또한 최혁곤이 단편에서 보이고자 했던 세계관과 큰 차이가 없다. 오히려 앞선 것들의 심화내지는 완결로 보아야 한다.
　명에 대한 여자 킬러의 순수한 믿음은 목숨까지 내놓은 믿음이라는 점에서, 아내가 돌아오기를 기다리는 기자 남편의 애처로운 마음에 비길 바가 아니다. 여자 킬러는 훼손된 가정에서 받은 내면의 상처를 명을 통해 치유하고자 한다.
　명은 위기 상황에서 여자 킬러를 구해준 생명의 은인이다. 뉴욕 외곽의 공장지대에서 격투기 체육관을 운영하며, 국제조직의 일원으로 해결사를 자처하는 중국인 명은 여자 킬러를 식솔로 거두어들여 함께 생활한다.
　여자 킬러에게 명은 다양한 모습으로 나타난다. 때로는 냉정하게 때로는 따뜻하게. 자상한 친구인가 하면 정신적 스승의 엄격함을 보이고, 능력이 무한대인 해결사의 이미지를 갖고 있기도 하다. 그러나 뭐니 뭐니 해도 여자 킬러에게 명은 절대적 사랑의 대상이다.

　　보고 싶은 이의 이름을 나직이 불러보았다. 명······. 조건 없이 몰두할 수 있는 사람, 명…….

—본문 중에서

그런 명에게 여자 킬러는 어느 날 디지털카메라를 선물 받는다. 여주인공에겐 눈물겹도록 감격적인 일이다. 그런데 그녀는 그토록 소중한 디카로 왜 하필 하찮기 짝이 없어 보이는, 콘크리트 바닥 위를 나뒹구는 검은 비닐봉지 따위를 찍어댈까? 인적이 끊긴 텅 빈 광장. 검은 비닐봉지 하나만이 바람에 휩쓸려 허공을 맴돈다. 광장 풍경으로는 너무 삭막하고 황량하다.

아마 이에 대비되는 이미지는 퇴물 형사 황재복의 마음 속 이상향인 '푼타 아레나스'일 것이다. 남미 칠레의 최남단 도시. 흰색의 둥근 벽돌지붕을 가진 아름다운 숲 속 카페의 이름.

검은 비닐봉지 안에는 원래 무언가가 담겨 있었을 것이다. 그것은 황재복의 '푼타 아레나스'처럼 여주인공이 명을 사랑함으로써 얻고자 했던 마음의 안식처가 아니었을까?

이 소설은 텔로미어라는 수수께끼를 중심으로 킬러와 형사의 시점을 교차시킨, 긴박한 사건 전개가 일품인 스릴러물이다. 한국과 미국과 중국을 넘나들고 있어 공간적으로 답답하던 기존 추리소설과 차별성을 가지며 문체가 깔끔하고 정교해 쉽게 읽힌다. 작가 스스로 긴박한 에너지를 끝까지 끌어 모아 좀 더 강력하게 터뜨리지 못한 약점이 있다고 진단했지만, 안정적인 스토리 전개와 마무리 등 전체적인 면에서 특별히 흠잡을 데가 없다는 것이 대체

적인 평이다.

  몇 년 전부터 한국 추리문학은 빼어난 작품성을 지닌 외국 추리소설에 밀려 이렇다 할 주목을 받지 못한 것이 부인할 수 없는 현실이다. 한국 추리작가협회는 진작부터 결성(1983)되어 활동해 왔지만, 그 짧지 않는 세월 동안 과연 한국 추리문학이 질적·양적으로 성장해 왔는지 의문을 제기하는 사람이 많다. 큰 유행은커녕 장르 자체가 제대로 뿌리를 내리지 못했다는 점에서 그런 비판이 일리가 없는 것은 아니지만 좀 더 세밀히 들어가 보면 성과가 아주 없는 것은 아니다.

  김성종 추리문학 하나(김성종만큼 세상에 알려지진 않았지만 훌륭한 단편 추리작가들이 많이 있다는 것을 밝혀둔다.)만을 두고 보더라도 서양의 200년에 해당하는 한국의 30년 압축 근대를(너무 빨리 달성하다 보니 전근대와 근대, 탈근대가 동시에 나타난다.) 거울처럼 고스란히 반영하고 있다. 달리 말하면 다른 분야의 발전에 비해 크게 뒤떨어진 것은 아니란 얘기다. 몇 년 전 지식인들 사이에서 '근대'와 '탈근대' 논쟁이 있었는데, 그 논쟁에 종지부를 찍고 나서야 비로소 김성종이 온전히 이해될 수 있다는 점을 알아야 한다. 전문적으로 말하면, '형이상학적 추리소설'(이 부분은 졸저 『김성종 읽기』에서 상세하게 설명했으므로 생략한다.)과 '반추리소설'에 대한 개념을 확정하지 않고서는 김성종의 추리문학을 제대로 평가할 수 없다는 것이다.

  최근 출판시장이 불황의 늪에 빠져 있다고는 하지만, 외국 추리소설은 꾸준히 팔리고 있다. 2002년에는 『셜록 홈즈 시리즈』가 붐을 이루었고, 2004~2005년에는 『다빈치 코드』가 출판시장을 견인

하면서 상당한 양의 번역물이 쏟아져 나왔다.

그렇다면 추리소설의 잠재적 시장은 작지 않다고 말할 수 있다. 문제는 외국 추리소설에 내준 그 시장을 한국 추리작가들이 어떻게 찾아올 것인가 하는 것이다. 따라서 당장의 어려움이 미래를 향한 희망의 불씨를 완전히 불식시키진 못할 터. 최 작가처럼 추리문학을 마음 깊은 곳에서부터 사랑하고 노력하는 신인이 있는 한, 한국 추리문학의 장래는 무지갯빛이라고 낙관하는 것이 나만의 어리석은 생각은 아닐 것이다. 마지막으로 본 작품이 어려운 한국 추리문학계에 한줄기 시원한 소나기 역할을 했으면 하는 게 내 작은 소망이자 황금가지를 포함한 모든 추리문학 출판인의 간절한 바람이라고 믿으면서 이 글을 마친다.

※ 해설 속 작품
「초이는 이제 파타야로 간다」,《계간 미스터리》, 2002~2003 겨울호.
「모텔 앞 삼거리 사건」,『2005 오늘의 추리소설』

※ 본문 속 참조 작품
94페이지 :『뉴요커』, p.119~133, 박상미 저, 마음산책, 2004
136페이지 :「죽음의 나무」,《중앙일보》2004.11.26일자
261페이지 : 연합뉴스 기사 재구성

 밀리언셀러 클럽을 펴내면서

지난 수백 년 동안 소설은 기묘하면서도 교양 넘치고, 자유로우면서도 현실에 뿌리박고 있으며, 흥미진진하면서도 감동적인 이야기로 독자들의 사랑을 독차지해 왔다.

민담이나 전설 등에 비해 비교적 최근에 탄생한 이야기 형식인 소설이 순식간에 이야기 왕국의 제왕으로 올라선 것은 현대인들이 살아가면서 느끼는 희망과 절망, 불안과 평화 등 온갖 삶의 양상들을 허구 속에 온전히 녹여 내어 재창조함으로써 이야기를 읽는 기쁨과 더불어 삶을 재발견하는 즐거움을 주어 온 까닭이다.

사실 이야기를 읽음으로써 삶을 다시 생각하고, 삶을 생각함으로써 이야기를 다시 만들어 온 것은 인간이라면 피할 수 없는 숙명이다.

그런데 최근 이야기의 제왕이라는 소설의 위기를 말하는 목소리가 점점 늘어나고 있다. 만약에 이 말이 사실이라면, 그리하여 사람들이 소설을 점차 외면하고 있다면, 핏속에 스며들어 있으며 뼛속에 틀어박힌 이야기 본능이 무언가 다른 것에 홀려 있음에 틀림없다.

사람들은 이제 이야기를 소설이 아니라 거리에서, 인터넷에서, 영화에서, 드라마에서, 광고에서, 대중가요에서 즐기고 있는 것이다.

'밀리언셀러 클럽' 은 이러한 소설의 위기를 넘어서려는 마음에서 기획되었다. 국내뿐만 아니라 전 세계 각국에서 독자들의 사랑을 한껏 받은 작품들을 가려 뽑아 사람들 마음을 다시 소설로 되돌리고 이야기를 한껏 즐길 수 있도록 배려하였다.

'밀리언셀러' 라는 이름을 단 것은 소설이 다시 사람들의 마음을 끌어 널리 읽히기를 바라기 때문이고, '클럽' 이라는 이름을 단 것은 소설을 사랑하는 독자들이 이 작품들을 가운데 놓고 오랫동안 이야기를 나누기를 바라기 때문이다.

앞으로 '밀리언셀러 클럽' 에는 예로부터 오늘날까지, 동양에서 서양까지 시대와 장소를 가리지 않고 널리 독자들의 사랑을 받아 온 작품들 중에서 이야기로서 재미에 충실할 뿐만 아니라 인간 본연의 모습을 확인시켜 줄 수 있는 소설들이 엄선되어 수록될 것이다.

이 작품들이 부디 독자들을 소설의 바다로 끌어들여 읽기의 즐거움을 극대화함으로써 이야기 본능을 되살려 주어 새로운 독서 세대를 창출하기를 바라는 마음 간절하다.

B컷

1판 1쇄 펴냄 2006년 12월 10일
1판 3쇄 펴냄 2017년 1월 9일

지은이 | 최혁곤
발행인 | 김세희
편집인 | 김준혁
펴낸곳 | 황금가지

출판등록 | 2009. 10. 8 (제2009-000273호)
주소 | 06027 서울 강남구 도산대로 1길 62 강남출판문화센터 5층
전화 | 영업부 515-2000 편집부 3446-8774 팩시밀리 515-2007
홈페이지 | www.goldenbough.co.kr

도서 파본 등의 이유로 반송이 필요할 경우에는 구매처에서 교환하시고
출판사 교환이 필요할 경우에는 아래 주소로 반송 사유를 적어 도서와 함께 보내주세요.
06027 서울 강남구 도산대로 1길 62 강남출판문화센터 6층 민음인 마케팅부

ⓒ 최혁곤, 2006. Printed in Seoul, Korea
ISBN 978-89-8273-950-7 03810

㈜민음인은 민음사 출판 그룹의 자회사입니다.
황금가지는 ㈜민음인의 픽션 전문 출간 브랜드입니다.